신 중국을 건설한 영도자들에게서 배우는

창업경험

초판 1쇄   인쇄 2019년 8월 14일
초판 1쇄   발행 2019년 8월 16일

지 은 이   진충지(金冲及)
옮 긴 이   김승일(金勝一)

발 행 인   김승일(金勝一)
펴 낸 곳   경지출판사
출판등록   제2015-000026호

판매 및 공급처   도서출판 징검다리
주소 경기도 파주시 산남로 85-8
Tel : 031-957-3890~1 Fax : 031-957-3889 e-mail : zinggumdari@hanmail.net

ISBN 979 - 11 - 90159 - 14 - 2 (03820)

毛澤東
마오쩌둥

周恩來
저우언라이

朱德
주더

劉少奇
류샤오치

鄧小平
덩샤오핑

陳云
천윈

신 중국을 건설한
영도자들에게서 배우는

창업경험

진충지(金冲及) 지음·김승일(金勝一) 옮김

 경지출판사 | 经典中国国际出版工程
China Classics International

차 례

서 문

엥겔스는 자신의 저서『자연변증법』에서 다음과 같이 언급했다. "이는 인류가 종래 겪어보지 못한 가장 위대하고 진보적인 변혁이다. 이는 거인을 필요로 하고 또 거인을 탄생시키는 시대이다. 사유능력과 열정, 그리고 성격 방면의 거인을 말이다."

세계 인구의 1/4(후에는 1/5로 됨)에 달하는 중화인민공화국의 창립과 발전은 가히 인류 역사적으로 "가장 위대하고 진보적인 변혁"이라고 할 수 있다. 이 위대한 변혁은 거칠고 사나운 파도를 동반하고 있으며, 뛰어난 지혜와 용기를 구비해야만 처리할 수 있는 까다로운 문제점들을 한가득 떠안고 있다. 따라서 그야말로 "거인을 필요로 하고 또 거인을 탄생시키는 시대"라 할 수 있는 것이다.

이 위대한 변혁을 지도한 핵심 역량이 바로 중국공산당이다. 중국공산당 내에는 중화민족의 훌륭한 아들딸들이 포진되어 있는데, 가히 "모든 별들이 다 찬란하다"고 할 수 있다. 당의 제8차 전국대표대회 이후 마오쩌동(毛泽东)·류사오치(刘少奇)·저우언라이(周恩来)·주더(朱德)·천윈(陈云)·덩샤오핑(邓小平) 등 여섯 명으로 구성된 정치국 상임위원회가 성립되었다.

이는 마오쩌동을 핵심으로 한 중국공산당의 제1대 지도그룹이다. 이 그룹의 멤버 여섯 명은 모두 "사유능력과 열정과 성격 방면의 거인"이라고 불릴 만하다.

　나는 오랫동안 중앙문헌연구실(中央文献研究室)에서 근무해왔는데, 주로 이 여섯 거인들의 생애와 사상에 대한 연구를 했다. 그들이 갖고 있었던 지혜를 접하는 것은 나에게 있어서 너무나도 감명 깊은 일이었고 심각한 교육이었다. 지난 30여 년 동안 나는 스스로 미흡하다고 생각된 부분을 감수하면서 조금씩 수정하며 써내려왔다. 따라서 이러한 글들은 그들이 갖고 있었던 지혜의 전모를 온전하게 혹은 효과적으로 보여주는 데에는 한계가 많을 수밖에 없다. 또한 계획적으로 작성한 것이 아니기에 더러 어수선해 보일 수도 있다.

　그럼에도 불구하고 고맙게도 삼련서점(三联书店)에서 출판 제의가 들어왔고, 조금이나마 독자들에게 참고가 되지 않을까 하는 생각과 독자들의 비평과 지적을 받아보는 것 역시 괜찮은 일이라는 생각에 덥석 수락해버렸다. 이것이 이 책이 세상에 나오게 된 유래라고 해야겠다.

진충지(金冲及)

2015년 6월 13일

마오쩌동 사업방법의 몇 가지 특점[01]

    마오쩌동은 우리들에게 아주 풍부한 정신적 유산을 남겨주었는데, 사업방법도 그 중의 하나이다. 사업방법은 마오쩌동이 혁명과 건설을 지도하면서 특별히 중시했던 문제였다. 그는 일찍이 다음과 같이 말했다. "우리는 임무를 제기해야 할 뿐만 아니라, 임무를 완수하는 방법에 대한 문제를 해결해야 한다.

    우리의 임무가 강을 건너는 것이라면, 다리나 배가 없어서는 안 된다. 다리나 배 문제를 해결하지 못단하면, 강을 건넌다는 것은 공염불에 불과하다. 즉 방법에 대한 문제를 해결하지 못한다면, 임무를 언급하는 것 역시 헛소리를 치는 것이나 진배없다." 이는 다소 과장된 말인 것 같기도 하지만 의심할 여지가 없는 진리이기도 하다. 정확한 임무를 제기하고 그 이치를 알기 쉽게 설명했다고 하더라도, 이를 현실화시킬 효과적인 사업방법이 없다면 말짱 공염불에 불과하기 때문이다.

    실제적인 상황에 따라 사업방침을 정하는 것은 마오쩌동의 가장 기본적인 사업방법이다. 이 글에서는 그의 사업방법의 특점을 체계적으로 완벽하게 개괄하지는 못했지만, 일부 몇몇 특점들에 대해서 약간의 소견을

---

01) 이 글은 『인민일보』 2013년 12월 27일 7판에 발표되었다.

다루었을 뿐이다. 마오쩌동 동지의 사업방법의 가치는 시간의 흐름으로 인해서 소실되는 것은 아니다. 따라서 우리는 새로운 역사배경에 맞게 이를 충분히 발굴하고 사용하고 발전시킴으로써 중화민족의 위대한 부흥과 중국의 꿈을 실현하는데 도움이 되도록 해야 할 것이다.

높은 전략적 사고능력

전략적 사고능력(마오쩌둥이 말한 '전략적 두뇌(战略头脑)'라고 해야겠다.)은 지도자의 위치에 있는 사람들이 일을 효과적으로 처리하기 위한 우선 조건이다. 전략적 사고능력이란 우선 전체적인 국면을 볼 수 있는 안목과 예리한 예견능력을 말한다. 마오쩌둥은 늘 이렇게 말했다.

"전략적 방침으로 전투전술방침을 지도해야 합니다. 또한 오늘을 내일과 연계시키고, 작은 일을 큰일과 연계시키며, 국부적인 것을 전반적인 것과 연계시켜야 합니다. 그때그때 눈앞에 닥치는 대로 일을 처리하는 것은 반드시 지양해야 합니다."

사람들은 사물을 관찰하고 인식함에 있어서 흔히 국부적인 것으로부터 출발하게 되는데, 그렇다고 거기에만 머물러 있어서는 절대 안 된다. 여러 국부적인 것들을 종합적으로 분석하여 전체적인 관념을 형성해야 하며, 그 국부적인 것들이 전반적인 국면에서 차지하는 위치와 서로 간의 연계를 파악해야만 정확하게 사업을 지도할 수 있는 것이다. 이를테면 어떤 일은 국부적인 위치에서 보면 유리하지만, 전반적인 차원에서 보면 불리할 수가 있는데, 이럴 경우에는 과감하게 저지하고 그 진행을 막아야 한다.

마오쩌둥은 이 문제를 아주 중시했다. 그는 일찍이 이런 말을 한 적이 있다.

"마르크스주의자들은 문제를 볼 때, 부분적인 것만 보지 말고 전체적인 것을 봐야 합니다.", "'(바둑에서) 한 수를 잘못 두어 그 판을 지게 된다.'는 말에서의 '한 수'는 전반적인 국면에 결정적인 영향을 미치는 '한 수'를 말하는 것이지, 전반적 국면에 큰 영향을 미치지 못하는 국부적인 '한 수'를 말하는 것이 아닙니다."

이처럼 전반적인 국면을 가슴 속에 품고 있어야만 매 '한 수'를 효과적으로 둘 수 있는 것이다. 사물은 변화하고 발전하는 것이다. 전반적인 형세 역시 부단히 변화하고 발전한다. 마오쩌둥은 사업을 지도함에 있어서, 전반적인 국면을 관찰하고 파악하는데 우선적으로 정력을 할애했다. 특히 전반적인 국면의 변화 발전에 중요한 영향을 미치는 새로운 정황과 새로운 문제들을 예리하게 통찰해내곤 했는데, 이를 바탕으로 중대한 결책(決策, 일을 처리하는 방법을 결정하는 것 – 역자 주)들을 과감하게 내릴 수 있었다. 그는 중국공산당 제8기7중전회의(八届七中全会)에서 다음과 같이 말했다.

"능숙하게 형세를 파악할 줄 알아야 합니다. 머리가 굳어져서는 안 됩니다. 형세가 잘못되었을 때에는 예민한 후각으로 바로 파악할 수 있어야 합니다. 정치 형세를 파악하고, 경제 상황을 파악하고, 사상 동태를 파악해야 합니다."

마오쩌둥이 중앙전체회의에서 한 발언록들을 읽어보면, 중요한 역사적 전환점에 직면했을 때마다 그는 먼저 "현재의 형세는 새로운 국면으로 진입했는데, 그 전과 비교해서 서로 다른 특점은 무엇인가? 그 발전 전망은 어떠한가? 그래서 우리의 방침은 어떻게 조정해야 할 것인가?"와 같은 방식으로 분석했음을 알 수 있다. 아래에 해방전쟁을 그 일례로 들어 보기로 하자.

1947년 여름 인민해방군은 전략적 방어로부터 전략적 공격(進攻, 진격)으로 선회했다. 그 해 가을 마오쩌둥은 정치 · 군사 · 경제 세 개 방면의 실제적 정황에 대해 상세하고 구체적인 분석을 통해 아래와 같은 전반적인 결론을 도출해냈다. "중국인민의 혁명전쟁은 이미 전환점에 직면해 있다.", "20여 년 동안 해결하지 못했던 역량대비 우세문제(力量對比優勢的問題)[02]가 오늘 해결되었다.", "이 사변이 발생하기만 하면 우리는 필연적으로 전국적인 승리의 길로 나아가게 될 것이다."

이는 그야말로 중국혁명 발전 역정에서 하나의 큰 판단이었다. 그때까지만 해도 국내의 형세는 아직 낙관적이지 못한 요소들이 많았기에, 이 역사적인 전환점의 도래를 아무나 감지할 수 있었던 것은 아니었다. 설령 그런 느낌이 있었다고 하더라도 이처럼 명확한 결론을 도출해내지는 못했을 것이다. 마오쩌동은 면밀하고 신중한 관찰과 사고를 통해 시기적절하게 이와 같은 판단을 내렸다. 이러한 판단을 도출했기에 장제스(蔣介石)를 어떻게 타도하고, 어떻게 새로운 중국을 건설할 것인가 하는 일련의 중대한 문제들이 현실적으로 의사일정에 오를 수 있었고, 아울러 경제 구성, 경제 강령, 정치 강령 등도 전 당과 전국의 인민들에게 선고할 수 있게 되었던 것이다.

또 이를테면, 1948년 랴오썬전역(辽沈战役)이 끝난 뒤 10여 일밖에 지나지 않은 시점에서 마오쩌동은 또 다음과 같은 새로운 판단을 내렸다.

"중국의 군사형세는 이미 새로운 전환점에 다다랐습니다. 즉 전쟁 쌍방의 역량대비에서 이미 근본적인 변화가 발생했습니다. 인민해방군은 질적으로 벌써부터 우위를 점했을 뿐만 아니라, 수적으로도 이미 우위를 점하게 되었습니다. 이는 중국혁명의 성공과 중국에서의 평화 실현이 이

---

02) 역량면에서 열세지만, 우위를 점할 수 있게 하는 문제

미 코앞에 도달했다는 사실을 알리는 표지(標識)입니다.", "이렇게 됨으로써, 우리가 원래 예견했던 전쟁 역정을 크게 앞당기게 되었습니다. 원래는 1946년 7월부터 시작해서 대략적으로 5년이라는 시간을 들여 국민당 반동정부를 근본적으로 타도하려 했던 것인데, 목전의 형세에서 보면 지금으로부터 1년 정도만 더 있으면, 국민당 반동정부를 근본적으로 타도할 수 있을 것 같습니다."

전국 해방전쟁은 이러한 전반적인 판단에 근거하여, 새로운 자세로 임하고, 새로운 배치를 함으로써 신속하게 전개될 수 있었던 것이다.

지도자, 특히 고위급 지도자는 이와 같이 전체적인 국면을 보는 전략적 안목이 있어야만 정확한 결단을 내릴 수 있게 되고, 과감하게 일을 추진하고 사업을 개척할 수 있는 것이다. 수동적으로 세세하고 국부적인 일처리에만 급급하다보면, 사업에서 중대한 진전을 이룰 수 없을 뿐만 아니라, 심지어 좋은 기회까지 잃게 되는 실수를 하게 된다.

예견성은 전반적인 것을 보는 안목과 떼어놓을 수 없는 것이다. 지도자는 멀리 내다보고 정확하게 볼 줄을 알아야 한다. 이제 막 드러난 새로운 경향에 대해서 예리하게 식별하고 그 것이 좋은 것인지 나쁜 것인지를 판단할 수 있어야 하며, 그 발전추세를 예견할 수 있어야 한다.

마오쩌둥은 이 것을 지도자가 반드시 구비해야 할 정치적 품성이라고 보았다. 그는 중국공산당 제7차 전국대표대회의 모두발언에서 다음과 같이 말했다.

"예견이라는 것은 그 전도나 추세를 먼저 내다보는 것을 말합니다. 예견을 할 수 없으면 지도자라고 할 수 있습니까? 나는 없다고 생각합니다. 지휘대에 앉아서 아무것도 볼 수 없다면, 지도자라고 할 수 없습니다. 지휘대에 앉아서, 지평선 위에 이미 확연하게 드러난 이런저런 일상적인 것들만 본다면, 그냥 평범하다고밖에 할 수 없으며 지도자라고 할 수 없습니다. 아직 명확하게 드러나기 전에, 돛대의 위쪽 끝부분이 금방 머리를 내밀었을 때, 장차 어떻게 발전할 것이라는 것을 미리 내다보고 그 것을 컨트롤할 수 있어야 지도자라고 할 수 있습니다."

고수들끼리 바둑을 둘 때, 상대보다 몇 수를 더 내다보는 쪽이 이기는 것은 자명한 일이다. 마오쩌둥은 사업을 함에 있어서 늘 멀리 내다보곤 했다. 그는 일상에서의 여러 가지 구체적인 문제들을 처리하느라 바쁜 와중에서도, 미래에 발생할 가능성이 있는 중대한 변동에 대해서도 사전에 준비를 해두었다. 항일전쟁이 한창 긴장국면하게 전개되고 있을 때도, 그는 미래의 새 국가와 새 사회를 어떻게 건설할 것인가에 대해 고민하고, 이에 근거하여『신민주주의론(新民主主义论)』을 저술했다.

그 후 객관적 형세의 발전과 실제 경험의 축적에 따라 이러한 구상은 점점 더 명확해졌다. 그리하여 역사적인 중대한 변화가 도래했을 때에 효과적으로 대처할 수 있게 되었던 것이다. 이를테면 1949년의 공동강령(共同纲领)이나, 1954년에 탄생한 헌법 등은 창졸지간에 급조한 것이 아니라, 오랜 시간 동안 축적하고 '숙성'을 거친 결과물이었던 것이다. 그 후의 역사적 사실이 증명하다시피 이러한 근본법에 근거한 여러 가지 규정들은 확실히 실제에 부합되었고 효과적인 것이었다.

사회생활에서 주의를 기울여야 할 '경향성' 문제에 대해 마오쩌둥은 일찌감치 발견하고 빠르게 대처해야 한다고 늘 강조하곤 했다. 그는 중국공산당 제8차 전국대표대회 제2차 회의(中共八大二次会议)에서 다음과 같이 말했다.

"앞으로는 동향을 분별하는데 주의를 기울여야 할 것입니다."

그는 송옥(宋玉)⁰³이 저술한 『풍부(风赋)』의 "바람은 땅에서 시작되어, 작은 풀끝을 스치며 일어나고, 계곡을 지나면서 점차 발전하여, 동굴 입구에서 크게 노호하는 세찬 바람이 된다(夫风生于地, 起于青苹之末, 侵淫溪谷, 盛怒于土囊之口)"는 구절을 인용하여 다음과 같이 말했다.

"큰 바람은 분별하기 쉬워도 작은 바람은 분별하기 어렵습니다. 지도간부는 이런 작은 바람에 특히 주의를 기울여야 합니다."

마오쩌둥의 뛰어난 점은 바로 어떤 안 좋은 동향이 '작은 풀끝을 스칠 때' 이미 이를 간파하고 '점차 발전하여' '동굴 입구에서 크게 노호하는 세찬 바람이' 될 것임을 짐작했다는 것이다. 이는 곧 옛사람들이 자주 말하던 "나쁜 싹은 초기에 잘라 자라지 못하게 해야 한다."는 것과 같은 말이다. 하지만 많은 사람들은 '작은 풀끝을 스치는' 이러한 동향을 분별하지 못할 뿐만 아니라, '점차 발전하여' '동굴 입구에서 크게 노호하는 세찬 바람이' 되었는데도 무감각하게 방치해버리다가 결국은 시간을 너무 끌게 되어 문제가 커지고 해결할 수 없는 지경에까지 이르게 되는 것이다.

물론 실제 상황을 파악하지 못하고 '작은 풀끝을 스치는' 정도에 불과한 미세한 바람에 대해 '동굴 입구에서 크게 노호하는 세찬 바람'을 대처하듯이 과잉 대응하는 것도 큰 잘못을 초래하는 일이다. 전에 발생했던 이러한 교훈들에 대해서 우리는 심사숙고하고 잊지 말아야 할 것이다.

---

03) 송옥(宋玉), 기원전 3세기 중국 고대의 시인으로 굴원(屈原)이 지은 초사(楚辭)의 후계자이다. 《한서 · 예문지(漢書 · 藝文志)》에는 16편의 작품이 있었다고 하나 지금은 14편이 전해지고 있다. 그중 <구변(九辯)>만이 확실히 그의 작품으로 알려지고 있다. 세상의 쇠망과 자신의 불우함을 탄식하고, 가을의 쓸쓸함을 슬퍼하는 구절이 있는데, 굴원과 같은 절실함은 없다고 평가되고 있다.

총체적으로 전반적인 상황을 보는 안목과 예견성은 아주 중요한 것이다. 이 두 가지 조건을 겸비해야만 위대한 담략과 기백이 있게 되고, 명확한 방향감과 충분한 자신감을 갖고 앞으로 나아가도록 사람들을 인도할 수 있는 것이다. 이것은 마오쩌동의 사업방법 상의 가장 두드러진 특점이다. 그렇기 때문에 언제나 남들보다 유리한 위치에 서있을 수 있었고, 남들보다 더 기세가 드높을 수 있었던 것이다.

힘을 모아 주요 모순을 해결하다

사회생활은 얼기설기 뒤엉키고 엮여져서 복잡하기 그지없다. 사람들은 흔히 자질구레하고 일상적인 문제들에 코가 꿰여서 끌려가고 수동적으로 대처하기 일쑤다. 또한 그렇게 고생스레 노력했지만 성과는 미미하고 사업에서 돌파구를 찾지 못하는 경우가 허다하다. 그렇다면 문제는 무엇일까? 하나의 문제에서 어느 것이 중요하고, 결정적인 요소이며, 어느 것이 부차적이고, 복종적인 요소인지, 어느 것이 일시적으로 작용을 하는 요소이고, 어느 것이 오랫동안 작용을 하는 요소인지를 제대로 보지 못하는 것이 가장 주된 원인이다. 따라서 제때에 힘을 모아 주요 모순을 해결할 수 없게 되는 것이다. 마오쩌둥은 지도사업을 함에 있어서 이 문제를 아주 중요하게 생각했다. 그는 다음과 같이 말했다.

"어떠한 일의 과정을 연구함에 있어서, 그것이 두 가지 이상의 모순을 포함한 복잡한 과정이라면, 마땅히 힘을 모아서 그 주요 모순을 찾아내야 합니다. 이 주요 모순만 잘 해결하면 기타 문제들은 자연스레 해결됩니다."

그는 또 다음과 같이 비평한 적이 있다.

"수많은 학자들과 실행가들이 이 방법을 모른다면 안개바다에 빠진 것처럼 오리무중에 처해 중심을 찾을 수 없게 되며 모순을 해결할 방법을 찾을 수 없게 됩니다."

이는 그야말로 정곡을 찌르는 말이 아닐 수 없다. 해방전쟁 가운데 랴오선전역을 예로 들어보기로 하자. 국민당군 총지휘부가 주저하고 있는 상황에서, 어떻게 신속하게 행동하여 동북(东北)과 관내(关内)의 연계를 차단시켜 국민당군의 중요한 정예부대를 동북에 고립시켜 섬멸할 것인가 하는 것은 당시 직면한 중요한 문제였다.

이는 다른 어떠한 문제보다 정말 아주 중요한 것이었다. 마오쩌동은 동북야전군(东北野战军) 주력으로 하여금 장거리 행군을 강행하여 진쩌우(锦州)를 급습하는 모험을 하도록 결단을 내렸다. "창춴(长春)과 썬양(沈阳) 두 곳의 적들은 일단 그대로 내버려두었는데" 이는 "종래 없었던 일대 섬멸전을 진행할 결심을 한 것이며, 웨이리황(卫立煌)[04]이 전군을 이끌고 후원하러 오더라도 그에 당당히 맞서 응전할 수 있도록 하기 위함이었다."

이처럼 원대한 구상이 없었더라면 랴오선전역의 전면적인 승리를 거두는 것은 불가능했을 것이다. 결과적으로 진쩌우가 해방되자 동북의 국민당군의 관내와의 연결이 끊겼고, 따라서 창춴과 썬양 두 곳을 해방시키는 문제는 자연스럽게 해결되었다.

일상적인 사업에서도 마오쩌동은 일의 경중과 완급을 구분해서 처리했다. 그는 일찍이 황허(黄河)의 급류를 오가는 경험 있는 뱃사공을 예로 들어서 이렇게 말했다.

"그들은 평소에 긴장을 풀고 아주 느긋하게 배를 몰지요. 하지만 일단 암초가 있는 곳이나 위험한 여울목에 다다르면 정신을 바짝 차리고 혼신의 힘을 기울여 삿대질을 합니다. 만약 뱃사공이 시시각각 긴장상태를 유지하고 있으면 얼마 안 되어 피로해질 수밖에 없습니다. 그렇게 되면 정작

---

04) 웨이리황(卫立煌), 국민당군 고위 장성으로, 당시 동북군 총사령관이었음 - 역자 주

중요한 고비에 직면해서는 오히려 맥을 못 쓰게 됩니다.”

그는 사업을 함에 있어서 매 시기마다 신중해야 할 중심점이 있다고 인정했다. 1953년 4월 26일 그는 리주천(李燭塵)에게 보내는 편지에서 다음과 같이 언급했다.

“일이 너무 많으면 알맞게 조절을 해야 합니다. 어느 한 시기에 가장 중요한 문제 하나만 집중적으로 처리하는 것이죠. 이렇게 하면 너무 바쁘다는 생각이 들지 않을 겁니다.”

정력을 모아서 주요한 모순을 우선적으로 해결해야 한다는 도리는 누구나 쉽게 이해할 수 있다. 하지만 이를 실제로 실행하려면 아주 어려운 일이다. 마오쩌둥은 전쟁문제를 논하면서 다음과 같이 말했다.

“병력을 집중시키는 것은 쉬운 것처럼 보이지만 실행하려면 아주 어렵습니다. 수적으로 우세한 병력으로 적은 병력을 제압하는 것이 가장 좋은 방법이라는 건 누구나 다 아는 일입니다. 하지만 태반은 이렇게 하지 못하고 오히려 병력을 분산하게 됩니다. 그 원인은 지도자가 전략적 안목이 결여되어 있기 때문입니다. 전략적 안목의 부재로 인해 복잡한 환경에 미혹되어 환경의 지배를 받게 되고, 따라서 자주적 능력을 상실하고 그때그때의 상황에 대응하느라 우왕좌왕하게 되는 것입니다.”

여러 부차적인 요소들에만 매달려, 역량을 분산해서 여기저기 바쁘게 대응하고, 매사를 온당하게 처리하느라 큰 결심을 내리지 못하고 결국 큰 일을 해내지 못하게 되는 것이다.

마오쩌둥이 작전을 지휘할 때에도 마찬가지로 온갖 복잡한 환경을 마주해야 했다. 그는 전체적인 대국을 우선적으로 돌아보고 주요 모순을 해결하기 위해 큰 보폭으로 전진하거나 후퇴하도록 했으며, 필요할 때에는 기꺼이 작은 것을 희생해서라도 전체의 국면을 유리한 방향으로 돌릴 수 있어야 한다고 강조하곤 했다. 해방전쟁시기에 국민당 군대가 옌안(延安)을 대거 공격했는데, 당시 해방군 병력은 절대적인 열세에 처해 있었다. 마오쩌둥은 이에 단호하게 옌안에서 철수할 결정을 내렸다. 이는 적지 않은 대가를 치르는 일이여서 일부 간부들은 이 결정을 이해하기 어려워했다. 이에 마오쩌둥은 대국적인 견지에서 문제를 보고 일의 경중에 따라 득실을 따질 것을 주문했다. 그는 다음과 같이 말했다.

"우리 군이 전투를 함에 있어서 개개의 성이나 지역에 연연하지 말고 적들의 역량을 궤멸시키는 데 주력해야 합니다. 땅을 잃어도 사람만 남으면 언젠가는 사람과 땅 모두를 차지하게 되지만, 땅을 취하더라도 사람을 잃으면 결과적으로 전부를 잃게 되는 것입니다. 적들이 옌안을 공격하는 것은 주먹을 쥔 것과 같습니다. 하지만 옌안을 차지하고 나면 쥔 주먹을 풀기 위해 손가락을 펴게 됩니다. 그러면 적들의 손가락을 하나씩 절단할 수 있는 기회가 우리에게 생기는 셈입니다."

그야말로 슬기롭고 뛰어난 안목과 기백이 아닐 수 없다. 그 이후의 사실들은 마오쩌둥의 결단이 완전히 정확했음을 증명해주고 있다. 물론 중요한 것이라고 해서 그것이 유일한 것은 아니다. 역량을 모아 중요한 모순을 해결했다고 해서 기타 방면의 문제들을 나 몰라라 팽개쳐서는 안 된다. 마오쩌둥은 "피아노 치는 법을 익혀야 합니다.", "당위원회는 중심사업을 잘 파악해야 할 뿐만 아니라, 중심사업을 우선적으로 하면서 기타 방면의 사업들을 함께 추진해나가야 합니다. 우리는 현재 다양한 분야의 일들을 책임지고 처리해야 합니다. 각 지역, 각 군, 각 부문의 사업들을 골고루 돌봐야 합니다. 한 가지 일에만 몰두해서 다른 일들을 내팽개쳐서는 안 됩니다. 문제가 있는 곳은 모두 돌봐야 하는데, 이러한 사업방법은 우리가 반드시 익혀야 합니다."

이 말은 마오쩌동이 중화인민공화국 탄생 전날 밤에 한 말이다. 중국공산당은 집권당이 되었고 앞에 놓인 임무도 산더미 같았다. 중요한 역량을 집중시켜 서로 다른 시기의 중심사업을 잘 이끌어야 했을 뿐만 아니라, "피아노를 치듯이" 그때그때 마주치는 기타 방면의 일들도 잘 돌봐야만 했다. 이처럼 "문제가 있는 곳을 모두 돌봄으로써" 사업의 방향이 한 방향으로만 치우치는 것을 방지할 수 있었던 것이다.

확고하게 장악하지 않은 것은 장악하지 못한 것이나 다름없다

정확한 판단을 내리고 문제를 해결할 방법을 제기한다고 해서 일이 끝나는 것은 아니다. 더욱 중요한 것이 실행이기 때문이다. 마오쩌둥은 종래 빈말을 한 적이 없었다. 전체에 영향을 미치는 사업에 대해 그는 임무를 제기한 후, 늘 큰 결심을 내리고 효과적인 조치를 취했으며, 확실한 결과가 보일 때까지 전력투구했다.

정확한 결심은 실제 상황에 부합되어야 한다는 전제가 있다. 마오쩌둥은 다음과 같은 명언을 남겼다. "조사연구를 하지 않았으면 발언권이 없습니다." 그는 또 아래와 같은 말을 했다.

"당신은 그 문제를 해결할 방법이 없습니까? 그렇다면 지금 당장 가서 그 문제의 현재 상황과 역사에 대해 조사해보세요. 확실하게 조사를 해보면 그 문제를 해결할 방법도 따라서 생길 것입니다." 그는 "여러모로 기획하고 판단을 잘 내려야 한다(多謀善斷)"고 주장했다. "여러모로 기획한다는 것은 여러 가지 다른 의견을 듣는 것"이고, "여러 가지 의견을 집중시키고, 여러 방면에 대해 확실하게 분석을 해야만 정확한 판단을 내릴 수 있다"는 것이다.

상황을 제대로 파악했고 결심 또한 확고하게 내렸다고 가정하면, 이제 해당 사업을 확실하게 하느냐·마느냐가 키포인트이다. 마오쩌둥은 이에 대해 다음과 같이 말했다.

"당위원회는 주요 사업을 '확실하게 장악해야' 하며, '확실하게 실행해야' 합니다. 어떠한 일이든 조금도 늦추지 말고 단단하게 명철하게 해야 효과적으로 통제할 수 있습니다. 확고하게 장악하지 않은 것은 장악하지 못한 것이나 다름없습니다." "우리의 일부 동지들은 주요 사업을 장악했다고는 하지만, 확고하게 장악하지 못했기에 사업을 제대로 해내지 못하는 것입니다."

마오쩌둥은 주요 사업에 대해 한시도 늦추지 않고 바싹 틀어쥐곤 했다. 일단 임무를 확정하고 나면 전력을 다해서 신속하게 일을 추진했는데, 가능한 방법을 모두 동원하여 조치를 취하고 국면을 타개했다. 그는 공허한 말을 하거나 앞뒤를 재면서 우유부단하게 망설이는 법이 없었다. 또한 실천 중에서 일의 진행상황을 주의 깊게 살피고 심혈을 기울여 효과적인 경험을 도출하고 보급시켰다. 그리하여 임무를 완수하는데 방해가 될 수 있는 요소들에 대해 제때에 주의를 주었고, 이미 나타난 오차에 대해서도 즉시 바로잡았다.

그는 또 잘잘못에 대해서는 분명하게 비판하거나 장려했으며, 일에 대해서 엄하게 검사하고 독촉하곤 했는데, 확실한 효과가 나타날 때까지 조금도 늦추는 법이 없었다. 그리하여 그가 장악했던 사업들은 늘 사람들에게 깊은 인상을 심어주었고, 그 효과도 아주 뚜렷했다.

중화인민공화국 창립 초기에 '삼반(三反)'운동[05]을 영도할 때였다. 마오쩌둥은 기본방침을 제기했을 뿐만 아니라 직접 감독하고 관리했으며, 임무를 하달했을 뿐만 아니라 해당 방법까지 제시했다. '삼반'운동이 한창 긴장되게 진행되던 때에 그는 매일 저녁마다 해당 사안에 대해 보고를 들었

---

05) 삼반(三反)운동, 당시 당정기관 일군들을 상대로 한, 횡령과 낭비와 관료주의를 반대하는 운동 – 역자 주

는데, 때로는 관련 회의에 참가하기도 했고, 직접 지도하기도 했다. 이 운동이 막바지에 이르렀을 때에는 또 안건을 최종 확정(定案)하는데 몰두했는데, 구체적인 정책·원칙과 처리방법을 확정했으며, 전형이나 본보기가 될 수 있도록 선례(先例)를 만들었다. 또 운동 중에서 발생한 문제들에 대해서 선처하고 뒤처리하는 일에도 주의를 기울였다. 처음부터 마지막까지 흐트러짐이 없이 일을 깔끔하게 매듭지었던 것이다.

이 운동은 반년 남짓 전개되었는데 당시 막 만연하던 횡령과 부패행위를 말끔하게 씻어냈고, 청렴하게 공직에 임하는 기풍을 세우는 데에 아주 큰 역할을 했으며, 나라에서 대규모 경제건설을 진행하는데 효과적인 사회적 분위기를 창조해주었다. 그리하여 이 운동은 당시는 물론 금후에도 오랫동안 사람들에게 지워지지 않는 인상을 남겼다.

마오쩌동은 다음과 같이 말했다. "열 손가락을 잃는 것보다 손가락 하나를 잘라버리는 것이 낫습니다." 사업을 바싹 장악하고 우선적으로 몇 가지 큰일을 효과적으로 처리해야만 사람들을 분발시킬 수 있고, 대중들의 신임을 얻을 수 있으며, 앞으로의 사업도 순조롭게 할 수 있다. 물론 긴장의 끈을 한시도 늦추지 말라는 말은 아니다. 긴장과 이완이 모두 있어야 하는데, 마오쩌동은 이를 '파도식 전진'이라고 표현했다.

대중에게 의지하고 대중노선을 취하다

어떠한 일이든지 지도자 한 사람이나 몇몇 사람들만의 지혜나 노력만으로는 제대로 이루어낼 수 없으므로 반드시 대중에 의지하고 대중노선을 취해야 한다. 물론 대중노선은 단순한 사업방법은 아니다. 이는 당과 대중의 관계 즉, 전심전력으로 인민을 위해 복무하고, 모든 것은 대중을 위하며, 모든 것은 대중에게 의지함을 의미한다. 이는 당의 생명선이며 근본적인 사업노선이다. 이 책에서는 사업방법의 각도에서 그 의의와 역할을 얘기하고자 한다.

마오쩌둥은 다음과 같이 말했다.

"아둔한 사람만이 혼자서 하려고 합니다. 혹은 몇몇 사람만 끌어 모아, 조사도 하지 않은 채 억지로 '궁리하고' '방법을 강구하려고 합니다.' 이런 식으로는 좋은 궁리를 할 수가 없고, 효과적인 방법을 강구해내지 못한다는 점을 명확히 알아야 합니다."

그는 민주집중제도(民主集中制)의 문제를 얘기하면서 또 다음과 같이 말했다.

"우리의 지도기관은 노선이나 방침, 정책과 방법을 제정함에 있어서 하나의 가공공장에 불과합니다." "민주가 없고 민정을 알지 못하며, 정황을 파악하지 못하고 여러 방면의 의견을 충분하게 수집하지 못하며, 상하 의사소통이 제대로 되지 못하고, 상급지도기관에서 단편적이거나 잘못된 자료에 근거하여 결정을 내리게 되면, 결국 주관주의에 빠질 수밖에 없으며 인식과 행동을 통일할 수 없게 되어 진정한 '집중'을 실현할 수 없게 됩니다."

혁명전쟁 시기에 마오쩌둥은 결책을 내리기에 앞서 반복적으로 1선 장교들의 의견을 들었다. 해방전쟁시기에 쑤위(粟裕) 등이 화이하이전역(淮海战役)을 일으켜야 한다고 건의했다는 것은 많은 사람들이 알고 있는 사실이다. 마오쩌둥은 건의를 받은 당일 저녁에 바로 다음과 같이 재가했다.

"우리는 화이하이전역을 일으키는 것이 아주 필요하다고 판단합니다."
항일전쟁시기에 시행되었던 "군대의 정예화와 행정기구의 간소화(精兵简政)"라는 "지극히 중요한 정책"은 재야인사 리딩밍(李鼎铭)이 건의한 것이었다. 마오쩌둥은 이에 대해 다음과 같이 말했다.

"그는 아주 좋은 건의를 했습니다. 인민들에게 유리한 것이라면 우리는 주저 말고 받아들여야 합니다."

이러한 것들은 모두 과학적이고 민주적인 결책의 중요한 사례들이다. 사회주의 건설시기에도 이러한 사례들은 적지 않았다. 공업방면에서 보면, 1960년 마오쩌둥은 안산시(鞍山市) 위원회의 보고를 들은 후, 안산철강회사 직원들이 실천 속에서 이뤄낸 "두 가지 참여, 한 가지 개혁, 세가지 결합(两参一改三结合)"이라는 경험에 대해 충분히 인정해주었으며, 이를 "안산철강의 헌법(鞍钢宪法)"이라고 치켜세웠다. 그 내용은 "지도간부가 생산에 참여하고 노동자들이 회사 관리에 참여하며, 회사 내의 불합리한 각종 규제를 개혁하며, 기술혁신과 기술혁명 속에서 회사 지도간부와 기술자·노동자들을 서로 결합시킨다."는 것이다. 이 원칙은 지금에 와서도 중요한 의의가 있으며 국제적으로도 영향을 미쳤다.

농업방면에서 보면, 경험과 교훈을 종합하고, '대약진(大跃进)' 이후의 심각한 경제적 곤란을 극복하기 위하여 마오쩌둥은 조사연구를 활발하게 일으킬 것에 대한 건의를 하였다. 조사연구는 늘 제창하던 "대중 속에서 나와서, 다시 대중 속으로 들어간다(从群众中来, 到群众中去)"는 노선을 실현하는 근본 방법이었다.

그는 직접 세 개의 지도소조를 조직하여, 각각 농촌으로 파견하여 농민들과 농촌 간부들의 의견을 직접 듣도록 했다. 이러한 조사연구를 통해 그는 "대대(大队) 내부에서 생산대(生产队)와 생산대 사이의 평균주의 문제, 생산대(소대) 내부에서 개인들 사이의 평균주의 문제는 극히 엄중한 두 가지 문제"임을 간파했다. 이 문제에 대해 그는 다음과 같이 기록했다.

"직접 조사하지 않으면 문제를 파악할 수 없다. 또한 이 두 가지 중대한 문제를 해결할 수도 없었을 것이며(기타의 중대한 문제도 마찬가지이다.) 진정으로 대중들의 적극성을 고취할 수도 없었을 것이다." 그는 또 다음과 같이 말했다.

"많은 지도자들이 일련의 중대한 문제들에 대해 제대로 파악하지 못하고 있습니다. 그 원인은 사무적인 일에만 매달리고 직접적인 조사를 하지 않는데 있습니다. 이들은 회의에서 지방의 보고를 듣거나 지방의 서면보고를 읽는 것으로 조사연구를 대체하는데 설령 조사를 한다고 하더라도 말 타고 꽃구경 하는 식입니다. 중앙에 있는 동지들 역시 이러한 결함이 있는데, 이제부터라도 고칠 수 있기를 바랍니다. 나 자신의 결함 역시 확실하게 고치겠습니다."

정곡을 찌르는 이 훌륭한 종합은 사실상 '대약진' 이래 그 자신을 비롯한 여러 동지들의 과오에 대한 성찰이었던 것이다.

마오쩌둥이 늘 강조하는 말이 있다. 중국공산당은 대중을 이탈해서는 아무런 일도 성사시키지 못하며, 대중에 의지하고 인민들의 적극성 · 주동성 · 창조성을 충분히 고취시켜야만 당이 제기한 여러 가지 임무나 목표를 실현할 수 있다는 것이다. 그는 다음과 같이 요구했다.

"우리의 정책은 지도자가 알아야 할 뿐만 아니라 대중들도 알게 해야 합니다.", "대중들이 진리를 깨닫고 공동 목표가 생겼을 때, 서로 마음을 합칠 수 있도록 해야 됩니다.", "군중들이 마음을 합치면 모든 일들이 수월해집니다."

올해는 마오쩌둥 탄신 120돌이 되는 해인데, 우리는 심심한 마음으로 그를 그리워하고 있다. 덩샤오핑(邓小平) 동지는 일찍이 다음과 같이 말했다.

"마오 주석(毛主席)의 일생에서 대부분의 시간은 아주 훌륭한 일들을 했습니다. 그는 여러 번이나 위기에 빠진 당과 국가를 구했습니다. 마오 주석이 없었더라면 적어도 우리 중국 인민들은 더 오랫동안 암흑 속에서 헤매었을 겁니다."

마오쩌둥은 말년에 엄중한 잘못을 저질렀는데, 이는 그 스스로가 늘 강조했던 원칙을 위반했기 때문이었다. 그럼에도 불구하고 그의 일생의 주요한 방면들을 보면, 그의 공적들은 의심할 나위 없이 최고의 위치에 놓아야 하는 것이다.

마오쩌동의 3대 전략 결전 중에서[06]

전략 결전이란 무엇인가? 전쟁의 전반적 국면에 결정적 의의가 있는 전역을 말하는데, 일반적으로 교전 쌍방의 주력군이 맞붙는 것을 말한다. 왜냐하면 교전에서 상대방의 주력군을 궤멸시켜야만 최종적으로 전쟁을 승리로 이끌 수 있기 때문이다. 전국해방전쟁(全国解放战争)에서의 전략 결전은 랴오선(辽沈), 화이하이(淮海), 핑진(平津) 등 3대 전역이다. 전략 결전이 전쟁의 전반적인 국면에 결정적인 영향을 미치기 때문에 전쟁에서의 진정한 핵심이라고 할 수 있으며, 쌍방의 군 통수권자는 승리를 쟁취하기 위해 전력을 다하는 것이다. 또한 이는 쌍방의 주력군이 맞붙는 교전이기에 가장 격렬하고 복잡하며, 가장 변화다단한 시기라고 할 수 있다. 따라서 지휘하기가 가장 어려운 시기이기도 하다.

군 통수권자 입장에서 말하면 전략 결전은 그 자신의 전략적 안목과 복잡한 국면을 컨트롤하는 능력, 굳은 결심과 의지력을 시험하는 장소라고할 수 있다. 여기에는 전체적인 각도에서 객관적인 전쟁 상황과 발전을 정확하게 판단할 수 있는지, 일반인들은 상상하기도 어려운 큰 결심을 시기적절하고 과감하게 내릴 수 있는지, 여러 가지 곤란을 극복하고 굳건하게

---

06) 이 글은 『당의 문헌(党的文献)』 2013년 1기에 발표된 것이다. 원 제목은 『3대 전략 결전 중에서의 마오쩌동과 장제스(在三大战略决战中的毛泽东和蒋介石)』이다.

실행할 수 있는지, 전쟁 중에 나타나는 예견 가능한 변화나 예견이 어려운 변화 상황에 지혜롭게 대처하고 조정할 수 있는지, 전쟁을 한 단계에서 다음 단계로 기묘하게 발전시킬 수 있는지 등이 포함된다. 따라서 전략 결전은 쌍방의 군 통수권자 사이의 작전 지휘능력의 대결이라고도 할 수 있다. 이 대결에서 누가 낫고 못하고를 논하거나 빈말로 하는 논쟁 따위는 필요치 않다. 모든 것은 전쟁이라는 실천 속에서 객관적 사실로 검증되기 때문이다.

물론 전략 결전의 승패는 단순하게 군사적인 각도에서만 고찰해서는 안 된다. 여기에는 흔히 심각한 사회적 원인이 있다. 즉 정치·경제·사상·문화 등 복합적인 요소들이 한데 어우러져있으며, 특히 인심의 향배와 같은 근본적인 요소의 지배를 받는다. 하지만 군 통수권자의 주관적인 지휘가 아주 중요한 역할을 한다는 것은 의심할 여지가 없다.

마오쩌동은 이에 대해 다음과 같이 말했다.

"나는 우세한 위치를 점하고 주도권을 쥘 수 있기를 원합니다. 적들도 마찬가지로 이런 것들을 원하지요. 이런 관점에서 보면 전쟁은 쌍방 지휘자가 군사력과 재력 등 물질적 기초를 기반으로 서로 우세와 주도권을 쟁탈하는 주관적 능력의 경합입니다. 경합의 결과는 승리와 패배로 나눠지게 되는데, 객관적인 물질조건의 비교도 중요하지만, 승자는 주관적인 지휘가 정확했기에 승리한 것이고, 패자는 주관적인 지휘가 잘못되었기에 패한 것이라고 할 수 있습니다."[07]

그는 또 다음과 같이 말했다.

---

07) 마오쩌동 저, 『마오쩌동 선집(毛泽东选集)』 제2권, 北京, 人民出版社, 1991년, 490쪽.

"전쟁은 힘의 경합입니다. 하지만 힘은 전쟁 중에서 원래의 형태를 잃고 변화하게 됩니다. 여기서 이기는 전투를 하고 잘못을 적게 저지르는 등 주관적인 노력이 결정적인 요소라고 할 수 있습니다. 객관적인 요소 자체가 이러한 변화의 가능성을 내포하고 있습니다. 하지만 이러한 가능성을 실현하기 위해서는 정확한 방침과 주관적인 노력이 따라줘야 합니다. 이럴 때에만 주관적인 노력이 결정적인 역할을 할 수 있는 것입니다."[08]

그는 짧은 이 한 마디의 말에서 '결정적'이라는 어휘를 두 번이나 사용하여 이것을 강조했다. 전쟁의 승패는 근본적으로 말하면 객관적인 요소와 인심의 향배, 장병들과 민중들의 공동 노력 등에 의해 결정되는 것이다. 이러한 조건들이 구비된 전제하에서 군 통수권자의 작전 지휘가 정확 한가 아닌가 하는 문제는 가히 '결정적'이라고 할 수 있는 것이다.

마오쩌동은 원래 군인이 아니었다. 이에 대해 그 자신도 다음과 같이 말했다.

"나는 하나의 지식분자에 불과했습니다. 초등학교 교사노릇도 했습니다. 군사에 대해 배워본 적도 없으니 당연히 싸움을 하는 법도 몰랐지요. 하지만 국민당(国民党)이 백색테러를 감행하고 공회(工会)와 농회(农会)를 파괴하며 5만에 달하는 공산당원을 대량으로 체포하고 학살하는 바람에 우리는 할 수 없이 총을 들고 산에 들어가 유격전을 벌이게 되었습니다."[09]

이러했던 마오쩌동이 어떻게 뛰어난 군 통수권자가 될 수 있었을까? 그의 방법은 "전쟁 속에서 전쟁을 배우는 것"이었다. 여기에는 두 가지 의미

08) 마오쩌동 저, 『마오쩌동 선집(毛泽东选集)』 위의 책, 487쪽.
09) 중공중앙문선연구실(中共中央文献研究室) 편, 진충지(金冲及) 주필, 『마오쩌동전(1893-1949)』, 北京, 中央文献出版社, 2004년, 164쪽.

가 내포되어 있다. 하나는 전쟁이라는 실천 속으로 들어가야 한다는 것이었다. 그렇지 하게 않고서는 전쟁 속에서 전쟁을 배운다는 것은 있을 수 없는 일이기 때문이었다. 다른 하나는 전쟁이라는 실천 속에서 심혈을 기울여 생각하고, 전쟁 중에서 얻은 성공 경험과 실패의 교훈을 부단히 종합하며, 이를 통해 자신의 인식과 행동을 교정하고, 전쟁 중에 직면한 중요한 문제에 대해 좀 더 높은 원칙적 각도에서 사색하고 해결해야 했는데, 이것이 곧 전략적 문제를 연구하는 것이었던 것이다.

천이(陳毅)는 일찍이 마오쩌동의 군사사상에 대해 다음과 같이 개괄했다.

"그 특점은 실사구시적인 방법으로 중국 전쟁의 실제상황을 연구하고, 중국혁명의 총체적인 군사적(軍事的) 법칙을 발견하고 이를 철저히 자기 것 화 했다."[10]

천이의 말은 정확했다. 실사구시야말로 마오쩌동 군사사상의 정수(精髓)이기 때문이다. 전쟁을 함에 있어서 그는 적아 쌍방의 여러 정황을 숙지하기 위해 노력했다. 그리하여 당시 상황에 알맞게 작전을 배치하고 지휘할 수 있었으며, 주관적인 지도가 객관적인 실제 상황에 부합할 수 있게 되었다. 또한 이렇게 함으로써 공허한 말만 늘어놓거나 주관적인 바람대로 함부로 지휘하는 일이 없었고, 현실적으로 실현 가능한 일에만 전념할 수 있었다. 이는 그가 전쟁에서 적들을 물리치고 승리할 수 있는 관건적 요소였다.

물론 객관사물에 대한 인식은 단 한 번에 완성되는 것은 아니다. 전쟁 중

---

10) 중국인민해방군 군사학원 편찬, 『천이군사문선(陳毅军事文选)』, 北京, 解放军出版社, 1996년, 325쪽.

에는 더욱 그러했다. 이 점에 대해 누구보다도 더 잘 알고 있었기에 천이는 또한 다음과 같이 말했다.

"전쟁 중이나 전투 중에 모든 것이 딱 들어맞는 경우는 아주 드뭅니다. 왜냐하면 전쟁의 쌍방은 무장을 한 살아있는 사람들의 집단이며, 서로 상대방에 대해 비밀을 고수하고 있기 때문입니다. 이는 움직이지 못하는 물건이나 일상적인 일들을 처리하는 것과는 사뭇 다릅니다. 그러나 대체적인 상황에 부합되고 결정적인 의의가 있는 부분의 상황에만 부합되게 지휘하면, 그것은 곧 승리의 기초가 되는 것입니다."

천이는 군 통수권자가 어떻게 정확하게 작전을 지휘할 것인가에 대한 사고와 그 실행 과정에 대해 구체적이고 명확하게 기술하였다.

지휘관의 정확한 작전 배치는 정확한 결심에서 시작되고, 정확한 결심은 정확한 판단에서 비롯되며, 정확한 판단은 주도면밀하고 필요한 정찰과 여러 가지 정찰재료를 연계해서 분석하는 사유에서 비롯됩니다. 지휘관은 모든 가능하고 필요한 정찰 수단을 동원하여 얻어온 적들의 정황에 대한 각종 재료들에 대해 알맹이를 골라내고 진위를 가늠하여, 여러 정보들을 연계시켜 사유하고 표면적인 현상에서 본질을 파악해야 합니다. 여기에 아군의 정황을 결부시켜 쌍방의 역량 대비와 상호 관계를 연구함으로써 정확한 판단을 하고 결심을 내리고 계획을 세워야 하는 것입니다. 이는 군사 전문가가 매 하나하나의 전략이나 전역(戰役), 전투계획을 세우기 전에 총체적으로 상황을 인식하는 과정입니다. 어정쩡한 군사전문가는 이렇게 하지 않습니다. 그들은 흔히 일방적인 바람에 따라 작전계획을 세우는데 이런 작전계획은 공상적인 것이고 실제에 부합되지 않는 것입니다.

상황을 인식하는 과정은 작전계획을 세우기 전에만 국한되는 것이 아니고 작전계획을 세운 뒤에도 계속 진행되어야 합니다. 어떠한 계획을 집행함에 있어서, 처음에 시작할 때와 끝날 때까지 과정은 또 다른 인식의 과정이며 실행과정입니다. 이때 첫 과정에서의 계획이 실제 상황에 부합되는지를 확인하는 작업이 필요합니다. 만약 계획이 실제상황에 맞지 않거나 혹은 더러 부합되지 않는 면이 있다면, 반드시 새로운 인식에 기초하여 새로운 판단을 내리고 새로운 결심을 내리며, 새로운 상황에 부합되게 원래의 계획을 변경해야 합니다. 계획을 부분적으로 변경하는 경우는 거의 매 작전마다에 있으며, 계획을 통째로 변경하는 경우도 가끔씩은 있습니다. 무모한 사람들은 변화를 모르거나 변화를 거부하는 경향이 많습니다. 그저 억지로 밀어붙이려고만 하는데 당연히 실패할 수밖에 없지요.[11]

위에서 언급한 두 단락의 말은 마오쩌둥이 1936년 12월에 작성한 것이다. 그로부터 12년 뒤, 3대 전략 결전에서 중국인민해방군 최고 통수권자로서 그는 이렇게 사고하고 이렇게 실천했다.

전쟁 전반의 객관적 형세에 대한 정확한 판단은 중국인민해방군이 3대 전략 결전을 진행하는 데 대한 결정을 내림에 있어서 중요한 근거였

---

11) 마오쩌둥, 『마오쩌둥 선집(毛澤東选集)』 제1권, 北京, 人民出版社, 1991년, 179-180쪽.

다. 1948년 8월에 이르러 알맞은 결전의 시기를 선택하는 것은 늦출 수 없는 문제가 되었다.

2년여 동안의 해방전쟁을 거치면서 국민당군의 역량은 대량으로 소멸되었고, 쌍방의 역량 대비에도 거대한 변화가 발생했다. 국민당 당국은 동북에서 철수하여 화중(华中)지역을 보전하는 방안을 고려하고 있었지만, 시종 결심을 내리지 못하고 있었다. 이에 대해 예젠잉(叶剑英)은 다음과 같이 기술하고 있다.

"이와 같은 상황에서, 적들이 현재의 병력을 관내(关内)나 강남지역으로 철수케 하여 우리가 기회를 놓치면 우리 군의 앞으로의 작전은 매우 어렵게 될 것이다. 따라서 기회를 포착하여 전략 결전을 단행함으로써 적들의 강대한 전략적 집단을 각개 격파해야 한다. 기회는 놓치면 다시 오지 않는다. 마오쩌동은 전쟁 형세에 대한 과학적인 분석에 근거하여, 이 전략 결전시기를 파악하여 랴오선(辽沈) · 화이하이(淮海) · 핑진(平津) 등 3대 전역을 일으켰다."[12]

병력이 아직 상대방을 초월하지 못한 상황에서 여러 방면의 요소들을 종합적으로 분석하고 전략 결전을 일으킬 결심을 내리는 것은 대단한 지혜와 용기를 요하는 일이다. 장제스는 이를 전혀 예측하지 못했기에 대응할 준비를 갖추지 못했고 결국에는 곳곳에서 얻어터지게 된 것이다.

결전의 시기를 파악한 뒤 결전의 방향을 확정하는 것 역시 아주 중요한 문제이다. 전체 국면을 아우르면서, 예상한 목적을 이루기 위해 어디서부터 시작하고 어떻게 한 걸음 한 걸음 나아갈 것인가를 정확하게 선택해야

---

12) 중국인민해방군 군사학원 편찬 『예젠잉군사문선(叶剑英军事文选)』, 解放军出版社, 1997년, 458쪽.

하는데, 이는 군 통수권자의 능력에 대한 중대한 검증이라고 할 수 있다.

마오쩌둥은 늘 다음과 같이 강조했다.

"일단 나머지는 잠간 미뤄두고 각개 격파하는 방식으로 역량을 집중하여 승리를 쟁취하면 전체의 국면도 우세한 쪽으로 변하게 되고 주도권도 우리한테 넘어오게 됩니다."[13]

그는 또 다음과 같이 기록했다.

"첫 전투는 아주 중요합니다. 첫 전투의 승패는 전체 국면에 지대한 영향을 미치게 되며, 심지어는 최후의 전투에까지 영향을 미치게 됩니다." 그렇다면 첫 전투를 어떻게 잘 치를 것인가? 이에 대해 마오쩌둥은 세 가지 원칙을 내놓았다.

"첫째, 반드시 이겨야 합니다. 적정(敵情)이나 지형·인민(人民) 등 조건이 반드시 우리에게 유리하고 적들한테 불리해야 하며, 확실한 정황 파악이 되었을 때 손을 써야 합니다. 그렇지 않으면 퇴각하는 한이 있더라도 응전하지 말고 기회를 기다려야 합니다. 기회는 언젠가는 나오게 되는 법입니다. 둘째, 첫 전투는 반드시 전체 전역(戰役)계획의 유기적인 서막이어야 합니다. 잘 짜인 전체 전역계획이 없이 첫 전투를 잘 치러낸다는 것은 불가능한 일입니다. 셋째, 다음 단계의 내용에 대해서도 충분히 고려하고 있어야 합니다." 그는 또 다음과 같이 언급하기도 했다.

"전략적 지도자는 어떠한 전략적 단계에 임하여, 뒤이은 여러 단계들에 대한 계획이 있어야 합니다. 최소한 다음 단계에 대한 계획은 있어야 합니다. 물론 뒷일은 변화막측하고 더 멀리 갈수록 더 어렴풋합니다. 하지만

---

13) 마오쩌둥 저, 『마오쩌둥 선집(毛泽东选集)』 제2권, 앞의 책, 491쪽.

대체적인 계획은 가능하며, 그 전도나 청사진을 미리 예견해보는 것은 반드시 필요합니다.", "한 단계 나아갔으면, 그 단계에서의 구체적인 변화를 보아야 하며, 이에 근거하여 자신의 전략을 바꾸거나 보완해야 합니다. 이렇게 하지 않으면 결국에는 무모하게 앞으로만 밀고 나가는 잘못을 저지르게 됩니다. 또 전체적인 전략 단계나 여러 전략 단계를 관통하는 하나의 장기적인 방침을 정하는 것이 반드시 필요합니다."[14]

3대 전략 결전은 동북에서부터 시작되었다. 예젠잉은 마오쩌둥의 결책 과정에 대해 다음과 같이 묘사했다.

"당시 전국의 여러 싸움터의 형세는 어느 정도 인민해방군에 유리한 상황이었습니다. 하지만 국민당은 동북의 여러 거점들을 고수하여 가능한 시간을 끎으로써, 동북의 인민해방군을 견제하여 관내로 진입하지 못하도록 하는 전략을 고수하고 있었다. 적들은 또 한편으로 동북의 부대를 화중지역으로 철수시켜 화중의 방어를 강화시킬 계획도 하고 있었다. 이러한 상황에서 우리가 전략 결전의 방향을 화북(华北)지역으로 결정한다면 결과적으로 푸쭤이(傅作义)와 웨이리황(卫立煌)이 이끄는 두 개 전략적 집단군의 협공을 받는 피동적인 상황에 처하게 된다.

또한 우리가 전략 결전의 방향을 화동(华东)지역으로 결정한다면 동북의 적들이 신속하게 철퇴하게 되어, 전략적으로 병력을 집중하려는 그들을 도와주는 꼴이 된다. 따라서 당시 동북의 전장(战场)은 전국적인 전세(战势)의 관건이었다.", "결전은 우선 국부적인 형세에서 시작되어, 점차 전체적으로 우세한 국면을 형성하는 것이라고 할 수 있다. 랴오선전역에

---

14) 마오쩌둥 저, 『마오쩌둥 선집(毛泽东选集)』 제1권, 위의 책, 220, 221, 222쪽.

서 신속하고 순조롭게 승리를 쟁취함으로써 전국적인 전세(戰勢)가 급변하게 되었고, 따라서 전쟁 행정 역시 예견했던 것보다 더 빨리 진전을 이루게 되었다."[15]

작전방향이 확정된 후, 이상적인 효과를 얻기 위해 마오쩌동과 중안군사위원회는 3대 전략 결전에서 모두 습격하는 작전방법을 사용했다.『손자병법 · 구지편(孫子兵法·九地篇)』에서는 다음과 같이 서술하고 있다.

"용병은 신속해야 하며, 적들이 예견하지 못한 루트를 택하여 공격하고, 적들의 방비가 허술한 곳으로 공격해야 한다.(兵之情主速, 由不虞之道, 攻其所不戒也)"『손자병법 시계편(孫子兵法· 始計篇)』에서는 또 다음과 같이 언급했다. "용병의 요체는 적을 기만하는 궤도에 있다(兵者, 诡道也)", "방비가 없는 곳을 공격하고, 미처 생각지 못했을 때 공격하는 것은 전쟁에서 승리하는 요결이며, 이를 사전에 퍼뜨려서는 안 된다(攻其无备, 出其不意。此兵家之胜, 不可先传也)" 영국의 군사학가 리들 하트(B. H. Liddell Hart)는 다음과 같이 말했다. "군사계획에서 '급습'이라는 효과적인 키를 사용하지 않는다면 반복적으로 실패할 가능성이 높다. 현실적이지 못한 생각으로 이 키를 대체할 수는 없는 것이다."[16] 이 말의 의미 역시 위에서 언급한 것과 대체적으로 비슷하다.

하지만 급습이 그리 쉬운 일은 아니다. 어떻게 적들이 '방비가 허술하고' '공격한다는 것을 생각지 못하게' 할 것인가? 여기에는 두 가지 중요한 조

15) 중국인민해방군 군사학원 편찬,『예젠잉군사문선(叶劍英军事文选)』, 北京, 解放军出版社, 1997년, 459-460쪽.

16) [영국] 리들 하트(B. H. Liddell Hart) 저, 린광위(林光余) 역,『제1차 세계대전 전사(第一次世界大战战史)』, 상하이, 上海人民出版社, 2010년, 220쪽.

건이 있다. 하나는 신속하게 진행하는 것이고, 다른 하나는 비밀을 고수하는 것이다. 또한 필요시에는 양동작전으로 적들을 착각에 빠뜨려야 한다.

3대 전략 결전에서 첫 전투는 모두 급습하는 방법을 택했다. 우선 적들이 미처 '생각지 못했을 때' 갑자기 강력하게 공격하여 그 방어선에 커다란 구멍을 뚫음으로써, 적들이 전략적 배치나 심리적으로 모두 갈팡질팡하도록 만들었으며, 그러한 기초 위에서 한 걸음 한 걸음 나아가 최종적인 승리를 이룩했던 것이다.

랴오선 전역을 예로 들어보자. 진저우의 전략적 지위는 다들 아는 사실이다. 당시 동북야전군의 주력과 후방 근거지는 모두 북만(北滿)에 있었는데, 적들을 혼란시키기 위해 양동작전을 취하였다. 그 결과 국민당군은 해방군의 중점 진격방향이 창춴(長春)이라고 오판하게 되었다. 그 틈을 타서 해방군의 주력은 은밀하게 원정하여 진저우를 급습했던 것이다. 해방군이 이현(义县)을 급습하여 진저우와 관내의 육로교통을 끊어버리고서야 장제스는 꿈에서 깨어난 것처럼 소스라치게 놀라 황망히 전력을 가다듬느라 갈팡질팡했다. 이런 것이야말로 급습이라고 할 수 있는 것이다.

화이하이 전역을 보자. 국민당군은 애초에 해방군이 서쪽 측면으로 쉬쩌우(徐州)를 공격할 것으로 예상했다. 해방군은 이번에도 여러모로 양동작전을 사용하여 적들이 완전히 착각하도록 만들었다. 결국 국민당군은 리미병단(李弥兵团)을 서쪽으로 이동시키고, 쑨위안량병단(孙元良兵团)을 북쪽으로 이동시켜 쉬쩌우 주위로 집결시켰다.

화동(华东)야전군 주력은 즉시 그 틈을 급습하여 동쪽에 고립된 황바이타오병단(黄百韬兵团)과 쉬쩌우의 연계를 끊어버렸는데, 이것이 바로 화이하이전역의 '첫 전투'였다. 이로써 국민당군의 쉬쩌우지역 전략적 배치에

차질이 생기게 되었다. 뒤이어 중원(中原)야전군이 같은 수법으로 수현(宿縣)을 급습함으로써, 쉬쩌우와 벙부(蚌埠)와의 연계를 끊어버림으로써 화이하이전역의 전면적인 승리를 위한 기초를 마련했던 것이다.

이 역시 "방비가 없는 곳을 공격하고, 미처 생각지 못했을 때 공격하는 것"이었다.

핑진전역 때 국민당군의 주의력은 동쪽에 집중되어 있었는데, 이는 동북야전군의 주력이 대거 관내로 진입하는 것을 막기 위함이었다. 장제스는 또 부대를 동쪽의 진구(津沽)로 이동시켜 필요시 해로를 통해 남쪽으로 철수할 수 있도록 했다. 그런데 해방군은 의외로 서쪽전선에서 공격을 발동했다.

궤이쒀이(归绥)에 위치해있던 양청우병단(杨成武兵团)과 스자좡(石家庄) 북쪽에 위치해있던 양더즈병단(杨得志兵团)을 은밀하게 이동시켜 각각 장자커우(张家口)와 신바오안(新保安)을 포위함으로써 푸쭤이(傅作义)가 주의력을 서쪽으로 돌리고 동쪽은 돌볼 겨를이 없게 만들었다. 동북야전군 주력은 사전에 행동을 개시하여 은밀하게 만리장성을 넘어 남하하여 베이핑(北平)과 톈진(天津)·탕구(塘沽) 사이의 연계를 끊어버렸다.

큰 전역을 갓 끝낸 동북야전군은 휴식정돈도 하지 않은 채 비밀리에 관내에 진입했던 것이다. 이에 대해 당시 동북야전군 제1병단 부사령관이었던 천버쥔(陈伯钧)은 다음과 같이 말했다.

"이때 우리는 화북의 적들을 아우르는 전략적 포위를 아직 형성하지 못했다. 진탕(津塘) 방면에서 우리의 병력은 많이 부족했는데 섣불리 핑진(平津) 등 지역에 대한 전략적 포위를 실시하거나, 장자커우·신바오안·난커우(南口) 등을 공격한다면 적들을 놀라게 해서 도망가게 만들 것이 틀림없었다. 하지만 이는 금후의 작전에 불리한 것이다. 또한 랴오선전역을 금방 끝낸 부대는 미처 휴식정돈을 하지도 못한 채 장거리행군을 강행하여 관내에 진입했기 때문에 아주 피로한 상태에 처해있었다."[17]

이러한 것들은 모두 일정한 시간을 필요로 했다. 따라서 해방군은 또 "포위만 하고 진격하지 않는다"거나, "각개로 고립시키기만 하고 포위하지는 않는다"고 하는 전쟁 역사적으로도 아주 보기 드문 전술을 사용했다. 물론 그 과정에도 여러 가지 급습이 있었음은 자명한 일이었다.

바둑을 두는 것과 같이 중요한 수 하나를 두기 위해서는 필히 전략적 안목이 있어야 한다. 이 한 수가 전반 대국에 어떠한 영향을 미치는지를 충분히 고려함으로써 기세를 몰아 전과(戰果)를 확대하고 최종적인 승리를 쟁취하는 것이다. 따라서 관전적인 곳에서 필히 심혈을 기울여 여러 가지 가능성을 충분히 고려하고 현실적인 대응방안을 모색해야 한다. 이에 대해 마오쩌둥은 다음과 같이 말했다.

"전쟁 전체를 아우르는 지도원칙은 반드시 심혈을 기울여 사고해야만 합니다.", "최고통수권자에게 있어서 가장 중요한 것은 전쟁 전체의 국면에 주의력을 집중시키는 것입니다. 특히 상황에 근거하여 부대와 병단(兵團)의 구성문제를 고려하고, 두 전역 사이의 관계 문제를 고려해야 하며, 여러 작전단계 사이의 관계 문제를 고려해야 하고, 아군의 전반적인 동향과 적들의 전반적인 동향 사이의 관계 문제를 고려해야 하는데 이러한 것들은 모두 힘에 부치는 일입니다. 만약 이러한 것들을 내버려두고 부차적

---

17) 천보준(陈伯钧) 저, 『위급한 사태- 베이핑 해방을 회억하며(兵临城下— 回忆解放北平)』, 『붉은 기 휘날리며(红旗飘飘)』 편집부 편, 『해방전쟁 회의록(解放战争回忆录)』 北京, 中国青年出版社, 1961년, 297쪽.

인 문제들에 매달린다면 결국 손해를 볼 수밖에 없을 것입니다."[18]

마오쩌동과 중앙군사위원회의 지휘 하에, 3대 전략 결전은 분산되거나 고립되거나 각개 진행된 것이 아니라, 전체적으로 계획되고 하나하나 맞물려져 있었으며 서로 호응하여 일맥상통하는 총체적 군사배치에 의해 진행되었던 것이다.

마오쩌동은 1947년 12월에 있은 군사회의에서 구체적인 작전방법에 대해 유명한 군사원칙 10항(十項軍事原則)을 제기했다.[19] 그 가운데 "우세한 병력을 집중시켜 적들을 각개 섬멸해야 한다"는 것은 가장 근본적인 방법이다. 마오쩌동은 오래 전에 벌써 다음과 같이 말했다.

"병력을 집중시킨다는 것은 말은 쉬워도 실행하려면 아주 어렵습니다. 우세한 병력으로 열세한 병력을 격파하는 것이 가장 효과적이라는 건 누구나 아는 사실입니다. 하지만 많은 사람들이 이를 실행하지 못하고 오히려 병력을 분산하게 됩니다. 그 이유는 지도자가 전략적 안목이 결여되었기 때문입니다. 그래서 복잡한 환경에 미혹되고 환경의 지배를 받아서 자주적인 능력을 상실하고 그때그때의 상황에 대응하는 데만 급급하게 되지요."[20] 이와 같은 근본적인 작전방법은 마오쩌동이 3대 전략 결전을 영도할 때 충분히 그 작용을 발휘했다.

전쟁의 승리는 군대에만 의거해서 실현되는 것이 아니다. 인민전쟁은 더욱 그러하다. 마오쩌동은 늘 "군대와 인민은 승리의 근본이다" 라고 강조했다. 3대 전략 결전이 승리하게 된 하나의 기본적인 원인은 끊임없이

---

18) 마오쩌동, 『마오쩌동 선집(毛泽东选集)』 제1권, 앞의 책, 176, 177쪽.

19) 마오쩌동, 『마오쩌동 선집(毛泽东选集)』 제4권, 위의 책, 1247, 1248쪽.

20) 마오쩌동, 『마오쩌동 선집(毛泽东选集)』 제1권, 앞의 책, 222쪽.

인력과 물력을 동원하여 전선을 지원해준 민중의지지 덕분이라고 할 수 있다.

화이하이전역을 예로 들어보자. 중앙군사위원회에서 "화이하이전역을 일으키는 것이 아주 필요하다"라고 결정을 내린지 사흘 뒤, 마오쩌동은 중앙군사위원회 명의로 다음과 같은 전보문을 작성했다.

"이번 전역은 필히 지난(济南)전역보다 규모가 크며 쒜이치(睢杞)전역보다도 그 규모가 클 것입니다. 따라서 여러분은 병단(兵团)에 충분한 휴식정돈의 시간을 주어야 할 것입니다. 또한 전 군의 작전에 필요한 후방 보급 등 방면에서 충분한 준비를 갖추고 나서 행동을 개시해야만 합니다."[21] 전역이 시작된지 얼마 지나지 않아 저우언라이가 또 중앙군사위원회의 명의로 중원국(中原局)·화북국(华北局)·화동국(华东局) 등에 전보를 발송하여, 일선 참전부대와 민공(民工)들이 백만 명에 달하며 식량 1억 근이 필요하다는 사정을 설명하고 각 지역에서 즉각적으로 식량을 조달하여 일선에 보내줄 것을 요구했다.

그 당시 해방군 전선에 양식을 보내기 위해서는 어깨에 짊어지거나, 멜대로 짊어지거나 작은 수레로 밀어서 날라야만 했다. 쑤위(粟裕)는 당시 상황에 대해서 다음과 같이 회억했다.

"참전부대와 전선을 지원하는 민공들은 매일 수백만 근의 식량을 필요로 했습니다. 거기다가 날씨가 춥고 보급선이 너무 길었기에 운송이 아주 어려웠습니다. 따라서 식량공급은 화이하이전역이 승리를 쟁취하는 데 관건적 요소의 하나였습니다. 이 때문에 마오쩌동은 우리들에게 민공들

---

21) 마오쩌동, 『마오쩌동 군사문집(毛泽东军事文集)』 제5권, 北京, 军事科学出版社, 中央文献出版社, 1993년, 26쪽.

을 포함한 전 군 130만 명이 3개월에서 5개월 동안 먹을 수 있는 식량과 탄약·마초 부상병 치료문제 등을 통일적으로 계획하여 해결해야 한다고 반복적으로 지시했습니다. '화동국에서는 전력을 다해 전선을 지원하라'는 지시를 하달하고 '해방군이 어디에서 싸우면 어디를 지원하자'는 구호를 내걸었으며, 화동전선지원위원회(华东支前委员会)를 설립함으로써 전선 지원사업에 대한 통일적 지도를 진일보적으로 강화했습니다. 산동(山东)의 인민들은 당의 호소에 적극적으로 호응하여 아껴 먹고 아껴 쓰면서 부대에 공급할 양식을 모았습니다." 그리하여 화이하이전역 후기의 해방군 진지에는 "식량이 넘쳐났고 밥 짓는 냄새가 진영에 가득했으며 병사와 군마가 날래고 용맹했는데, 전역이 끝난 뒤에도 전선부대에는 식량이 4천만 근이 넘게 남았다."[22]

전체 화이하이전역에서 민공들이 연인원 543만 명이나 동원되었으며, 탄약을 1,460만 근 날랐고, 식량은 9.6억 근이 지원되었다. 이에 대해 천이(陈毅)는 감격해 하면서 다음과 같이 말했다.

"화이하이전역의 승리는 인민대중들이 작은 수레를 밀어서 이뤄낸 것입니다. 이는 국민당군대가 번번이 탄약과 식량이 떨어져 궁지에 빠지고 결국에는 전멸하게 된 것과는 선명한 대조를 이루는 일입니다. 민중들의 전적인 지지를 얻느냐 마느냐는 전쟁의 승리를 판가름하는 근본적인 문제입니다."

마오쩌동사상(毛泽东思想)은 집체적 지혜의 결정체이다. 군사영역 내에

---

22) 쑤위(粟裕), 『산동인민들의 해방전쟁 지원(山东人民对解放战争的支援)』· 덩화(邓华)·리더성(李德生) 등 저, 『성화요원 미간고(星火燎原未刊稿)』 제10집, 北京, 解放军出版社, 2007년, 101-102쪽.

서 그는 일선에 있는 장교들의 의견을 아주 중시했는데, 늘 그들과 반복적으로 토론하고 그들의 판단과 건의를 귀담아들었다.

화이하이전역을 예로 들어보자. 당시 화동야전군 대리사령관 겸 대리정치위원(政委)이었던 쑤위가 지난(济南)전역이 끝날 무렵에 중앙군사위원회에 "곧바로 화이하이전역을 일으킬 것에 대한 건의를 했다."[23] 그 이튿날 마오쩌둥은 중안군사위원회의 명의로 "우리는 화이하이전역을 일으키는 것이 아주 필요하다고 생각합니다." 라고 회답했다.[24]

화동야전군이 황바이타오병단(黃百韜兵团)을 분할하여 포위하려 할 즈음에, 다비에산(大別山) 지역에 남아있던 중원야전군 사령관 류보청(刘伯承)이 1948년 11월 3일 중앙군사위원회에 다음과 같은 전보를 보냈다.

"장제스군의 대군이 쉬쩌우에 포진해있는데 보급선은 진푸로(津浦路) 하나뿐이어서 우리가 잘라버릴까 봐 걱정하고 있습니다.…… 따라서 중대한 불이익이 발생하지만 않는다면 천이·덩샤오핑(邓小平)부대의 주력이 쉬쩌우와 벙부 사이의 철도를 잘라버려 쑨위안량병단(孙元良兵团)을 고립시키고 쉬쩌우를 협공하는 태세를 취하고, 우리 중원야전군이 작전 중인 서남방향에서 적들의 중추를 끊어버리는 방법을 취하면 효과가 아주 좋을 것 같습니다."[25]

이틀 뒤 마오쩌둥은 중앙군사위원회의 명의로 천이·덩샤오핑·쑤위·천스주(陈士榘)·장전(张震) 등에게 전보를 보내 수방(宿蚌) 지역에서 작전하는

23) 쑤위(粟裕), 『쑤위문선(粟裕文选)』 제2권, 北京, 军事科学出版社, 2004년, 571쪽.

24) 마오쩌둥, 『마오쩌둥 문집(毛泽东文集)』 제5권, 北京, 人民出版社, 1996년, 157쪽.

25) 중국인민해방군 군사학원 편, 『류보청 군사문선(刘伯承军事文选)』, 北京, 解放军出版社, 1992년, 437쪽.

것에 대한 두 가지 방안을 제시하고 "어느 방안이 나은지를 잘 참작하여 회답하라"고 지시했다. 7일, 쑤위·천스주·장전 등이 다음과 같이 보고 했다. "중원군이 류루밍(刘汝明)부대를 섬멸하는 작전이 이미 완성되었다면, 주력이 직접 진푸로(津浦路)로 수방(宿蚌)구간에 진입하여 …… 쉬쩌우에 있는 적들의 퇴로를 차단하고 리미·추칭촨병단(李弥邱清泉兵团)이 남쪽으로 철퇴하지 못하도록 할 것을 건의합니다."

9일 마오쩌둥은 중앙군사위원회의 명의로 연속 2개의 전보를 작성하였다. 첫 번째 전보는 "천이·덩샤오핑은 1·3·4·9 종대를 포함한 각 부대를 지휘하여 바로 수현(宿县)으로 진격하여 수방로(宿蚌路)를 끊어버리라"는 것[26]이었다. 두 번째 전보는 더욱 명확했는데, "쑤위·장전은 가능한 쉬쩌우 부근에서 적들의 주력을 섬멸하여 남쪽으로 도망치지 못하도록 하며, 화동·화북·중원 등 3개 야전군은 우리 군의 공급을 최대한 보장하도록 하라"는 것이었다. 화이하이전역의 전반적인 전략적 구상은 중앙군사위원회와 일선의 장교들이 실제 정황에 따라 반복적으로 토론하여 확정한 것이었다.

이에 대해 중원야전군 참모장 리다(李达)는 다음과 같이 평론했다. "군사위원회와 마오 주석은 일선 지휘관들의 건의를 적극적으로 받아들여 제때에 계획을 수정하여 이미 변화한 상황에 대처했으며, 또한 일선에 있는 류보청·천이·덩샤오핑 등에게 '그때그때 상황에 맞게 알아서 처리할 수 있는 권한'을 위임하였다. 이는 화이하이전역이 순조롭게 승리를 이룰 수 있었던 중요한 원인이었다."[27]

---

26) 마오쩌둥, 『마오쩌둥 군사문집(毛泽东军事文集)』 제5권, 앞의 책, 182쪽.
27) 중국인민해방군 군사학원 편, 『李达军事文选』, 北京, 解放军出版社, 1993년, 291쪽.

군사 상황은 일반적으로 아주 긴박하기 마련이다. 하지만 계획을 추진하는 단계나 혹은 상황이 허락할 때마다 마오쩌둥은 늘 일선의 장교들과 반복적인 토론을 하고 그들의 의견을 듣고 나서 결단을 내렸다. 또한 결책이 이미 내려지고 상황이 긴급할 때에는 일선 장교들에게 "지시를 기다리지 말고 그때그때 상황에 맞게 알아서 처리하도록" 했다. 이러한 것들은 장제스의 작전 지휘에서 찾아볼 수 없는 것이었다.

중국공산당은 민주적인 기초 위에서 집중을 취하며, 집중적인 영도아래 민주를 취할 것을 제창했다. 3대 전략 결전 가운데 해방군 최고지휘부와 일선 장교들 사이에서 리드미컬하게 맞물리는 관계는 이 점을 잘 보여주었다.

아래 3대 전략 결전에서 특수한 역할을 한 저우언라이에 대해 말하고자 한다.

1947년 3월 국민당군대가 옌안(延安)을 공격했다. 당시 인민해방군 총참모장이었던 펑더화이(彭德懷)는 서북해방군의 총지휘를 맡아 열세한 병력으로 후종난(胡宗南) 부대의 공격에 맞서게 되었고, 저우언라이는 중앙군사위원회 부주석 신분으로 총참모장 직무를 대행하게 되었다.

당시 마오쩌둥·저우언라이·런비스(任弼时) 등이 800명 규모의 소부대를 이끌고 산뻬이(陝北)에서 전전했다. 당시의 긴장 국면에 맞춰 이 시기 중공중앙(中共中央)의 지도는 고도로 집중되었다. 당시 중공중앙에서 결정을 내리는 이는 마오쩌둥과 저우언라이·런비스 세 사람 뿐이었다. 나중에 저우언라이는 외국 손님에게 다음과 같이 말했다.

"중앙에는 세 사람 뿐이었지요. 바로 마오쩌둥과 저우언라이·런비스 동지였습니다. 이 세 사람이 바로 중앙이었지요."[28] 이들이 산뻬이에서 전전하는 1년 동안 류보청·덩샤오핑의 대군은 천리를 뛰어넘어 따비에산(大別山)을 장악했고, 인민해방군은 전략적 방어로부터 전략적 공격으로 선회했으며, 전쟁의 형세는 놀라운 발전을 가져왔다. 중화인민공화국이 건립되고 나서 얼마 안 되어 마오쩌둥은 다음과 같이 말했다.

"후종난이 옌안을 공격한 뒤로 산뻬이에서 나와 저우언라이·런비스 동지는 두 개의 땅굴에서 전국의 전쟁을 지휘했습니다." 이에 이어 저우언라이가 말했다. "마오 주석은 세계에서 가장 작은 사령부에서 가장 큰 인민해방전쟁을 지휘했지요."[29] 저우언라이는 자기 자신을 언급하지는 않았지만 당시 그가 어떠한 역할을 했는지는 말할 필요도 없는 것이었다.

3대 전략 결전 당시 중공중앙은 이미 허베이의 시바이퍼(西柏坡)에 집결했다. 저우언라이는 계속해서 중앙군사위원회 부주석과 대리총참모장을 담임했기에 다망하기 이를 데 없었다. 매일 저녁마다 이튿날 새벽까지 일하고 나서야 잠자리에 들었는데 겨우 다섯 시간을 자고 이튿날 오전 아홉 시면 바로 기상해서 일에 매달렸다. 그와 마오쩌둥이 거주하던 집은 아주 가까이에 있었는데 수시로 만나면서 문제가 있으면 바로 의견을 교환하고 상의하여 결정했다. 1980년대 초 필자는 당시 저우언라이 신변에서 일했던 장칭화(张淸化)를 만났다. 그는 필자에게 다음과 같이 말했다. "당시 군사상의 문제는 주로 마오쩌둥과 저우언라이가 상의하여 결정했지요.

28) 중공중앙문선연구실 편, 진충지 주필, 『周恩来传』 제2권, 北京, 中央文献出版社, 1998년, 842쪽.

29) 위린(榆林)지구 『毛主席转战陕北』 편찬팀 편, 『毛主席转战陕北』, 시안(西安), 陝西人民出版社, 1979년, 2, 3쪽.

마오쩌동은 통수권자였고 저우언라이는 결책의 참여자였으며 구체적으로 조직하고 실행했지요."

군사위원회 작전부 외에도 저우언라이는 따로 작은 작전실을 갖고 있었는데 이 작전실의 실장을 맡은 장칭화는 당시 저우언라이의 군사방면 비서였던 셈이었다. 그는 매일 국세의 변화에 따라 작전지도에 표시를 했다. 저우언라이는 늘 군사위원회 작전부에 가서 상황을 파악하곤 했는데, 적아 쌍방의 전쟁태세와 병력 배치, 부대의 특점, 전투력의 강약은 물론 국민당군 지휘관의 프로필과 성격까지 손금 보듯 파악하고 있었다. 새로운 정황이 나타날 때마다 저우언라이는 늘 자세하게 확인하고 파악하고 나서 마오쩌동에게 보고하곤 했다. 두 사람이 연구하여 결정을 내리고 나면 일반적으로 마오쩌동이 전보문을 기초했으며, 가끔씩 저우언라이가 기초하기도 했는데, 군사 방면의 모든 서류나 전보들은 모두 저우언라이의 손을 거쳤다.

중앙기록보관실(中央档案馆)에 보관되어 있는 당시 군사방면의 서류들을 보면, 당시의 급박한 상황에서 서기처(书记处)의 다섯 명 서기(书记)들이 공동으로 상의하여 결정한 것은 극소량에 불과했고, 태반은 마오쩌동과 저우언라이 두 사람이 상의하여 결정한 후, 중앙군사위원회의 명의로 기초하여 내보낸 것이었다. 전보문을 발송하는 방식은 대체로 두 가지였다. 가장 많이 취한 방식은 전보문에 마오쩌동과 저우언라이가 서명을 한 뒤, "류사오치·주더·런비스가 열람한 후 보낼 것"이라고 밝혔는데, 이 경우는 위에서 언급한 세 사람이 열람한 후 보내졌다. 다른 한 가지 경우는 상황이 아주 급박할 때 쓰는 방식이었는데, "먼저 발송한 후 사오치·주더·런비스가 열람하도록 할 것"이었다. 전보문은 모두 마오쩌동과 저우언라이

두 사람이 공동으로 상의한 뒤 군사위원회의 명의로 기초한 것이었기에, 마오쩌둥이 기초한 것이라고 해서 마오쩌둥 개인의 의견인 것은 아니었다. 저우언라이가 기초한 것은 저우언라이 개인의 의견이라고 할 수 있었다. 당시 두 사람이 상의하여 결정할 때 옆에 다른 사람이 없었기에, 중대한 전략적 문제에서 어떤 것이 저우언라이가 먼저 제기한 것인지는 현재 고증하기 힘들고 앞으로도 더욱 어려울 것이다.

또 한 가지 언급할 것은 군사는 경제·정치·문화 등과 분리해서 독립적으로 고찰할 수 없다는 것이다. 리들 하트는 다음과 같이 말했다.

"승리는 축적되어 이루어진 것이다. 여기에서 군사·경제·심리 등 모든 것들이 무기화되어 승리에 공헌하게 된다고 할 수 있다. 승리를 쟁취하기 위해서는 현대 국가 속에 존재하는 모든 자원들을 효과적으로 재통합해야만 한다. 또한 성공하기 위해서는 여러 가지 행동들을 원활하게 조정할 수 있어야만 한다."[30] 마오쩌둥이 군사작전을 지도함에 있어서 중요한 특점은, 그가 시종일관 군사와 경제·정치·문화 등 여러 방면의 요소들을 하나로 연계시켜 종합적으로 고찰하고 그 기초 위에서 판단과 결책을 내렸다는 것이다.

---

30) [영국] 리들 하트(B. H. Liddell Hart) 저, 린광위(林光余) 역, 『제1차 세계대전 전사(第一次世界大战战史)』, 앞의 책, 427쪽.

마오쩌동과 저우언라이(周恩來)[31]

마오쩌동이 떨어질 수 없었던 동지 저우언라이

방문자(장쑤화[张素华], 볜옌쥔[边彦军], 우샤오메이[吴晓梅]): 마오쩌동을 위대한 전략가라고 하면 저우언라이는 위대한 국무활동가(国务活动家)라고 할 수 있습니다. 누군가가 중국 혁명에서 "마오쩌동은 일을 계획하고, 저우언라이는 일을 이루었다"고 말하기도 했습니다. 이처럼 마오쩌동과 저우언라이 사이의 긴밀한 합작이 중국의 정치에 어떠한 영향을 미쳤다고 생각합니까?

진충지(金沖及): 마오쩌동과 저우언라이 두 사람은 확실히 떼어놓고 말할 수는 없습니다. 재미있는 일이지요. 중국 근 · 현대사에서 두 사람이 나란히 병칭된 예는 너무나 많습니다. 이를테면 태평천국(太平天国)의 홍양(洪杨, 홍슈첸[洪秀全]과 양수칭[杨秀清]), 무술유신운동(戊戌维新运动)의 캉량(康梁, 강여우웨이[康有为]와 량치차오[梁启超]), 신해혁명(辛亥革命) 시기의 쏜황(孙黄, 쏜원[孙中山]과 황싱[黄兴]), 중국공산당 건당 전후의 '남천북리(南

---

31) 이 글은 『당의 문헌(党的文献)』 1993년 2기에 발표되었는데 원 제목은 『"마오쩌동과 저우언라이"의 대화에 관해(关于"毛泽东和周恩来"的对话)』이다.

52 신 중국을 건설한 영도자들에게서 배우는 창업경험

陈北李, 천두슈[陈独秀]와 리다자오[李大钊])' 등을 들 수 있습니다. 두 사람 가운데 늘 한 사람이 주가 되고 다른 한 사람은 또 남들이 도저히 대체할 수 없는 역할을 했는데, 서로 보완하고 서로 의존하는 관계였습니다. 중국공산당 제1대 지도그룹에서 '마오저우(毛周)'라고 병칭된 적은 없지만 두 사람의 관계가 아주 밀접했다는 것은 명명백백한 사실입니다.

두 사람의 관계에서 마오쩌둥은 당연히 주도적인 위치를 차지했지요. 마오쩌둥의 지혜와 그가 중화민족을 위해 이룬 공헌은 다른 사람이 대체할 수 없는 것입니다. 이에 대해 덩샤오핑 동지는 다음과 같은 적절한 평가를 했습니다.

"마오 주석이 없었더라면 우리는 아마 지금도 암흑 속을 헤매고 있을 것입니다. 저우언라이 역시 마찬가지라고 생각합니다. 만약 마오쩌둥이 없었더라면 저우언라이 역시 지금의 저우언라이가 아니었을 것입니다. 물론 저우언라이는 청년시절부터 이미 뛰어난 사람이었습니다. 하지만 진정으로 그가 정확한 방향으로 재능을 꽃피울 수 있었던 것은 마오쩌둥의 지도가 있었기에 가능하다고 할 수 있지요. 이는 사실입니다. 저우언라이가 이처럼 성심을 다 해 마오쩌둥을 우러러 대했고 옹호한 이유 역시 여기에 있습니다. 또 마오쩌둥에 대해서 중앙의 한 지도자 동지가 한 말이 있지요. '그가 가장 떨어질 수 없는 사람은 저우언라이이다.' 이 역시 사실입니다. 결국 그 두 사람 사이의 관계는 상부상조하는 관계라고 해야 할 것입니다."

방문자: 그렇다면 구체적으로 이 두 사람이 중국혁명과 중국정치에 미친 역할과 영향을 어떻게 평가해야 할까요?

진총지: 리처드 닉슨은 다음과 같은 말을 한 적이 있습니다. "마오쩌동은 방안을 내놓고 큰일을 결정하는 사람이고, 저우언라이는 그것을 책임지고 집행하는 사람이다." 일반적인 각도에서 보면 리처드 닉슨의 말에는 어느 정도 일리가 있습니다. 나는 마오쩌동과 저우언라이가 여러 회의에서의 발언록과 관련 글들을 적지 않게 읽었습니다.

마오쩌동은 전체적인 것을 총괄하고 큰 방침을 결정하며, 높은 지붕에서 병에 든 물을 쏟듯이 파죽지세로 나아가는 느낌이었고, 저우언라이의 발언록과 글들을 읽노라면 주도면밀하게 배치하고 사리분별을 잘 한다는 느낌이었습니다. 따라서 일반적으로 볼 때, 마오쩌동은 확실히 큰 방향을 파악하고 큰 결정을 하는 데 치중했으며 저우언라이는 집행하고 실행에 옮기는 데 치중했다고 할 수 있습니다.

하지만 이는 상대적으로 말하는 것이지요. 말을 딱 잘라서 그렇다고 할 수는 없습니다. 마오쩌동이 과연 큰 결책만 하고 구체적인 사업들은 상관하지 않았을까요? 아닙니다. 마오쩌동은 전체 국면에 대해 결정적인 의의가 있다고 판단되는 구체적인 부분에 대해서는 아주 주도면밀하게 체크하곤 했습니다.

그는 일찍이 "확실하게 장악하지 않는 것은 장악하지 않은 것이나 다름없다"고 말한 적이 있습니다. 마찬가지로 저우언라이 역시 집행하는 역할만 한 것은 아닙니다. 그 역시 전략가였고 중대한 결책 능력을 갖고 있는 사람이었습니다.

저우언라이는 1924년에 프랑스에 있을 때, '국민혁명'과 '공산주의혁명'의 관계에 대해 담론하면서 "첫 걸음을 내딛지 않고 어찌 두 번째 걸음을 내딛을 수 있단 말인가?" 라고 말했었는데, 이는 중국혁명이 두 걸음으로 나뉘어서 진행되어야 한다는 관점을 천명한 것입니다. 1930년 4월 그는 독일공산당 중앙기관지『홍기보(红旗报)』에 발표한 글에서 "농민유격전쟁과 토지혁명은 오늘날 중국혁명의 주요한 특징이다." 라고 천명했었는데, 이러한 것들은 이미 오래 전부터 있었던 일들이지요.

중앙의 9월의 편지(九月来信)[32]가 꾸텐(古田)회의에 미친 역할은 다들 잘 아는 일입니다. 그 후에 중국혁명을 승리로 이끄는 과정에서 저우언라이는 당의 여러 중대한 결책 과정에서 많은 공헌을 했습니다. 예를 하나 들어볼까요?

『저우언라이전(周恩来传)』을 기초하던 중에 중앙의 어느 한 지도자가 초안을 읽었는데, 3대 전략 결전을 포함한 해방전쟁 등 군사방면에서의 저우언라이의 역할을 충분히 반영해 내지 못했다는 느낌이 든다고 했지요. 왜냐하면 저우언라이는 당시 군사위원회 부주석에 대리 참모총장까지 담당하고 있었는데, 이 방면에서의 공헌이 결여되었다는 것이었습니다. 후에 나는 등 누님(邓大姐)[33]과 얘기를 나누다가 이 점을 언급한 적이 있었습니다. 그러자 등 누님은 다음과 같이 말했습니다.

"저우언라이 동지는 산뻬이에 있을 때 실질적인 총참모장이었지요. 이후의 한국전쟁 시기를 비롯한 많은 작전방안들은 그가 먼저 작성한 후 마오 주석한테 보여주고 비준을 받았지요. 혹은 그가 마오 주석을 찾아가 보

---

32) 9월의 편지(九月来信), 1929년 9월 28일, 저우언라이의 주최 하에 기초하여 중공중앙의 명의로 홍사군(红四军) 전선위원회에 하달한 편지로, 마오쩌동의 '공농무장할거(工农武裝割据)' 사상을 지지하고, 마오쩌동이 여전히 전선위원회 서기임을 명확히 했다. 이는 금후 중국 혁명에서 마오쩌동의 지도체제를 확립하는데 중요한 역할을 한 편지로 간주된다.
33) 덩 누님(邓大姐), 저우언라이의 부인 덩잉차오(邓颖超)를 이르는 말임.

고하고 상의하여 내린 결정을 다시 그가 관철하는 식이었지요." 이는 분명한 사실이지만 전기를 씀에 있어서 주요한 의거는 남겨진 기록문서(档案)입니다. 문제는 그 중에 전략적으로 중요한 결책에 대한 서류들은 대부분 마오쩌둥이 기초한 것이고, 저우언라이가 기초한 것은 구체적인 관철·집행에 관한 배합성적인 서류들이라는 점입니다. 그렇다면 이는 마오쩌둥이 혼자서 모든 결책을 내렸음을 의미할까요? 그렇지는 않습니다. 기록문서는 어떠한 문제에 대해서 설명해주지만 모든 문제를 낱낱이 설명해주는 것은 아닙니다. 당시 군사위원회 작전실에서 일했던 어느 동지가 다음과 같은 말을 했습니다.

"당시 매일매일 거의 모든 군사 전보가 우선적으로 저우언라이에게 전해졌습니다. 저우언라이는 보고나서 자기의 의견을 잘 고려해본 뒤 일반적으로 지도에다 표기까지 했지요. 그러고 나서 마오쩌둥을 찾아갔습니다. 두 사람이 함께 중대한 문제를 상의하여 결정을 내린 후, 당일의 중요한 전보문은 마오쩌둥이 직접 기초하고, 기타 구체적인 문제들은 저우언라이가 처리하는 식이었습니다." 당시 당의 지도그룹은 5명의 서기(书记)로 이루어져 있었는데, 군사방면에서 중대한 결책들을 할 때는 마오쩌둥이 당연히 지도적인 역할을 했지요.

그 다음으로 저우언라이의 참여를 들어야 할 것입니다. 저우언라이는 일찍 "산뻬이를 전전할 때, 세계에서 가장 작은 사령부에서 가장 큰 인민해방전쟁을 지휘했습니다." 라고 말한 적이 있습니다. 여기에서 말하는 '가장 작은 사령부'는 사실상 저우언라이를 포함한 두세 사람이었습니다. 이밖에 외교 등 방면에서 저우언라이가 중대한 결책을 적지 않게 내렸었는데 여기서는 더 언급하지 않겠습니다. 따라서 결론적으로 말하면, 마오쩌동은 결책자이고 저우언라이는 집행자라는 말은 일반적으로 말하면 맞는 말이기도 하지만, 이는 어디까지나 상대적인 말에 불과한 것이지요.

방문자: "마오쩌동은 일을 생각하고, 저우언라이는 일을 성사시킨다"는 말은 일반적으로 보면 개괄적이고 형상적인 말이라고 보여 집니다.

진충지: 어떠한 의미에서 말하면 저우언라이는 의식적으로 집행자의 역할을 맡으려 했다고 볼 수 있습니다. 저우언라이 옆에서 오랫동안 일을 해왔던 어느 동지가 다음과 같은 이야기를 들려준 적이 있습니다. 건국 초기에 그는 저우언라이에게 다음과 같이 물은 적이 있었지요. '당신께서는 왜 이론적인 방면의 사업을 하지 않습니까?' 이에 대해 저우언라이는 다음과 같이 대답했다고 합니다. '왜 그렇게 묻습니까? 우리처럼 이렇게 큰 나라에는 구체적인 일들이 너무 많은데 종당에는 누군가가 처리해야 하지 않겠습니까? 내가 이런 일들을 많이 처리하면 마오 주석에게는 더 큰 문제를 생각할 시간이 더 많이 주어지게 되지요.' 보다시피 저우언라이는 국가와 혁명이라는 큰 틀에서 출발하여 기꺼이 '조연' 역할을 자처한 것입니다. 물론 이는 그가 내심으로부터 마오쩌동에 대해 경복(敬服)하고, 마오쩌동이 중대한 문제를 고려함에 있어서 자신보다 더 고명하다고 믿었기에 가능한 일이었습니다. 리처드 닉슨은 이에 대해 다음과 같이 말했지요. '저우언라이는 늘 조심스럽게 스포트라이트의 초점을 마오쩌동 한 사람만 향해서 맞추었지요.'"

방문자: 량쑤밍(梁漱溟)은 언젠가 다음과 같은 말을 한 적이 있습니다.

"저우언라이는 더없이 총명한 사람입니다. 마오쩌동이 회의를 주최하면, 특히 건국 이후의 회의에서 발언을 할 때는 늘 국내외의 정세를 들어가며 열변을 토했는데, 맨 나중에는 '그럼 이렇게 합시다!'라며 발언을 마치곤 했습니다. 말을 끝맺지 않고 '그럼 이렇게 합시다!'라고만 하면 도대체 어떻게 하라는 말인지 다른 사람들은 멍하니 오리무중에 빠졌어도 저우언라이는 전부 알아들었습니다. 남은 것은 저우언라이가 관철하고 집행하는 일 뿐이었습니다."

량수밍의 말은 그 개인의 관점이기는 하지만, 중대한 결책을 함에 있어서 마오쩌동의 주도적 지위는 의심할 여지가 없다는 것을 말해주지만, 그 뒤에는 저우언라이라 총리가 없어서는 안 된다는 점을 잘 설명해 주는 말이지요. 또한 마오쩌동과 저우언라이 두 사람의 찰떡 같은 사이를 설명해 주는 말이기도 하지요.

진총지: 그렇습니다. 마오쩌동의 사상은 크고 심오하여 가끔 액면 그대로 이해하는 데는 한계가 있습니다. 마오쩌동의 사상맥락에 대해 저우언라이는 누구보다도 잘 이해하고 정확하게 짚어냈지요. 또한 저우언라이는 일처리가 주도면밀했기에 마오쩌동 역시 걱정 놓고 맡길 수 있었습니다. 저우언라이가 중국 정치에 미친 역할은 마오쩌동의 말년에 특히 특수한 의의를 띠게 됩니다.

말년의 마오쩌동은 당과 국가의 일상적인 구체 사업에 점점 적게 참여했습니다. 또한 말년의 그는 현실에서 점점 더 많이 이탈해갔지요. 후차오무(胡喬木) 동지가 어느 땐가 마오쩌동에게 공장에 직접 내려가 보는 게 좋지 않겠냐고 건의했습니다. 이에 마오쩌동은 "내가 어떻게 갑니까? 내가

가면 다들 나를 둘러싸기에 급급한데 내가 공장을 보는 것이 아니라 공장이 나를 보는 셈이 아닙니까?” 라고 대답했다고 합니다. 아무튼 마오쩌둥이 말년에 현실에서 점점 더 많이 이탈해 가는 상황에서, 여러 방침과 정책의 제정에 있어서 저우언라이의 보조적 역할은 그 전에 비해서 훨씬 더 많아졌던 것입니다.

그들의 일치함과 불일치함

방문자: 마오쩌둥과 저우언라이는 당의 역사에서 일치할 때도 있고, 일치하지 않을 때도 있었습니다. 우리는 그들의 일치함과 불일치함을 어떻게 바라봐야 할까요?

진총지: 나는 이 두 사람이 중국혁명과 건설에서의 큰 목표는 일치했다고 생각합니다. 또한 저우언라이는 마오쩌둥에 대해 기꺼이 심복했다고도 볼 수 있습니다. 그렇지 않으면 두 사람 사이의 친밀한 합작과 찰떡 궁합을 설명할 길이 없지요. 물론 일부 문제에서 두 사람은 관점이 달라서 서로 어긋나는 경우도 없지 않았습니다. 하지만 이들은 서로 정면으로 첨예하게 충돌한 적이 없습니다. 이는 다른 많은 지도자들과는 다른 점입니다. 민주혁명시기를 먼저 얘기해봅시다. 당시 국외에는 이상한 말이 돌았지요. 중앙소비에트시기 당내의 주요한 모순은 마오쩌둥과 저우언라이 사이의 모순이라는 것이었는데, 나는 그렇게 보지 않습니다.

방문자: 국외의 어떤 사람들은 마오쩌둥과 저우언라이의 모순을 권력투쟁이라고 하면서 저우언라이가 중앙소비에트지역에 간 것은 마오쩌둥의 권력을 쟁탈하기 위해서라고도 했지요.

진총지: 그건 잘못된 말입니다. 소비에트 중앙국을 설립한 시기는 1930

년 6기 3중전회(六屆三中全会)의 마지막 며칠 동안에 정치국에서 결정한 일입니다. 처음부터 서기는 저우언라이였지요.

그는 중앙소비에트지역을 책임지고 지도했을 뿐만 아니라 전국의 각 소비에트지역 홍군까지 책임지고 지도했습니다. 당시 상하이의 중공중앙은 저우언라이가 없으면 안 되었기에, 먼저 소비에트지역에 간 샹잉(项英)이 대리하게 되었습니다. 후에 'AB단(AB团)' 문제가 생기면서 샹잉이 우파분자로 몰렸습니다. 게다가 샹잉은 군사적으로도 약했기에 마오쩌동이 대리서기를 대신하게 되었습니다.

1931년에 저우언라이가 소비에트지역에 오게 되면서 서기 직무는 당연히 그가 맡게 된 것입니다. 이를 어찌 권력쟁탈이라고 할 수 있습니까? 왜냐하면 이 직위는 원래부터 그의 것이었고, 그가 오기 전에 다른 사람이 잠시 대리했을 뿐입니다. 이제 그가 왔으니 자연스럽게 그에게로 돌아간 것인데 여기에 무슨 권력쟁탈 문제가 있단 말입니까?

방문자: 그렇다면 닝두회의(宁都会议)에서 저우언라이가 마오쩌동의 군권을 빼앗았던 문제도 없었던 것입니까?

진총지: 여기서 말하는 군권은 주로 1방면군(一方面军) 총정치위원 문제입니다. 원래 중앙혁명군사위원회가 설립된 후 1방면군은 존재하지 않았습니다. 주더가 홍군 총사령을 맡고, 왕자샹(王稼祥)이 총정치부 주임을 맡았으며, 마오쩌동은 중앙정부 주석으로서 중앙혁명군사위원회 활동에 참여했지요. 나중에 1방면군이 회복되었는데, 중앙국에서는 저우언라이가 1방면군 총정치위원을 겸임하도록 결정했습니다. 하지만 저우언라이와

주더·왕자샹이 또 연명으로 마오쩌동한테 맡길 것을 제기했습니다. 저우언라이는 또 중앙국에 편지를 보내 마오쩌동이 총정치위원을 맡아야 한다는 의견을 견지했습니다.

마오쩌동은 이런 상황에서 총정치위원 직무를 회복한 것입니다. 닝두회의에서 다수의 사람들이 마오쩌동을 후방으로 보내야 한다고 주장했지만 저우언라이가 끝까지 전방에 남겨야 한다고 주장했지요. 이에 대해 저우언라이는 두 가지 방안을 내놓았습니다. 마오쩌동이 전쟁 전반을 지휘하는 책임을 맡고 저우언라이가 행동방침의 집행을 감독하거나, 혹은 저우언라이가 전쟁 전반을 지휘하는 책임을 맡고 마오쩌동이 협조하는 가운데 한 가지를 택하도록 한 것입니다.

마오쩌동은 개성이 아주 강했습니다. 그는 중앙국의 절대적인 신임을 얻지 못했다고 생각하자 그는 저우언라이의 첫 번째 방안을 끝까지 거부했습니다. 저우언라이는 할 수 없이 총정치위원을 대리하게 되었고, 후에는 이 직무를 겸임하게 된 것입니다. 들으셨겠지만 저우언라이가 마오쩌동의 권력을 탈취했다는 건 사실이 아닙니다. 닝두회의 전에 군사문제에 대한 논쟁이 있었습니다.

전방의 저우언라이·마오쩌동·주더·왕자샹 등 네 사람의 의견은 일치했는데, 단지 후방의 중앙국 사람들과 논쟁이 있었던 거지요. 후방에서는 공격하지 않고 소극적으로 기다리는 것은 잘못이라고 했고, 전방에서는 불리한 조건에서 억지로 공격하려 하지 말고, 우선 대중을 발동하고 적들을 깊이 유인한 뒤 병력을 모아 격파하며, 시기를 기다리면서 적들을 궤멸시켜야 한다고 주장했습니다. 전방과 후방 사이에 주고받은 전보는 아주 많습니다. 한두 마디 말로 다 말할 수 있는 것이 아니지요.

방문자: 닝두회의에서는 도대체 무엇을 토론한 겁니까? 회의기록은 있습니까?

진총지: 회의기록이 없는 것이 가장 안타까운 일입니다. 구체적으로 어떤 얘기들이 오고 갔는지는 고증할 길이 없습니다. 하지만 당시 후방에서 중앙에 보낸 전보들을 보면 그들이 저우언라이에 대해 불만이 있었다는 것을 알 수 있습니다. 그가 타협주의 경향이 있으며, 샹잉을 비판하는 정도가 마오쩌둥을 비판하는 것을 초월했다는 것입니다. 마오쩌둥의 성격은, "당신들이 내 관점을 지지하지 않으니 나는 차라리 안 하겠다"는 식이었습니다. 저우언라이의 경우는 다수의 의견에 복종하고 대국을 돌보는 한편, 또 중앙에 대해서도 존중하면서 내키지 않더라도 잠시 참으면서 계속 하는 식이었습니다. 두 사람의 성격이 이렇게 달랐는데, 이 점 역시 저우언라이가 마오쩌둥보다 못한 점이지 않나 싶습니다.

방문자: 중앙소비에트지역 이후, 특히 항전 초기를 넘기면서 두 사람 사이에는 어긋나는 일이 거의 없었으며 손발이 잘 맞았습니다. 그래서 하나하나의 기적들을 창조하였지요. 하지만 건국 후, 전에는 겪어보지 못했던 새로운 문제들에 부딪치면서 두 사람이 종종 어긋나기도 했습니다.

진총지: 큰 문제는 두 번 정도 있었을 겁니다. 하나는 1956년을 전후해

서 있었던 '반모진(反冒进)'[34]이고 다른 하나는 '문화대혁명'입니다. 저우언라이가 왜 '반모진'을 제기했는지 이에 대한 자세한 설명은 여기서 하지 않겠습니다. 다만 한 가지 언급할 것은 난닝회의(南宁会议)에서 저우언라이가 이 때문에 격렬한 비판을 받았다는 것입니다. 마오 주석은 '반모진'이 6억 인민들의 사기를 꺾어놓았고, 정치 방향에 대한 착오를 범했다고 지적했습니다. 총리는 누차 자기비판을 해야 했지요.

방문자: 총리의 자기비판은 본심이었을까요?

진충지: 내가 보기에는 그에게 납득이 안 되는 부분이 분명 있었습니다. 하지만 완전히 본심에 없는 자기비판을 했다고 하기도 어렵습니다. 당시에 확실히 현실을 이탈하고 무모하게 나아가려는 경향이 농후했기에, 그가 납득이 되지 않았던 것은 당연한 일입니다. 당시 그가 마오 주석을 찾아가 보고할 때 두 사람은 격렬하게 논쟁했다고 합니다. 마오 주석이 20억의 예산을 추가하려 했는데 저우언라이가 끝까지 반대했지요. 당시 저우언라이 신변에서 사업하던 동지의 회억에 따르면, 그는 반성문을 작성할 당시 한창 쓰다가 도저히 써내려가지 못했다고 합니다.

마음이 복잡할 수밖에 없었겠지요. 그렇다고 해서 그가 본심과 완전히 어긋나는 자기비판을 했다고 볼 수도 없는 일입니다. 그 반성문의 첫 구절은 이랬습니다. "주석님은 전략적으로 문제를 판단합니다. 하지만 저는 지나치게 전술적인 각도에서 문제를 보는 경향이 있습니다." 내가 보기에

---

34) 반모진(反冒进), 경제건설에서 수치를 부풀리고 현실을 이탈해서 무모하게 나아가는 것을 반대한 운동으로, 저우언라이 천윈 등이 주도했다.

적어도 이 말은 그의 본심이라고 봅니다. 물론 완전히 납득이 된 것은 아니겠지요. 글쎄요.

방문자: 어쩌면 스스로 납득을 하려고 노력했을지도 모르는 일이지요.

진총지: 문제는 여기에 있는 것 같습니다. 저우언라이는 마오쩌둥이 늘 높이 서서 멀리 내다봤다는 생각을 했을 것입니다. 이를테면 많은 역사적 경험으로 볼 때, 마오쩌둥이 늘 자기보다 더 높게 서서 더 멀리 내다봤으니 이번에도 자기가 틀렸을 거라는 생각을 가질 수 있다는 겁니다. 이런 각도에서 본다면 총리의 자기반성은 본심이라고 할 수도 있습니다.

방문자: '문화대혁명' 중의 저우언라이에 대해 여러 가지 말들이 많습니다. 어떤 이는 그가 대국을 위해 치욕을 참았다고 했고, 또 어떤 이들은 그가 맹목적인 충성을 하였기에 오뚝이처럼 넘어지지 않았다고 했으며, 심지어 어떤 이들은 그를 무골충이라고까지 했습니다. 이에 대해 선생님은 어떻게 생각합니까?

진총지: '문화대혁명' 문제는 좀 더 복잡합니다. '문화대혁명'이 시작될 때까지도 마오 주석은 저우언라이에게 이를 알려주지 않았습니다. 이것은 사실입니다. 당시 그는 화북에서 가뭄에 대처하는 일로 바삐 보냈지요. 『해서파관(海瑞罷官)』을 비판할 때에도 그는 사전에 몰랐습니다. 나중에 공작소조(工作組)를 갓 구성했을 때 그는 또 장시간 출국을 했었습니다. 아무튼 최초에 그 역시 '문화대혁명'을 옹호했을 거라고 생각합니다. "수정

주의를 반대하고 방비하며", 대중을 발동하여 사회주의사회에 존재하는 어두운 면을 제거한다는 데에 대해, 당시에는 반대할 이유가 없었지요. 다만 구체적인 방법에서 어떠한 사람이든 모두 타도한다는 데 대해서는 동의하지 않았습니다. 또한 당시 그가 가장 많이 한 말은 생산성을 높여야 한다는 것이었는데, 아마 여기에서 문제가 생겼을 겁니다.

실상 많은 사람들이 '문화대혁명'에서 타격을 받고 시달림을 받았습니다. 적지 않은 사람들이 처음에는 '문화대혁명'의 방향은 맞는 것이라고 생각했지만, 후에는 점차 문제가 있음을 발견하게 됩니다. 실제로 겪으면서 점차 인식하는 과정이었다고 할 수 있는데, 내가 보건대 저우언라이 역시 그랬을 겁니다.

방문자: 사람들의 마음속에는 의문이 있습니다. 마오쩌둥은 저우언라이를 아주 신임했고, 저우언라이만 마오쩌둥과 대화를 할 수 있었습니다. 저우언라이는 마오쩌둥의 적지 않은 방법들이 잘못되었다는 걸 분명히 알고 있었지요. 그런데 왜 마오쩌둥에게 의견을 제기하지 않았을까요?

진충지: 이는 우리가 저우언라이를 어떻게 이해하느냐에 관계되는 문제입니다. 예를 하나 들어봅시다. 1965년에 저우언라이는 뮤지컬『동방홍(东方红)』을 심사할 때 아주 의미심장한 말을 했습니다. "설령 당의 지도자가 잘못을 저질렀다고 하더라도 노선의 착오에까지 이르지 않았다면, 의견을 제기할 때 그 방식이나 효과를 고려해야 하며 당의 단결에 주의해야 합니다."

당시는 아직 '문화대혁명'이 시작되기 전이었고 나중에 어떤 일이 벌어

질지도 몰랐습니다. 아무튼 이 말은 저우언라이의 일처리 방식의 특점을 잘 보여주고 있습니다. 당시의 상황에서 저우언라이가 회의석상에서 바로 일어나 마오쩌둥이 제기한 중요한 의견에 대해 반대 할 수는 없었을 것입니다. 그렇게 해서 효과를 볼 수 있는 것도 아니니까요. 일반적으로 그는 다른 의견이 있으면 회의가 끝난 뒤 따로 마오쩌둥을 찾아가서 의견을 교환했습니다. 그런데 지금에 와서는 이게 문제지요.

그가 단독으로 마오쩌둥을 만난 횟수는 수없이 많았는데 이는 그의 달력에도 기록되어 있습니다. 그런데 도대체 어떤 얘기를 주고받았는지는 아무도 모릅니다. 저우언라이 역시 마오쩌둥과 다른 의견이 있다는 것을 남들에게 얘기하지 않았으니까요.

나는 한 가지 일만 알고 있습니다. 왕리(王力)가 나한테 들려준 것입니다. 왕리에 따르면, 저우총리(周總理)는 마오 주석에게 '자산계급 반동노선'을 제기하는 것은 옳지 않으며, 노선의 잘못이라면 오직 '좌(左)'나 '우(右)'가 있을 뿐이라고 의견을 제기했다고 합니다. 그렇다면 '자산계급 반동노선'이 대체 무엇이며, 왜 이 문제를 제기한 것일까요?

당시 저우총리는 직접 왕리를 찾아와 『홍기(紅旗)』 잡지에 실렸던 사론에서 제기된 '자산계급 반동노선'을 반대한다는 것이 과연 무엇인지를 물었다고 합니다. 그래서 우연히 드러나게 된 것이지요. 보다시피 저우 총리가 단독으로 마오 주석을 만날 때에는 자기의 의견을 제기한다는 것을 알 수 있습니다. 내가 보기에 저우언라이의 의견들에 대해 마오쩌둥은 받아들일 때도 있고 받아들지 않을 때도 있었을 것입니다. 받아들여서 저우언라이의 방안대로 일이 추진된다고 하더라도 그는 자기가 제기한 의견이라고 다른 사람들에게 떠벌리지는 않았을 것입니다. 반대로 받아들이지

이는 일반적인 사람들이 도저히 해낼 수 없는 일입니다. 그는 앞에서 언급한 두 가지 선택에서 후자를 택했는데, 이는 그 자신으로 놓고 말하면 가장 고통스러운 선택이었을 것입니다. 하지만 그로서는 치욕을 참고 온 힘을 다해 대세를 만회해야 하는 이 길을 선택할 수밖에 없었지요.

그는 '문화대혁명'이라는 이 재난 속에서 국가와 인민들이 될수록 손실을 적게 입도록 노력했고, 가능한 방법을 동원하여 타도되었거나 배제되었던 동지들을 일으켜 세워 5년 계획을 새로 제정하고, 규장제도를 회복했으며, 마지막에는 4개 현대화(四个現代化) 목표를 다시 제기했습니다. 그의 서거는 전국 인민들 속에서 그렇듯 큰 반향을 일으켰지요. 4월 5일의 그 일[35]을 포함해서 말입니다. 이러한 모든 것들은 어떠한 의미에서 말하면 큰 인내와 끈기의 표현이라고 할 수 있습니다.

지금에 와서 보면 마오 주석이 서거한 뒤 우리 당이 그처럼 빨리 국면을 되돌린 데는, 저우 총리가 아무도 이해해주지 않는 상황에서 묵묵히 그 많은 준비들을 해놓은 것과 떼어놓을 수 없습니다. 따라서 이 선택이 아닌 다른 어떠한 선택도 이보다 더 좋을 수는 없었던 것입니다. 명확하게 '문화대혁명'을 반대한다고 성명을 내고, 한편으로는 단결을 유지한다는 것은 통쾌해 보이기는 하지만 당시 상황에서는 불가능한 일이었지요.

방문자: 사실 다른 한편으로 보면, 당시 린뱌오나 장칭(江青) 역시 그를 거꾸러뜨리려 했습니다. 그런 복잡한 관계 속에서 그나마 저우언라이가 이러한 모순을 처리할 수 있고 전체 국면을 수호할 수 있었지요.

---

35) 4월 5일의 그 일, 1976년 4월 5일, 전국적으로 저우언라이를 추모하고 '4인방'을 규탄하는 대규모의 집회가 열렸다.

진충지: 나는 쪽지를 건넸던 그 대학원생에게 다음과 같이 말했습니다. 천이는 가히 경골한(硬骨漢)이라고 할 수 있습니다. 만약 저우언라이가 무골충이었다면 천이가 저우언라이를 그토록 존경할 수 있었을까요? 천이는 저우언라이를 이해했고 아무도 대체할 수 없는 그의 역할에 대해서 잘 알고 있었지요.

국가와 민족의 이익을 어깨에 짊어진 위대한 정치가가 그러한 상황에서 고려한 문제들은, 일반 시정잡배들의 사유방식이나 일부 검은 심보를 품은 사람들의 사유방식으로는 이해할 수 없는 일입니다. 그들은 저우언라이가 거꾸러지지 않고 있는 걸 보고는 그가 자기 자신을 보호하려 한다거나 두려워한다는 따위의 헛소문을 퍼뜨렸습니다. 그래서 무골충이라는 말도 나오게 된 것이지요. 남들에게 비판을 받는 것은 두려운 일이 아닐지라도 남들에게 오해를 받는 것은 두려운 일입니다.

우리는 역사적 경험을 종합할 때 저우언라이의 문제점이나 잘못을 지적할 수는 있습니다. 그 역시 모든 일을 정확하게 처리했다고는 볼 수 없으니까요. 후대들은 이에 대해서 평할 수 있습니다. 하지만 우선 사실에 맞게 그를 이해해야지 사실관계를 떠나 자기의 추측만으로 경솔하게 판단해서는 안 되는 것입니다.

성격이나 출신의 차이는 중요한 것이 아니다

방문자: 언젠가 선생님께서 그런 말을 한 적이 있지요. 만약 마오쩌둥과 저우언라이의 출신과 소년 시절의 환경에 대해 비교를 한다면 아주 재미 있을 것이라고요.

진총지: 그런 말을 한 적이 있습니다. 사람들이 처한 환경이나 출신, 동 년시절의 경력 등은 모두 그 사람의 일생에 영향을 주는 것들입니다. 저 우언라이는 선비가문에서 태어났습니다. 그는 중국 전통문화에서 비교적 정통적인 것들을 더 많이 받아들였는데, 정통적인 전통문화 속에는 찌꺼 기만 있는 게 아닙니다.

방문자: 전통적인 미풍양속이 완전히 틀리다고는 말할 수 없지요.

진총지: 구체적으로 분석해야 합니다. 한마디로 부정해서는 안 되지요. 마오쩌둥은 시골에서 자랐는데 농민들의 고통스러운 생활을 많이 목격했 지요. 그는 어려서부터 『수호전(水滸传)』이나 『봉신방(封神榜)』과 같은 책 들을 즐겨 읽었는데, 중국 전통문화에서 그는 반역성을 띤 인물이나 학설 을 더 좋아했습니다.

그는 집에서 맏이였는데 부친은 그에게 아주 엄격했습니다. 마오쩌둥 의 청소년 시절에 이미 반항적인 성격이 두드러졌었지요. 저우언라이는 점점 몰락해가는 가문에서 태어났기에 여러모로 생활의 어려움을 경험했습니다. 그는 어려서부터 그 나이의 아이가 감당하기에는 너무 무리한 중임을 떠메었습니다. 그리하여 집체(처음에는 가정이라는 집체)에 대한 강렬한 책임감을 일찍부터 키우게 되었습니다. 그는 어렸을 때 삼촌의 양자로 들어갔다가 나중에 또 큰아버지한테 맡겨졌습니다. 결국은 남에게 얹혀서 산 셈입니다. 물론 그의 큰아버지가 그를 많이 아껴줬으니 남에게 얹혀서 살았다는 표현이 적절한 것은 아닙니다. 그래도 어쨌든 자기 집에서 사는 것보다는 못할 수밖에 없는 일입니다.

그는 난카이중학교(南开中学)에서 공부할 때 지은 글에는 다음과 같은 내용이 있습니다. 어느 해 섣달 그믐날 저녁, 다른 학우들은 모두 집으로 돌아갔지만 그만 돌아가지 못했지요. 집이 천리밖에 떨어져있는 데다 너무 가난하기까지 했기 때문입니다. 이러한 것들을 생각하니 너무 서러워서 눈물이 났는데 베개를 흠뻑 적셨다는 겁니다. 이 때문에 그는 감정을 무척 중히 여기게 되었고 인내심 역시 특별히 강했습니다.

정풍운동 때 저우언라이는 충칭(重庆)의 어느 당원회의에서 자신에 대해 얘기한 적이 있습니다. 엄마의 교육은 인자함과 예양(禮讓)으로 점철되어 있었는데, 이는 자신의 성격에 영향을 주어 야성적인 면이 부족하다는 것입니다. 마오쩌둥의 경우는 그 스스로가 말한 것처럼 호랑이의 기질과 원숭이의 기질을 모두 갖고 있으며 비교적 뛰어났다는 것입니다. 이러한 것들은 그냥 떠오르는 대로 예를 든 것이지, 유년 생활이 그들에게 미친 영향을 전면적으로 분석한 것은 아닙니다. 또한 절대적인 것도 아니지요.

저우언라이의 성격 속에는 강의(剛毅)하고 과단하며 언제나 이성으로 자신의 감정을 지배하는 면이 있습니다. 환난사변(皖南事变)과 같은 관건적인 시기에 보인 그의 대지(大智)와 대용(大勇)은 따로 언급하지 않겠습니다.

작은 예를 하나 들어보지요. 1958년 그의 고향에서는 농토기본건설을 하게 되었는데, 그의 부모님들의 묘지가 문제가 되었습니다. 그때 그는 부모님들의 묘지를 밀어버리고 유골을 깊이 묻어버리라고 끝까지 요구했습니다. 이는 지금에 와서 보면 별일이 아닐 수도 있습니다. 하지만 저우언라이에게 있어서는 간단한 일이 아니었습니다.

그가 일본에 유학하면서 쓴 일기에는 다음과 같은 내용이 들어있습니다. 어머니 묘지의 벽돌 하나가 떨어졌다는 것을 전해들은 그는 너무 불안해서 온 밤을 눈을 붙이지 못했습니다. 될 수만 있다면 한달음에 달려가서 보수하고 싶었지요. 엄마에 대한 그의 감정이 얼마나 깊었는지를 가늠할 수 있는 일화지요. 하지만 1958년의 상황에서 그는 조금도 주저하지 않고 묘지를 밀어버리고 유골을 깊이 묻도록 했습니다. 결국 자기 개인 정감을 깊이 묻어버렸다고 할 수 있지요.

방문자: 이는 아주 생동적인 이야기입니다. 저우언라이와 같은 위인의 성격에도 두 가지 방면이 있었군요. 그렇다면 한 사람의 소년시절의 성격이 그 사람의 일생에 얼마나 큰 역할을 미치는 걸까요?

진총지: 사람들은 대체로 20살쯤까지 성격이 점차 형성됩니다. 이렇게 형성된 성격은 나중에 다 사라질까요? 아닙니다. 내 개인의 체험을 예로 들어봅시다. 내가 공산당원이 된지는 이미 40년이 넘습니다. 하지만 청소년 시절의 친구들을 만날 때면 아직도 학생시절인 듯하고 성격 역시 별로

변하지 않은 것처럼 느껴지지요. 하지만 변화가 없는 것은 아니지요. 뭐가 변했을까요? 정치적 입장과 정치적 관점은 당연히 그 때와 다릅니다. 자기의 확고한 신념이 생겼고 실제 사업이라는 단련 속에서 많은 것을 배우게 됩니다. 무엇을 해야 하고 무엇을 하지 말아야 하는가는 이제 더 이상 제멋대로 결정할 수 없게 되었고요. 성격 역시 여러모로 많이 변했습니다. 따라서 한 사람의 청소년 시절의 성격이 그의 인생에 미친 영향은 적당히 평가해야지 지나치게 강조하지 말아야 한다고 봅니다.

한 사람의 일생에 결정적인 영향을 미치는 것은, 그가 장기적으로 처해 있는 환경과 사회에서의 실천이라고 할 수 있습니다. 동년시절에 형성된 성격으로 모든 것이 결정되는 것은 아니라는 말입니다.

오늘날 우리가 마오쩌동과 저우언라이를 연구하는 것 역시 마찬가지입니다. 동년시절이 그들에게 미친 영향을 어떠한 측면에서 분석하되 특별히 강조하여 언급하지는 말아야 합니다. 정확한 관점이라고 해도 과분하게 확대되고, 심지어 국부적인 것이 전체적인 것으로 과장되면 결국에는 잘못된 관점이 되고 맙니다. 마오쩌동과 저우언라이는 많은 공통점을 갖고 있습니다.

인류의 아름다운 이상에 대한 추구, 중화민족을 고난 속에서 구출하겠다는 커다란 책임감, 정치상의 탁월한 식견, 드넓은 흉금, 완강한 의지, 높은 원칙성과 지혜로움의 교묘한 결합, 곤란과 좌절을 극복해내는 강인함 등입니다. 이러한 것들이야말로 주요한 것이고, 이러한 것들이 바로 그들을 한데 묶어놓은 것입니다.

방문자: 마오쩌동과 저우언라이가 청년시절로 진입한 후의 경력도 완

전히 같지 않습니다. 이러한 경력들은 그들의 금후에 영향을 미쳤을까요?

진충지: 나는 이 문제가 동년시절 성격의 영향보다 더 중요하며 더 주의를 기울여 보아야 한다고 봅니다. 마오쩌동은 국내에서 활동해왔고 건국 후에는 소련에 두 번 다녀왔을 뿐입니다. 하지만 국내에서는 북경(北京)·상하이·우한(武汉)·창사(长沙)·광저우(广州) 등 대도시들을 두루 돌아다녔습니다. 이러한 경력이 없이 사오산(韶山)에만 있었다면 그 역시 나중의 마오쩌동으로 성장하지 못했을 것입니다.

마오쩌동은 끝까지 출국을 하지 않으면서 자신의 임무는 우선적으로 중국을 연구하는 것이라고 했습니다. 이는 마오쩌동의 고명한 점이라고 할 수 있습니다. 낡은 중국의 국정(특히 광범위한 농촌)에 대해 당내에는 마오쩌동만큼 심각하고 정확하게 파악하고 있는 사람은 없었습니다. 당시 소련에서 돌아온 유학생들은 물론 기타 사람들도 중국 국정에 대해 마오쩌동보다 많이 알지 못했습니다. 따라서 어떻게 낡은 중국을 뒤엎을 것인가 하는 문제에서 그 누구도 마오쩌동과 비교할 수가 없었지요. 하지만 반대로 생각하면, 그는 현대화한 사회생산과 세계적인 범위에서 사회경제에 발생하는 심각한 변화에 대한 직접적인 경험은 거의 없었습니다. 그리하여 우리가 새로운 중국을 건설할 때, 특히 사회주의제도가 건립되고 나서, 다음으로 어떻게 전진하고 어떻게 현대화한 중국을 건설할 것인가 하는 문제에 직면해서는 그의 경험과 지식으로는 역부족이었습니다. 물론 마오쩌동은 세계적인 안목을 가진 정치가이기는 하지만, 이러한 경험과 지식상의 국한성은 그에게 영향을 미칠 수밖에 없었지요. 어느 때인가 나는 차오무(乔木) 동지와 마오쩌동의 『10대 관계를 논함(论十大关系)』을 다시 읽는 문제를 두고 이야기를 나누게 되었습니다. 저우언라이가 그 전후에 했던 일련의 발언들과 비교해보면 두 사람의 사고 맥락에 미묘한 차이가 있음을 느낄 수 있었지요.

『10대 관계를 논함』에서는 지식분자 문제나 과학기술 문제에 역점을 두지 않았습니다. 단지 어떻게 각 방면의 적극성을 고취하고 각종 관계를 알맞게 처리하며 열성높이 국가를 건설할 것인가에만 치중했었지요. 저우언라이는 전체적인 면에서는 자연히 마오쩌둥의 주장대로 일을 진행했습니다. 하지만 그는 세계 과학기술의 신속한 발전이라는 거대한 도전에 주의를 기울였고, 사회주의 현대화 건설에서 과학기술이 중요한 요소임을 강조했습니다.

그는 또 건설을 함에 있어서 단순히 인력에만 의지해서는 안 되며, 현실에 맞지 않는 지나치게 빠른 속도를 추구해서도 안 된다고 강조했습니다. 지식분자 문제를 이야기하면서 그는 특별히 고급 지식분자의 중요성을 강조했습니다. 그 시기 두 사람의 사고의 맥락에는 분명히 차이가 있었습니다.

방문자: 문제는 어디에 있었을까요?

진충지: 내가 보건대 이는 각자의 경력과 무관하지 않은 것 같습니다. 저우언라이·덩샤오핑·천이·녜룽전(聶荣臻) 등은 젊었을 때 유럽에서 오랫동안 유학생활을 경험했습니다. 심지어는 천윈(陈云)까지도 중국에서 경제가 가장 발달한 상하이에서 성장했고, 열두세 살 되던 해에 상무인서관(商务印书馆)에 학도로 들어갔습니다. 그들은 과학기술과 현대화한 사회대

생산에 대한 직접적인 경험이 아주 많았는데 이러한 것들은 그들이 문제를 사고하거나 이해하는 데 영향을 미쳤지요. 물론 마오쩌동과 그들이 노선 문제에서 근본적으로 엇갈린 것은 아닙니다. 총체적으로 말하면 그들은 모두 사회주의 건설이라는 새로운 시기 중국의 현실적인 국정(國情)에 직면하여, 방법을 생각하고 경험을 모색했습니다.

탐색의 과정을 자세히 살펴보면 각자가 문제를 고려하는 각도나 사고의 맥락에는 차이가 있었습니다. 하지만 선명히 다른 두 가지 다른 주장을 형성하지는 못했고, 최종적으로는 마오쩌동이 결정하였으며, 다른 사람들이 그의 주장대로 실행했습니다.

방문자: 마오쩌동이 국내에서 얻은 경험과 지식이 민주혁명시기에 거대한 작용을 발휘했고, 다른 사람들이 국외에서 유학하면서 얻은 경험과 지식은 그때까지는 별로 쓸모가 없었는데, 건국하고 나서 마오쩌동의 경험과 지식은 점점 역부족이었고, 오히려 다른 사람들이 유학하면서 얻은 경험과 지식들이 쓸모 있게 되었기에 이들이 사유의 맥락에서 점점 차이가 생겼다고 볼 수 있지는 않을까요?

진충지: 그런 점이 없지는 않습니다. 하지만 결정적인 작용을 한 것은 청년시기의 경험이 아니라 현실사회에서의 실천입니다. 저우언라이가 지식분자회의에서 그런 말을 한 것은 그가 당시에 했던 실제 사업과 관계가 있습니다. 그는 직접 제1차 5개년계획의 제정을 지도하고 이끌었습니다. 계획을 제정하면서 따져보니 우리에게 전문가가 너무 부족하다는 것을 느끼게 된 것입니다. 이를테면 공장을 얼마나 건설하느냐 하는 것은 얼

마나 많은 기술인재가 있느냐 하는 것과 직결되었지요. 엔지니어가 턱없이 부족했습니다. 또 한 가지 정황이 있습니다. 그 시기 저우언라이는 여러 차례 출국을 했습니다. 1954년에는 제네바 등 유럽에 갔었으며, 1955년에는 반둥에 갔었습니다. 그는 국제적으로 과학기술의 발전 태세를 직접 경험했으며 이에 대해 사고하게 되었지요. 따라서 그의 발언에도 세계적인 범위에서 과학기술이 신속하게 발전한다는 내용이 담기게 된 것입니다. 이러한 직접적인 감수와 감촉은 중국의 사회주의 건설에 대해 사고하는 데 영향을 미쳤지요.

따라서 후기의 사회실천은 동년시절의 성격이 그들에게 미친 영향보다 훨씬 크다고 할 수 있습니다. 오늘날 우리가 역사를 돌이켜보면 민주혁명 시기와 건국 초기는 중국이 전례 없는 사회대변혁을 겪는 시기였습니다. 그 시기의 주요한 투쟁형식은 대중운동과 그에 따른 무장투쟁이었습니다. 사회의 발전은 거대한 비약의 단계로 진입했고 변화는 그토록 빨랐는데 이는 장기적인 역사과정에서 축적된 산물인 것입니다. 이러한 상황에서 마오쩌둥은 중국혁명의 경험을 종합하고 위풍당당하게 하나 또 하나의 웅장한 역사 활극을 연출했습니다.

양적 변화와 질적 변화의 법칙에서 보면, 한 차례의 비약을 실현하고 나면 또 다른 축적이 필요합니다. 가끔의 질적 변화를 동반한 점진적인 변화 과정을 거치게 되는데, 이때에는 주관적인 의지대로 억지로 큰 비약을 실현하려 해서는 안 됩니다. 좋은 마음으로 억지로 그렇게 하더라도 객관법칙을 위반하게 되고, 크게 넘어지게 됩니다. 이는 우리가 겪었던 엄중한 교훈입니다. 금 후 우리의 발전 역시 마찬가지입니다. 몇 년으로 나누어 한 단계 씩 오르고 파상적으로 추진해야 하며 "대약진(大跃进)"과 같은 방법을 다시는 사용해서 안 됩니다. 이와 같이 공통된 인식을 가지고 분발하여 노력하며, 대담하게 개척하여 전진하고, 또 객관적인 규율에 따라 일을 처리한다면, 우리의 국가와 민족은 큰 희망이 있을 것입니다.

저우언라이는 진실을 추구했고 극단주의를 반대했다³⁶

저우언라이가 20세기의 가장 위대한 정치가 가운데 한 사람이라는 것은 아마 세인들이 다 공인하는 사실일 것이다. 그가 인민의 사업을 위해 "죽을 때까지 온 힘을 다 바치는" 헌신정신, 왕성한 정력으로 여러 가지 복잡한 문제들을 처리하는 능력, 겸손하고 주도면밀하고 대중과 밀접히 연계하는 작풍 등은 아직까지도 억만 인민들의 마음속에 살아있다.

사람들의 행동은 늘 사상의 지도를 받게 된다. 정확한 행동의 배후에는 필히 정확한 사상의 지도가 있기 마련이다. 저우언라이가 왜 이처럼 큰 성공을 거두게 될 수 있었으며, 그가 후대들에게 어떠한 정신적 재부들을 남겼을까? 이는 여러 각도에서 깊이 연구해야 할 중대한 과제이다. 이 글에서는 다만 그의 사상방법이라는 한 측면에서 약간 감수한 바를 이야기하고자 한다.

어느 외국의 친구가 이런 말을 한 적이 있다. "저우언라이한테서는 망상주의와 극단주의 색채를 조금도 찾아볼 수 없습니다." 이 말은 나에게 깊은 인상을 남겼다. 왜냐하면 이 말은 저우언라이의 사상방법의 중요한 특

---

36) 이 글은 『진리의 추구(真理的追求)』 1990년 3기에 발표되었는데, 원 제목은 『진실을 추구하고 극단주의를 반대한다 – 저우언라이 철학적 사고의 두 가지 선명한 특점(求真、反对极端主义—周恩来哲学思考的两个鲜明特点)』이다.

징을 정확하게 짚어냈기 때문이다. 그가 망상주의 경향이 없고 모든 것은 실제로부터 출발하는 이것이 곧 유물주의이며, 극단주의 경향이 없고 복잡한 사물에 대해서 분석하는 태도를 견지하는 이것이 곧 변증법이기 때문이다. 만약 저우언라이를 실제 사업에서 변증유물주의를 능수능란하게 활용하는 대사(大師)라고 해도 지나친 찬양은 아닐 것이다.

저우언라이의 중요한 풍격은 바로 실제적이라는 것이다. 그는 젊었을 때 자기 자신에 대해 다음과 같이 평가했다. "내가 진실을 추구하는 마음은 지극히 왕성하다(我求真的心又極盛)" 여기서 '진(真)'은 곧 실제이고, '구(求)'는 곧 추구이다. 저우언라이는 종래 주관적인 상상이나 일시적인 충동으로 일을 처리하는 법이 없었다. 그는 늘 자기의 사상과 행동이 실제 상황에 엄격하게 들어맞도록 노력했으며, "진실을 추구하는 마음이 지극히 왕성했다." 시종 실사구시의 과학적 태도를 견지한 것은 저우언라이의 사상방법을 이해하는 하나의 중요한 열쇠이다.

저우언라이는 큰 포부와 굳은 이상을 지닌 사람이었다. 이러한 포부와 이상은 엄격하게 진실을 추구하는 그의 정신과 일치한 것이다. 그는 5.4 운동 전에 이미 일본에서 마르크스주의를 접했으며, 이를 동경하는 태도를 취했다. 하지만 그는 또 많은 시간을 할애하여 실제적인 사회상황에 대해 반복적으로 고찰했으며, 각종 주의에 대해 "깊이 탐구하고 비교했다." 그러고 나서야 확신적으로 선고를 했다. "내가 인정한 주의는 절대 변하지 않을 것이다. 또한 이를 선전하기 위해 결연히 앞으로 매진할 것이다." 이러한 결심이 일단 내려진 뒤로는 어떠한 역량도 이를 동요하거나 바꾸지 못했다.

혁명에 투신한 후에도 그는 시종 "진실을 추구하는" "왕성한 마음"을 잃지 않았다. 그는 자기 어깨에 놓인 짐이 점점 더 무거워짐을 느끼게 되자 더욱 겸손하고 신중해졌다. 그의 말을 빌린다면 시시각각으로 "경계하고 삼가하는 태도"를 유지했으며, 실제 상황에 따라 조금의 빈틈도 없이 성실하게 일을 처리했고, 종래 소홀하거나 태만하지 않았다.

저우언라이는 늘 다음과 같이 강조했다. "어떠한 일의 좋고 나쁨을 판단하기 위해서는 객관적인 존재에서 출발해야 하지, 주관적인 상상에서 출발해서는 안 됩니다."(『조사연구를 강화하다(加强调查研究)』) 그는 새로운 사업을 시작함에 있어서 늘 전체적인 국면을 우선 고려하고 형세를 정확하게 예측했으며, 주위의 상황, 특히 각종 사회역량 상황에 대해 체계적이고 복합적으로 분석했고, 시시각각으로 정세 발전에 귀를 기울였으며, 문제점을 정확하게 찾아내고 사업방침을 정했다.

어떻게 정확한 결정을 내릴 것인가에 대해 그는 다음과 같은 몇 가지 원칙을 제기했다. "우선 주위 환경과 그 변동을 예측해야 하며 그 곳의 그 시기의 특점을 찾아내야 합니다. 그리고 당의 총체적인 임무와 연계시켜 한 시기의 임무와 방침을 확정해야 합니다. 다음으로 이 방침에 근거하여 적당한 구호와 책략을 정해야 합니다. 다음으로는 이에 근거하여 실제 상황에 맞는 계획과 지시를 결정해야 합니다.

이 모든 것은 반드시 가장 실제적인 조사연구를 거쳐야 하며, 이러한 실제적인 자료와 당의 원리원칙을 연계시켜야 합니다." 그는 또 다음과 같이 요구했다. "투쟁 속에서 이론 원리와 원칙을 심사해야 합니다."(『어떻게 좋은 지도자가 될 것인가(怎样做一个好的领导者)』) 이러한 것들은 그의 일관된 작풍이었다.

그러했기에 저우언라이는 "주관적인 상상에서 출발하여" "객관적인 존재"를 무시하는 잘못된 행위에 대해 강력히 반대했다. 1956년에 그와 천원이 발동한 '반모진'이 바로 좋은 예이다. 그는 그해 2월의 국무원 전체회의에서 다음과 같이 말했다. "현재 조급정서가 자라나고 있는데 주의를 환기해야 합니다. 사회주의 적극성에 손해를 줘서는 안 되지만, 현실적인 가능성을 초월하거나 근거가 없는 일들에 대해서는 함부로 제기하지 말고, 함부로 앞당기려 하지 말아야 합니다. 이는 아주 위험한 일입니다.", "우리는 조건이 성숙되도록 해야 하며, '오이가 익어 꼭지가 절로 떨어지고, 물이 흐르는 곳에 도랑이 생기도록' 기다려야 합니다.", "대중들의 적극성에 냉수를 부어서는 안 되지만, 지도자의 머리가 지나치게 뜨거워지면 정신이 번쩍 들도록 냉수로 씻어야 합니다."(『경제 사업은 실사구시해야(经济工作要实事求是)』)

그해 9월 당의 제8차 대표대회에서 그는 더욱 의미심장한 말을 했다. "우리나라의 국민경제는 지금 신속하게 발전하고 있습니다. 또한 상황은 아주 빠르게 변화하고 있으며, 새로운 문제들은 시간과 장소를 가리지 않고 나타나고 있는데, 많은 문제들은 서로 복잡하게 얽혀있습니다. 따라서 우리들은 반드시 정상적으로 대중과 접촉하고 현장에 들어가 조사연구 사업을 강화해야 하며, 상황의 변화를 장악하고 유리한 조건과 불리한 조건들을 구체적으로 분석해야 합니다. 또한 순조로운 방면과 어려운 방면을 충분히 예측하여 바로바로 결정을 내릴 수 있도록 해야 하며, 국민경제의 각 부문과 각 방면의 활동을 조절하고 서로 이탈하거나 서로 충돌하는 현상이 없도록 해야 합니다.

우리처럼 땅이 넓고 상황이 복잡하며 경제적으로 한창 거대한 변혁을 일으키고 있는 나라에서 어떠한 방심도 중대한 잘못을 초래하고 중대한 손실을 일으킬 수 있습니다. 따라서 주관주의와 관료주의를 극복하는 것은 우리에게 아주 특별하고도 중요한 의의가 있는 일입니다."(『첫 번째 5개년 계획의 집행상황과 두 번째 5개년 계획의 기본임무(第一个五年计划的执行情况和第二个五年计划的基本任务)』) 이 얼마나 정곡을 찌른 말인가!

우리 당 내부의 적지 않은 간부들 가운데는 오랜 악습이 하나 있다. 문제에 부딪치면 극단으로 가는 것인데, 심지어는 하나의 극단에서 새로 극단으로 넘어가기도 한다. 이는 마르크스주의 변증법을 근본적으로 위반한 것이다. 바로 그 외국 친구가 말한 것처럼, 저우언라이는 종래 극단주의자가 아니었다. 주위에서 그런 바람이 아무리 몰아쳐 와도 저우언라이는 늘 냉정을 유지했고 적당한 방법으로 억제했다.

저우언라이가 이렇게 할 수 있었던 것은 변증법에 대한 그의 깊은 이해에서 비롯된 것이며, 또한 "진실을 추구하는 지극히 왕성한 마음"에서 비롯된 것이었다. 저우언라이는 실제를 아주 중시했는데, 객관사물 자체는 복잡하고 다방면적이며 내재적인 모순으로 충만하여 있었다. 그 누구라도 이렇게 복잡한 사물을 전부 한눈에 꿰뚫어볼 수는 없는 일이다. 극단주의적인 방법이나 간단화한 방법들은 일시적으로 아주 통쾌한 듯 보일지 모르지만, 실상은 단편적이고 객관적 실제에 부합하지 않는 것이다.

저우언라이는 이 점을 아주 투철하게 꿰뚫어보고 있었다. 그는 다음과 같이 말했다. "사물에는 늘 내재적인 모순이 존재하는데 중요한 것과 부차적인 것을 구분해야 합니다. 또한 늘 여러 개의 방면으로 나뉘는데 이에 대해 분석해야 합니다. 사람들이 각자 처한 환경에는 언제나 한계성이 있기 때문에 여러 방면에서 문제를 관찰해야 합니다. 또한 한 사람의 인식은 늘 제한적이기 때문에 다양한 의견을 많이 들어야 종합적으로 판단할 수 있습니다. 사물은 늘 발전하는데, 여기에는 진보가 있고 낙후가 있으며, 일반적인 것이 있고 특수한 것이 있으며, 진짜가 있고 가짜가 있습니다. 따라서 서로 비교해야만 정확하게 볼낼 수가 있습니다."(『조사연구를 강화해야(加强调查研究)』) 한 사람의 인식에는 한계가 있기 때문에 어떠한 일에 대해서 정확하게 꿰뚫어보는 건 쉬운 일이 아니다. 따라서 저우언라이는 자기만 옳다고 여기면서 독선적으로 처사하는 행위를 특히 혐오했다.

이에 대해 그는 다음과 같이 말했다. "진리를 추구하기 위해서는 변론을 해야 하며, 독단을 부리지 말아야 합니다. 무엇이 독단입니까? 내가 말한 것은 맞고, 다른 사람이 한 말은 틀린 것이라고 단정한다면 변론을 할 필요가 없지 않겠습니까? 당신의 의견이 신성불가침한 것이라면 누가 당신과 변론을 하겠습니까? 설령 자기한테 옳은 의견이 많더라도 다른 사람들의 의견을 귀담아들어야 하며, 다른 사람들의 좋은 의견을 받아들여야 합니다. 이렇게 해야만 사상이 발전할 수 있고, 변증법은 모순의 통일을 이룰 수 있습니다.

오직 변론을 통해서만 더 많은 진리를 발견할 수 있는 것입니다. 따라서 청년들은 학습함에 있어서 여러 방면의 의견을 귀담아듣고 한데 모아야 합니다." 그렇다면 개인은 자신의 주견이 없어야 하는 것일까? 당연히 아니다. 저우언라이는 계속해서 다음과 같이 말했다.

"우리는 반드시 여러 방면의 의견을 귀담아듣고 시비를 가려내야 하는데, 청년 시절부터 이러한 사고력을 길러야 합니다.", "홀로 방에 틀어박혀 눈과 귀를 닫아서는 안 됩니다. 응당 천군만마 속에서 감히 남들과 왕래하고 남들을 설득하거나 남들에게서 배워야 하며, 수많은 인민들을 단결시켜 함께 투쟁해야 합니다. 이렇게 해야만 용기가 있다고 할 수 있으며, 이런 사람을 큰 용기가 있는 사람이라고 말합니다."(『수많은 인민대중들을 단결시켜 함께 전진하자(团结广大人民群众一道前进)』) 큰 지혜가 있어야 큰 용기가 있는 법이다. 저우언라이가 바로 큰 지혜와 큰 용기를 가진 사람인 것이다.

여기서 한 가지 문제를 더 짚고 넘어가기로 하자. 저우언라이가 늘 무섭게 다가오는 역류에 맞서 몸을 던지며 나서고, 이런저런 극단주의에 반대했기 때문에 어떤 사람들은 그를 '중용의 도(中庸之道)'를 꾀한다고 말하기도 했는데, '4인방'은 심지어 그를 당대의 '큰 선비'라고 비난했다. 그렇다면 이 문제를 어떻게 봐야 할까?

설령 중국 전통문화 속의 '중용의 도'라고 하더라도 그 속에 합리적인 요소가 없는 것은 아니다. 마오쩌둥은 1939년 2월에 쓴 편지에서 중용에 대해서 전문적으로 다뤘다. 그는 '중용의 도'는 "질(质)의 안정성을 긍정하는 것이며, 질의 안정성으로 인해 두 갈래의 전선에서 투쟁하게 되고, 과(过)와 불급(不及)을 모두 반대하는 것입니다.(是肯定质的安定性, 为此质的安定性而作两条战线斗争, 反对过与不及)"(『천보다에게 보내는 편지(致陈伯达)』) 라고 했다.

다른 한통의 편지에서 그는 또 다음과 같이 썼다. "'과유불급(过犹不及)'은 두 갈래의 전선에서 투쟁하는 방법입니다. 중요한 사상방법의 하나지요. 모든 철학이나 사상, 모든 일상생활은 다 두 갈래 전선의 투쟁을 하게 되며, 사물과 개념이 상대적으로 안정적인 질(质)을 긍정하게 됩니다.", "'과(过)'는 곧 '좌(左)'적인 것이고, '불급(不及)'은 곧 '우(右)'적인 것입니다."

물론 이러한 사상들은 여전히 명확한 약점을 갖고 있지만, 마오쩌둥은 이를 "공자의 큰 발견이고 큰 공적이며, 철학의 중요한 범주로서 잘 해석할 필요가 있습니다."(『장원톈에게 보내는 편지(致张闻天)』)라고 치켜세우기도 했다. '중용의 도'를 단순하게 절충주의로 치부해버리는 것은 글자만 보고 대강 뜻을 짐작하는 것과 같은 일이다. 이는 중용의 도에 대해서 진짜로 연구를 해보지도 못했고, 그 진정한 의미에 대해서도 모르는 것으로, 이 문제에 대한 마오쩌둥의 관점과는 현저한 차이가 있는 것이다.

또한 저우언라이가 극단주의를 반대하는 것을 '중용의 도'로 치부해버리는 것 자체도 문제이다. 저우언라이는 마르크스주의자이며 변증유물주의자이다. 그가 '과(过)'와 '불급(不及)'을 반대하는 사상은 중국 전통문화 중의 '중용의 도'에 비해서 훨씬 더 심각하고 정확한 것이다. 그는 사물 발전의 관점에서 '과(过)'와 '불급(不及)'을 파악했었다. 그가 때와 경우를 불문하고 '과(过)'와 '불급(不及)'을 동일시하여 반대한 것은 아니었다.

전체적인 국면을 고려하고, 그때그때의 정황에 맞게 편중되고 명확한 편향성을 보인 것이다. 이를테면 객관적인 조건이 성숙되지 못한 상황에서 억지로 하려 하는 것은 '과(过)'에 속하기에 그는 견결히 반대했다. 하지만 사물은 부단히 발전하고 변화하는 것이다. 일단 조건이 성숙되어 반드시 결단을 내리고 과감하게 행동해야 할 때에 머뭇거리는 것은 '불급(不及)'에 속하는 것으로, 역시 끝까지 반대했다.

마오쩌둥은 또 다음과 같이 언급했다. "공자의 중용 관념에는 이런 발전된 사상이 없습니다. 오히려 이단을 배척하고 자기의 주장을 세우려는 경향이 강하지요."(『장원톈에게 보내는 편지(致张闻天)』) 여기에서 우리는 두 가지 사상의 다른 점을 명확하게 엿볼 수 있다.

저우언라이의 사상방법 내용은 너무 풍부해서 체계적으로 잘 연구해야 한다. 이 단문은 단지 개인적인 사소한 느낀 바를 논한 것이며, 고견을 듣기 위해 미숙한 의견을 말한데 불과하다.

시대가 영웅을 만든다는 것은 중국에서 오래전부터 전해지던 말이다. 근대 중국사회는 전례 없는 큰 변혁 속에 있었으며, 여러 가지 사회모순들이 첨예하고 복잡하게 난무하던 때였다. 중국은 또 인구가 많고 땅이 넓으며 국정(國情)이 극도로 복잡한 오래된 문명 대국이기도 하다. 마오쩌둥·저우언라이·류사오치·주더·덩샤오핑·천윈 등 구세대 무산계급 혁명가들은 반세기 남짓한 긴 세월 동안 시종 투쟁이라는 소용돌이의 중심에서 있었으며, 중국혁명과 건설을 인도하여 거대한 성공을 이루었다. 이러한 시대적인 단련으로 말미암아 눈부시게 걸출한 역사인물들이 배출된 것이다. 그들이 우리에게 남겨준 정신적 재부는 아주 풍부하다. 우리와 같은 후배 공산당원들은 그들의 양육 속에서 성장해왔다. 하지만 그들의 사상에 대한 연구와 학습이 아직까지는 많이 미진하다는 것을 인정해야 할 것이다. 우리가 만약 이러한 거대한 사상의 보고(寶庫)에서 사상적인 힘을 좀 더 많이 취득할 수 있다면, 우리가 추진하고 있는 사회주의 현대화 건설을 좀 더 효과적으로 진행할 수 있을 것이라고 생각한다.

저우언라이와 50년대의 중국 외교[37]

저우언라이는 20세기 국제무대에서 가장 영향력이 있었던 외교가(外交家) 가운데 한 사람이라는 것은 세인들은 대체적으로 공인하고 있습니다. 1976년에 저우언라이가 서거하자 유엔에서는 반기를 게양했고, 유엔 안보리 사무총장은 전체 회의 참여자들에게 기립하여 묵도할 것을 건의했습니다.

저우언라이는 1949년 중화인민공화국이 설립된 후부터 정부 총리 자격으로 외교부 부장을 겸임했는데 그 기간은 9년에나 이릅니다. 1958년 후에는 외교부장을 겸임하지 않았지만 여전히 외교 사업을 주관했는데, 그가 서거할 때까지 장장 26년이나 됩니다. 그가 이 방면의 사업을 함에 있어서 통상적으로는 보기 드문 특점이 하나 있었습니다. 결책권자와 지휘자·실행자 노릇을 한사람이 도맡아 했다는 것입니다.

영화를 찍는 것에 비유하면, 시나리오 작가가 감독을 맡고 주연 자리까지 꿰찬 것입니다. 동시에 여러 가지 배역을 담당한 것이지요. 그렇기 때문에 오늘처럼 길지 않은 시간 내에 저우언라이와 중국 외교라는 방대하고 복잡한 내용을 제대로 이야기하는 것은 역부족입니다. 그래서 "저우언

---

37) 이 글은 저자가 1998년 4월 일본의 도쿄대학에서 강연한 내용이다.

라이와 50년대 중국 외교"라는 제목을 달게 되었습니다. 더 정확하게 말하면 그가 외교부장을 겸임했던 9년 동안의 사업, 즉 중화인민공화국 건립 초기의 외교 사업에 대해서 이야기하려는 것입니다. 그렇다 하더라도 대체적인 소개 정도밖에 할 수 없음을 미리 말씀 드립니다.

1. 신 중국 외교패턴의 초보적 형성

중화인민공화국은 1941년에 탄생되었지만 당시 직면한 형세는 여전히 엄중했습니다. 국제관계를 보면 미국을 위수로 한 많은 서방국가들은 신 중국에 대해 여전히 적대적인 태도를 유지하고 있었지요. 소련은 당시 중국공산당에 대해 마음을 놓지 못하고 있었습니다. 중국공산당이 "두 번째 티토(Tito)"가 될까봐 걱정했던 것입니다. 주변에 있는 아시아 민족주의국가들은 새로 탄생된 중화인민공화국을 제대로 이해하지 못하고 의혹의 눈길을 보내거나 관망하는 태도를 보였습니다. 따라서 외교문제를 적절하게 처리하지 못하면 고립될 수도 있었고, 심지어는 다시 다른 나라의 속국으로 될 수도 있는 상황이었습니다. 그러한 후과는 정말이지 너무 위험한 것이었습니다.

저우언라이는 세계적인 안목을 가진 정치가였습니다. 신 중국이 탄생되기 전날 밤에 그는 다음과 같이 명확하게 제기했습니다. "반드시 독립적이고 자주적인 외교정책을 실시해야 합니다."

"독립과 자주"의 문제를 이처럼 두드러지게 앞자리에 놓은 것은 우연이 아니었습니다. 역사를 뒤돌아보면 알 수 있지요. 중화민족은 100여 년래

앞사람이 쓰러지면 뒷사람이 이으면서 목숨을 내걸고 민족혁명과 민주혁명을 진행해왔습니다. 그 주요한 목적은 남들에게 업신여김을 받고 노역을 당했던 굴욕적인 처지에서 영원히 벗어나기 위해서였고, 나라의 운명을 자기의 두 손으로 단단히 붙잡아두기 위해서였습니다. 따라서 이제 금방 일어선 중국인들은 어렵게 얻어낸 민족독립을 각별히 아끼고 어떠한 대가를 치르는 한이 있더라도 무조건 지켜내야 했습니다. 이는 누구나 쉽게 이해할 수 있는 일입니다.

1949년 1월 8일 저우언라이는 중공중앙정치국회의에서 곧 맞이하게 될 신 중국의 외교 사업에 대해서 다음과 같이 말했습니다. "이 방면에서의 관념을 바꾸어야 합니다. 중국인들은 100여 년 동안 제국주의의 압박을 받다가 지금 일어섰습니다. 그렇다고 해서 너무 급급히 이걸 인정해 달라, 저걸 인정해 달라고 하는 건 낡은 관념입니다. 기개가 있어야 이러한 관계를 잘 처리할 수가 있습니다." 그는 또 다음과 같이 말했습니다.

"국민당 시기의 외교관계는 인정하지 않는 것이 좋습니다. 대외무역 관계는 하나하나씩 처리해나가되 속박을 받지 말아야 합니다. 총체적으로 유리한 것을 우선적으로 해결하고 아직 성숙되지 못한 것은 점차적으로 해결해나가야 합니다."

1월 19일 중공중앙은 저우언라이가 기초한 『외교 사업에 대한 중앙의 지시(中央关于外交工作的指示)』를 하달했는데, 여기에는 다음과 같은 언급이 있습니다. "우리는 이런 태도를 취함으로써 외교적으로 주도적인 위치를 차지할 수 있으며, 지난 시절의 굴욕적인 외교 전통의 속박도 받을 필요가 없게 되는 것입니다. 제국주의가 중국에서 가지고 있던 특권들은 원칙적으로 취소되어야 합니다. 중화민족의 독립과 해방은 반드시 실현해야 하는데, 이러한 입장은 동요할 수 없는 것입니다. 하지만 구체적인 집행절차에 있어서는 문제의 성질과 정황에 따라 분별하여 처리해야 합니다." 저우언라이는 신변에서 사업하는 사람들에게 다음과 같이 말했습니다. "만약 우리가 너무 급급히 다른 나라들에게 승인을 요청한다면 피동적 위치에 처하게 됩니다.

그들이 우리와 외교관계를 건립하려 한다면 평등원칙에 따라 담판을 해야 할 것입니다." 그는 또 이런 말도 했습니다. "담판으로 외교관계를 맺는 것은 세계적으로도 선례가 없는 일입니다. 이는 우리나라의 구체적 상황에 따라 취득한 하나의 장거입니다."

당시의 외교관계에서 가장 중요한 것은 미국과 소련을 어떻게 대하느냐 하는 문제였습니다.

미국정부는 제2차 세계대전이 끝난 뒤 여러 방면으로 국민당정부를 지지하고 부추겨 전면적인 내전을 일으키게 했습니다. 이 시기에 세계적 범위 내에서 냉전이 이미 시작되었는데, 그들은 금방 탄생한 신 중국을 소련의 속국으로 치부하고 적대적인 태도를 취하고 있었지요. 하지만 중국인민해방군이 4월 하순 장강을 뛰어넘어 난징(南京)을 해방시킬 때, 미국의 주중대사 스튜어트(John Leighton Stuart)는 국민당을 따라 광저우로 가지 않고 난징에 남았습니다. 계속해서 상황을 관찰하고 탐색하기 위해서였지요.

저우언라이는 이러한 정황에 주의를 돌렸습니다. 스튜어트는 옌징대학(燕京大学)의 창시자였는데 지난 수십 년 동안 장기적으로 이 대학의 교무처장을 담당해왔습니다. 저우언라이는 옌징대학 출신으로, 사업경험이 풍부한 황화(黃华)를 특별히 남경으로 파견하여 군사관리위원회 외사처장을 담임하도록 했습니다. 5월 7일 스튜어트는 자기의 비서 푸징버(傅涇波, 중국인으로 황화의 동창생임)를 황화에게 보내 만나기를 청했지요. 5월과 6월 사이에 황화는 스튜어트와 푸징버를 여러 차례 만났습니다. 6월 8일 스튜어트는 미국 국무장관 애치슨(Dean Gooderham Acheson)에게 전보를 보내 다음과 같이 말했습니다. "우리의 첫 만남에서 황화는 바로 외교관계 문제를 제기했습니다." "그는 마오쩌둥의 『신민주주의론(新民主主义论)』을 인용했는데, 대체적으로 평등과 호혜, 영토의 완정과 주권의 상호 존중을 존중한다는 조건하에서는 어떠한 국가도 승인하겠다는 것이었습니다."

같은 날 포징버가 황화를 찾아와서, 스튜어트가 미국 국무부 차관의 전보를 받았는데, 베이핑(北平)으로 가서 저우언라이를 만나고 싶어 하며, 또 옌징대학도 둘러보고 싶어 한다고 전했습니다. 이에 저우언라이는 즉시 반응을 보였습니다. 16일 옌징대학 총장 루즈웨이(陆志韦)가 스튜어트에게 영어로 된 편지를 보냈습니다. 이미 저우언라이를 만났고 스튜어트가 베이핑으로 오고 싶어 하니 당국에서 동의해줄 것을 요구했다는 내용이었습니다.

30일 스튜어트는 또다시 애치슨에게 다음과 같은 전보를 보냈습니다. "6월 28일 황화가 약정한 시간에 나를 찾아왔습니다. 그는 마오쩌둥과 저우언라이로부터 전갈을 받았는데, 내가 옌징대학을 방문하기를 원한다면 그들은 환영한다는 것이었습니다." "황화의 말로 미루어보아, 마오쩌둥과 저우언라이가 표면적으로는 옌징대학 방문차 나를 요청한 것이지만, 실제로는 그들이 나와 만나기를 원하는 것이라고 판단됩니다." "그들이 어떠한 동기를 가졌는지를 막론하고, 마오쩌둥이나 저우언라이, 황화 모두 내가 오기를 바란다는 느낌이 강하게 들었습니다. 당연히 나는 마오쩌둥의 전갈에 대한 회답을 황화한테 해주지 않았습니다. 다만 옌징대학에 가보고 싶은 마음은 굴뚝같지만 아무래도 올 해에는 안 될 것 같다고 에둘러서 말했습니다." 이에 애치슨이 스튜어트에게 내린 지시는 확정적이었습니다. "어떠한 상황이 되었든 절대 베이핑을 방문해서는 안 됩니다." 결국 8월 2일 스튜어트는 난징을 떠나 미국으로 돌아갔습니다. 이리하여 마오쩌둥과 저우언라이가 미국과 직접 접촉하려는 염원은 실현할 수 없게 되었습니다.

이뿐만 아니라 당시의 미국정부는 여러 방면에서 중국에 적대감을 보였습니다. 외교관계를 건립하는 문제에 대해, 애치슨은 5월 13일 스튜어트에게 지시하여 영국 등 다른 나라의 주중대사관에 다음과 같이 의사를 표시하도록 했습니다. "공산당 정권을 사실적으로 승인하는 것은 곧 정치적으로 공산당을 격려하고 국민당에게 타격을 가하는 일이 됩니다." "우리는 어떠한 대국(大國)도 총망하게 중국공산당을 사실적으로나 법률적으로 승인하는 것을 강력히 반대합니다." 경제적 왕래에 있어서도 미국은 신 중국에 대해 엄격한 무역 제한 조취를 취했습니다.

모든 군사장비와 직접적으로 군사에 쓸 수 있는 물자와 장비들은 모두 금지품목에 추가되었습니다. 또한 모든 수출은 상업부에서 발급한 허가서를 받아야만 가능했습니다. 전략적 판단에 따라 비준 여부를 결정해야 했기 때문입니다. 6월 하순 국민당 해군은 북쪽의 랴오허커우(辽河口)에서 남쪽의 민장커우(閩江口)에 이르는 대륙의 연해항구를 봉쇄했습니다. 미국 정부에서도 해당 항구로 향하는 미국 상선의 항행을 보호하지 말라고 명령을 내렸습니다. 이는 사실상 신 중국에 대해 전면적인 경제봉쇄를 실시한 것입니다.

바로 그 시기였습니다. 7월 1일 마오쩌둥은 『인민민주주의독재를 논함(论人民民主专政)』이라는 글에서 "한쪽으로 치우쳐야 한다(一边倒)"는 주장을 했습니다. "40년 동안의 경험과 28년 동안의 경험에서 알 수 있듯이, 중국인들은 제국주의 쪽으로 치우치지 않으면 사회주의 쪽으로 치우치게 됩니다. 예외는 있을 수 없습니다.", "우리는 국제적으로 소련을 위수로 한 반제국주의 전선과 궤를 같이합니다.

진정으로 우호적인 원조는 이 쪽에서 찾아야 합니다. 제국주의 전선에서 찾아서는 안 됩니다." 이러한 때에 이런 성명을 발표한 것은 이데올로기나 사회제도를 고려한 것이기도 하지만, 미국이 적대시하고 소련이 마음을 놓지 못하는 태도를 보이는 상황에서, 명확하게 태도를 표하지 않으면 갓 탄생한 중화인민공화국은 국제적으로 심각하게 고립될 수밖에 없다는 판단에 따른 것이기도 합니다.

중화인민공화국이 설립된 이튿날인 10월 2일, 소련에서 저우언라이에게 전보를 보내 신 중국과 외교관계를 맺겠다고 알려왔습니다. 이튿날 저우언라이는 답신을 보내 양국이 외교관계를 맺고 서로 대사를 파견하는 것을 환영한다고 표했습니다. 뒤이어 불가리아·루마니아·조선·헝가리·체코슬로바키아·폴란드·몽골·도이치민주공화국 등 나라들이 10월 말 전으로 계속 중국과 외교관계를 맺었습니다. 뒤이어 알바니아와 베트남과도 정식으로 외교관계를 맺습니다. 이렇게 함으로써 일부 서방 국가들이 국제적으로 신 중국을 고립하려는 시도는 헛물을 켜고 말았지요.

"한쪽으로 치우쳐야 한다"는 것은 민족의 독립을 포기하는 것도 아니며, 모든 것에 대해 남의 말을 듣겠다는 것이며, 다른 국가의 속국으로 되겠다는 것은 더욱 아니었습니다. 11월 8일 저우언라이는 외교부 창립대회에서 다음과 같이 발언했습니다. "외교 사업은 두 가지 방면이 있습니다. 한 가지는 연합하는 것이고, 다른 한 가지는 투쟁하는 것입니다. 우리는 형제나라들과 차이가 없는 것이 아닙니다. 바꾸어 말하면 형제나라들과 전략적으로는 연합해야 하지만, 전술적으로 말하면 비판도 할 수 있어야 합니다." 그는 또 다음과 같이 말했습니다. "형제나라들과는 연합해야하며 전략적으로도 일치하게 나아가야 합니다. 모두가 사회주의 길을 걸어야 하니까요. 하지만 나라와 나라 사이에 정치적으로 차이가 없다고 해도, 민족 · 종교 · 언어 · 풍속습관 등 방면에서 다를 수밖에 없습니다. 따라서 이런 나라들과 아무런 문제도 없다고 생각한다면 그건 맹목적인 낙관주의일 뿐입니다."

그해 12월 6일 마오쩌둥은 수행원들을 거느리고 소련으로 갔습니다. 그가 소련으로 간 목적은 스탈린의 70세 생신을 축하하기 위한 것도 있었지만, 더욱 중요한 것은 소련이 1945년에 국민당정부와 맺은, 중국의 권익을 엄중하게 침해하는 『중소우호동맹조약(中苏友好同盟条约)』을 폐지하고 새로운 조약을 맺으려는 데 있었습니다.

마오쩌둥은 스탈린과의 첫 대면에서 바로 이 문제를 제기했지만 스탈린에게 거절을 당했습니다. 스탈린의 의견은 아래와 같았습니다. "1945년의 그 조약은 얄타협정에서 체결한 것이기에 미국과 영국의 승인을 받은 것이다. 소련의 쿠릴열도와 남사할린 등 문제 역시 얄타협정에서 협의한 것이다. 얄타협정 때문에 당분간은 당시의 중소조약의 합법성을 훼손할 수가 없다. 그렇지 않으면 미국과 영국에게 쿠릴열도와 남사할린 문제를 다시 들고 나올 법률적 명분을 주기 때문이다. 따라서 표면적으로는 조약의 원래 조항을 계속 유지하고, 따로 조약을 바꿀 수 있는 효과적인 방법을 찾아야 한다." 중국과 소련의 담판은 이 문제로 인한 이견 때문에 보름 남짓 교착상태를 보였습니다. 1950년 초에야 스탈린은 저우언라이가 새 조약을 체결하러 모스크바로 오는 데 동의했습니다.

1월 10일 저우언라이는 중화인민공화국 정부대표단을 거느리고 모스크바로 향했습니다. 마오쩌둥과 저우언라이 등이 공동으로 스탈린 등과 회담을 한 후 이튿날부터 구체적인 토론은 저우언라이·리푸춘(李富春)·왕자샹(王稼祥) 등이 소련 쪽의 미코얀(Anastas Ivanovich Mikoyan) 등과 진행했습니다. 회담의 가장 중요한 성과인 『중소우호동맹호조조약(中苏友好同盟互助条约)』과 『중국의 창춘철도·루쉰커우 및 다롄에 대한 협정(关于中国长春铁路,旅顺口及大连的协定)』 등은 모두 저우언라이가 기초했습니다.

중국과 소련이 창춘철도를 공동으로 경영하는 것과 소련이 뤼쉰커우에 주둔하는 기한은 모두 원래의 30년으로부터 3년을 초과하지 않는 것으로 바뀌었습니다. 다롄에서 소련이 대리로 관리하거나 조차하여 사용하던 산업 역시 중국정부가 접수하는 것으로 결정되었습니다. 2월 14일 중국과 소련의 새로운 계약과 관련 협정은 저우언라이와 소련 외교부 부장 비신스키(Andrey Vyshinsky)가 각각 양국을 대표하여 서명했습니다. 보다시피 이번의 중소담판에서 마오쩌둥과 저우언라이는 독립적이고 자주적인 정신을 보여주었습니다.

국제적 관례에 따르면 두 나라 정부가 서로 승인하는 전보를 주고받으면 곧 외교관계 건립의 시작으로 간주되었습니다. 신 중국은 건립될 때 한 가지 특수한 정황이 있었습니다. 국민당그룹이 미국의 지지아래 타이완을 차지하고 있으면서 유엔에서 중국의 의석을 점하고 있다는 것이었습니다. 따라서 다른 나라와 외교관계를 확정하는 데는 다음과 같은 세 가지 원칙이 있었습니다. 첫째, 중국과 외교관계 건립을 원하는 국가는 반드시 타이완을 차지하고 있는 국민당그룹과 외교관계를 단절해야 한다. 둘째, 신 중국에 우호적인 태도를 취해야 하며, 유엔에서 합법적 의석을 회복하는 것을 지지해 주어야 한다. 셋째, 담판을 통해 중국의 주권을 존중한다는 성의를 보여야 한다.

이 세 가지 원칙에 따라 담판을 하여 또 다른 여섯 개 나라와 외교관계를 맺게 되었습니다. 이들 가운데는 아시아에서 금방 독립한 민족주의국가 인도와 인도네시아 · 미얀마가 있었으며, 북유럽과 중유럽의 중립국가인 스웨덴 · 덴마크 · 스위스가 있었습니다. 그 후 얼마 안 되어 북유럽의 핀란드와 남아시아의 파키스탄과도 외교관계를 맺게 되었지요.

영국과 네덜란드는 1950년대 초에 저우언라이에게 전보를 보내 중국과 외교관계를 맺기를 원한다고 했습니다. 중국정부는 외교관계를 맺는 것을 동의하며 北京으로 대표를 파견하여 담판하자고 회답했습니다. 하지만 영국과 네덜란드는 유엔에서의 대표권 문제에 대해 줄곧 중국을 지지하려 하지 않았지요. 거기에다 다른 문제들도 있어서 정식적인 외교관계 건립은 계속 미루어졌습니다. 결국 1954년에 이르러서야 쌍방은 대리 대사를 교환하는 것에 동의했고, 이는 "절반의 외교관계"로 불렸습니다.

이렇게 신 중국이 설립된 후 1년 내에 열여섯 개 나라와 정식으로 외교관계를 맺게 되었는데, 여기에는 사회제도가 다른 여섯 개의 나라도 포함되었습니다. 신 중국의 첫 단계의 외교패턴이 초보적으로 형성된 셈이었지요. 이 모든 것은 국가의 독립과 안전, 주권과 존엄을 확실하게 수호했으며, 낡은 중국의 굴욕적인 외교를 말끔히 쓸어버렸고, 새로 탄생한 인민공화국이 처음부터 독립적이고 자주적이며, 평화를 사랑하나 강권에 굴복하지 않는 모습으로 세계의 동방에 우뚝 서게 하였던 것입니다.

2. 평화적인 협상으로 국제분쟁을 해결하다

1953년에 중국에는 두 가지 큰 사건이 있었습니다. 하나는 국민경제를 발전시키는 첫 5개년 계획을 시작하고 대규모 경제건설을 시작한 것인데 이는 평화적이고 안전한 국제환경을 필요로 하는 일이었지요. 다른 하나는 조선(북한)에서 정전협정을 체결하고 3년 동안의 조선전쟁을 끝낸 것입니다. 따라서 원동지역과 국제적인 긴장국면이 완화될 가능성이 생겼고, 중화인민공화국의 국제적 지위도 많이 제고되었습니다.

국제적인 긴장국면을 어떻게 진일보적으로 완화할 것인가가 핵심적인 과제로 부상하여 신 중국과 저우언라이의 앞에 제기되었습니다.

이 때 8여 년이나 지속되어 왔던 국제적 긴장국면이 완화될 조짐을 보였습니다. 1954년 1월 미국 · 소련 · 영국 · 프랑스 4개 나라 외교부장회의가 베를린에서 열렸고, 4월 중으로 스위스의 제네바에서 조선의 문제와 인도차이나반도 문제를 토론하는 국제회의를 열기로 했습니다. 이 회의에는 미국 · 소련 · 영국 · 프랑스 · 중국 등 다섯 개 나라가 회의의 전 과정에 참여했고, 토론 내용과 관련이 있는 기타 나라들이 부분적으로 해당 토론에 참여했습니다.

이 회의에서는 협상의 방식으로 원동지역의 중대한 국제적 분규를 해결하려 했습니다. 이는 신 중국이 설립된 이래 처음으로 대국의 신분으로 중요한 국제회의에 참석한 것인데 저우언라이는 이를 위해 열심히 준비했습니다. 2월과 3월 사이에 그는 『제네바회의에 대한 예상과 그 준비 작업에 대한 초보적인 의견(关于日内瓦会议的估计及其准备工作的初步意见)』을 기초했습니다.

거기에는 다음과 같은 내용이 들어 있었지요. "제네바회의에서 미국이 갖은 방법을 동원해서 평화사업에 유리한 협의가 이루어지는 것을 방해한다고 하더라도, 우리는 가능한 모든 노력을 기울여 일치된 의견이나 해결방법을 얻을 수 있는 협의를 달성하도록 해야 할 것입니다. 심지어는 그것이 임시적이거나 개별적인 협의라고 하더라도 말입니다. 그렇게 함으로써 대국들 사이의 협상으로 국제분쟁을 해결하는 길을 열어나가야 합니다."

건국초기에 신 중국은 경외(境外)로 조선반도와 인도차이나반도 두 곳으로부터 전쟁의 위협을 받았습니다. 조선반도의 정전은 이미 실현되었지만, 조선반도가 평화적 통일을 이루는 조건은 당분간 성숙되지 못했습니다. 제네바회의에 참석한 영국의 외무장관 이든(Robert Anthony Eden)은 다음과 같이 말했습니다. "조선반도는 문제가 없습니다. 나는 거기에 별 흥미를 두지 않습니다. 아무튼 싸우지 못할 테니까요. 문제는 인도차이나반도입니다." 이에 대해 저우언라이는, 제네바회의에서 조선반도 문제에 대해서는 획기적인 진전을 이뤄내기 어려울 거라고 정확하게 예상했습니다. 어찌되었든 조선반도는 이미 교착상태에 처했고 다시 싸움이 일어나기도 쉽지는 않았기 때문입니다. 하지만 인도차이나반도의 상황은 달랐지요. 베트남민주공화국의 9년여에 이르는 대 프랑스 전쟁으로 프랑스원정군은 큰 타격을 받았고, 국력도 계속해서 지탱하기 어려운 상황이 되었

습니다. 프랑스 국내에서도 전쟁을 중지해야 한다는 목소리가 계속 높아
갔지만 일부분의 강경세력에 의해 전쟁은 계속 유지되고 있던 상황이었
지요. 저우언라이는 인도차이나반도에서의 정전협정을 쟁취하는 것은 가
능하나 복잡한 투쟁을 거쳐야 할 것이라고 예상했습니다.

　4월 20일에 저우언라이는 중국대표단을 거느리고 제네바회의에 참석
하러 스위스로 출발했습니다. 회의의 발전은 저우언라이가 예견한 것과
같았습니다. 조선반도 문제는 51일 동안의 토론을 거쳤지만 미국의 방해
로 끝내는 협의를 이루지 못하고 끝났습니다. 인도차이나반도의 전장에
서는 변화가 있었습니다. 5월 7일 베트남인민군이 디엔비엔푸에서 프랑
스원동군과 그들이 지지하고 있던 바오다이 정권의 군대를 모두 1만6천
여 명을 섬멸함으로써 이 지역의 전쟁국세에 큰 변화를 가져왔고 정전을
실현할 가능성이 커졌습니다. 하지만 인도차이나지역의 정세는 여전히
복잡했고 잘못 처리했다가는 회담이 교착상태에 빠지거나 심지어는 실
패할 수도 있는 상황이었지요.

　저우언라이는 두 가지 관건적인 문제를 장악하고 획기적인 성공을 거
두었습니다. 그 하나는 캄보디아와 라오스의 문제였습니다. 처음에 베트
남과 중국 · 소련은 모두 안도차이나반도 문제를 한꺼번에 해결해야지 세
개 나라의 문제를 분리해서 해결해서는 안 된다고 주장했습니다. 저우언
라이는 세밀하게 분석해본 뒤 5월 30일 중공중앙에 다음과 같은 전보를
보냈습니다. "인도차이나반도 세 개 나라의 민족과 국가의 경계선은 아
주 선명하고 엄격합니다. 이러한 경계선은 프랑스가 인도차이나반도에
서 식민통치를 실시하기 전부터 이미 존재했으며, 세 나라 인민들도 그렇
게 간주하고 있습니다. 전에 우리는 국내에서 이렇게 심각할 줄은 몰랐지

요.", "이번에 제네바회의에서 접촉하면서 비로소 문제가 그렇게 간단하지 않다는 것을 알게 되었습니다. 반드시 엄격하게 세 개 나라로 구분해서 봐야 합니다."

그는 자기가 제기한 의견이 정확한지를 중공중앙에서 잘 고려해보고 결정해서 베트남 노동당중앙과 협의할 것을 건의했습니다. 6월 4일 베트남 노동당중앙에서는 중공중앙에 저우언라이의 의견에 동의한다는 답신을 보냈습니다. 13일 중국·베트남·소련 세 나라의 대표가 머리를 맞대고 상의한 뒤, 캄보디아와 라오스 문제에 대한 건의는 중국에서 제기했으며, 베트남과는 다른 방법을 택하기로 했습니다. 16일 저우언라이는 회의에서 다음과 같이 발언했습니다.

"인도차이나반도의 세 나라의 정황은 완전히 일치하지 않습니다. 따라서 문제를 해결할 때 각 나라의 구체적인 정황을 따로따로 고려해야 하되, 세 나라의 문제를 완전히 분리해서 해결하려 해도 안 됩니다." 같은 날 그는 이번 회의의 두 명의 주석 가운데 하나인 영국 외무장관 이든을 회견했습니다. 그는 이든에게 우리는 라오스와 캄보디아가 인도차이나와 같은 동남아형 국가가 되기를 바라며 그들과 평화적으로 공존할 수 있기를 바란다고 전했습니다.

원래 제네바회의의 분위기는 아주 긴장되어 있었고, 영국과 미국은 이미 18일 회의를 중단하고 제네바를 떠날 준비를 하고 있었습니다. 하지만 16일 건의가 제기된 후 프랑스가 적극적으로 나서서 회의를 중단하는 것을 반대했고, 그래서 국세를 전환시킬 수 있었습니다. 19일 제한성적인 회의에서는 공동으로 『캄보디아와 라오스가 적대적 행동을 중지할 것에 대한 협의(关于柬埔寨和老挝停止敌对行动的协议)』를 통과시켰습니다.

두 번째 중대한 돌파는 베트남에서 정전을 실현하는 방안에서였습니다. 6월 17일 프랑스 내각이 바뀌었습니다. 인도차이나 문제를 평화적으로 해결하기를 주장하는 피에르 망데스 프랑스(Pierre Mendès France) 주전파(主戰派)를 대신하여 새로운 내각을 구성하였습니다. 23일 저우언라이는 잠간 휴회하는 시간을 틈타 스위스의 베른에서 피에르 망데스 프랑스를 만났습니다.

저우언라이는 만나자마자 단도직입적으로 물었습니다. "당신은 인도차이나의 정전에 대해 어떤 방안을 갖고 있습니까?" 피에르 망데스 프랑스 역시 시원시원하게 대답했습니다. "쌍방의 군대는 응당 두 개의 큰 집결지역으로 나뉘어야 합니다. 그러니까 동쪽으로부터 서쪽으로 선을 하나 긋고 두 개의 집결지역으로 나누는 것이지요." 7월 3일부터 5일까지 저우언라이는 광시(广西)의 류저우(柳州)로 돌아와 호치민 주석과 여덟 차례의 회담을 가졌습니다. 호치민 역시 바로 정전할 필요 없이 일단 분계선을 나누는 방법을 주장했습니다.

그럼에도 제네바회의가 재개된 후 쌍방은 경계선을 정하는 문제로 첨예하게 대립했습니다. 베트남과 중국·소련은 북위 16도를 기준으로 해야 한다고 주장했고, 프랑스는 북위 18도로 해야 한다고 주장했습니다. 북위 16도 북쪽에는 9호 도로가 하나 있었지요. 7월 17일 저우언라이는 다시 피에르 망데스 프랑스를 만났습니다.

그는 그날 중앙에 보낸 전보에서 다음과 같이 언급했습니다. "피에르 망데스 프랑스는 베트민(Viet Minh)은 9호 도로를 가져가서는 안 된다고 주장했습니다. 왜냐하면 9호 도로는 라오스가 동방으로 나가는 출구인데, 베트남이 라오스의 생명선을 잡고 있어서는 안 된다는 것입니다. 나는 다음과 같이 대답했습니다. '베트남민주공화국은 9호 도로에 대해 특수한 이익이 없습니다. 아무래도 이 도로가 북위 16도 이북에 있다는 이유 때문인 것 같습니다. 라오스의 출구문제는 주의를 기울일 필요가 있습니다.' 이에 피에르 망데스 프랑스는 팜반동(Phạm Văn Đồng) 선생이 이 도로를 내어주는데 동의할 수 있을지를 물으면서, 그렇게 된다면 자기들도 다른 곳에서 양보할 의향이 있다고 했습니다."

19일 베트남과 중국·소련 대표들은 공동으로 상의하여 다음과 같은 최후 방안을 내놓게 됩니다. "경계선은 9호 도로 이북 약 10킬로미터 되는 곳으로 정하되 지형을 고려한다." 이 방안이 나오자 담판의 국세는 획기적인 진전을 가져왔습니다. 이튿날 쌍방은 공동으로 일곱 개의 합의안을 도출하게 되었고, 21일 교전 쌍방 사령부는 각각 베트남·라오스·캄보디아 등 세 개의『적대적 행동을 금지하는데에 관한 협정(停止敌对行动协定)』에 서명을 하였습니다.

그날 오후 회의에서는 인도차이나의 평화회복 문제에 관한『제네바회의 마지막 선언(日内瓦会议最后宣言)』을 통과시켰습니다. 세상 사람들의 주목을 받으며 거의 3개월 동안 진행된 제네바회의는 마침내 중대한 성과를 얻어내며 막을 내리게 되었습니다. 어렵게 얻은 값진 성과였습니다.

회의기간에 중국과 영국의 관계도 눈에 띄게 개선되었는데, 이는 신 중국이 서방 국가와의 관계에서 이룬 중대한 진전이라고 할 수 있습니다.

회의가 끝난 뒤 저우언라이는 중앙인민정부 위원회에서 보고하면서 이번 회의의 성과에 대해 다음과 같이 개괄했습니다. "제네바회의의 성과는 국제적 분쟁을 평화적 협상의 방식으로 해결할 수 있다는 것을 증명했습니다."

3. 아시아와 아프리카 국가들을 단결시켜
외교의 새 국면을 열어나가다

신 중국 설립 초기 마오쩌동은 "방을 깨끗하게 청소하고 나서 손님을 접대해야 한다."고 제기했습니다. 저우언라이는 중공중앙확대회의에서 제네바회의의 정황을 보고할 때, 자기가 직접 관찰한 국제관계 패턴의 변화에 근거하여 중요한 문제 하나를 제기했습니다. "원래는 문을 1년 더 닫아두려고 했지만 지금 보면 닫을 수 없게 되었습니다!" 이에 마오쩌동이 대답했습니다. "문을 닫을 수 없으면 닫지 말아야 합니다. 그리고 반드시 걸어 나가야 합니다."

외교 사업에서 새로운 국면을 열어나가기 위해 저우언라이는 아시아·아프리카 국가들과 우호합작과 선린관계를 맺는데 주력했습니다. 우선 아시아의 국가로서 주변 국가들과 화목한 관계를 맺음으로써 평화적이고 안정적인 주변 환경을 마련하기 위함이었고, 더욱이는 중국 인민들이 아시아·아프리카 여러 나라 인민들과 비슷한 조우와 경력이 있었기 때문이지요. 다들 금방 제국주의의 장기적인 압박에서 벗어나 독립을 했기에 많은 방면에서 같은 이익과 희망이 있었습니다. 이는 국제사회에서 새롭게 일어서는 신흥 역량이었고, 세계평화를 수호함에 있어서의 중요한 보증이었습니다.

하지만 중국은 대다수 나라들과 다른 사회제도를 갖고 있었기에 어떻게 관계를 맺느냐 하는 문제가 대두되었습니다. 1953년 12월 저우언라이는 중국 티베트지역과 인도 사이의 문제로 담판하러 온 인도정부 대표를 회견하는 자리에서 처음으로 그 유명한 평화공존 5원칙을 제기했습니다.

주권과 영토보전의 상호존중, 상호 불가침, 상호 내정불간섭, 평등호혜, 평화공존 등이었지요. 제네바회의 기간에 저우언라이는 인도와 미얀마를 방문했는데, 두 나라의 총리와 함께 평화공존 5원칙은 아시아뿐만 아니라 전 세계에도 적용되어야 한다고 발의했습니다.

1954년 12월 인도네시아·미얀마·스리랑카·인도·파키스탄 등 다섯 개 나라의 총리가 아시아·아프리카회의를 발기하고 중국의 참여를 요청했습니다. 1955년 4월 4일 저우언라이는 중공중앙정치국에 『아시아·아프리카회의 참여방안 초안(参加亚非会议的方案草案)』을 제출했습니다. 초안에는 이런 내용이 있었지요. "아시아·아프리카회의에는 제국주의국가가 참여하지 않으며, 아시아·아프리카 지구의 절대다수 국가들이 진행하는 국제회의입니다.", "우리가 아시아·아프리카회의에 참여함에 있어서 총체적인 방침은 세 평화통일전선을 확대하고, 민족독립운동을 촉진시키며, 동시에 우리나라와 여러 아시아·아프리카 국가들과의 사무와 외교관계를 건립하고 강화하는데 조건을 창조하는 것이어야 합니다."

하지만 중국이 회의에서 마주한 상황은 여전히 복잡했습니다. 회의에 참여한 29개 국가 중 22개 나라는 신 중국과 외교관계를 수립하지 않았으며 심지어는 왕래조차 해본 적이 없었습니다. 게다가 더러는 국민당그룹과 외교관계를 유지하고 있었지요. 또 여러 나라의 사회제도·처한 상황·정치관점 등에도 아주 큰 차이가 있었습니다.

그들 가운데 적지 않은 국가들은 신 중국에 대한 이해가 부족했고 의심의 눈초리를 보냈는데, 더러는 미국정부의 영향으로 적대적인 태도를 보이기도 했습니다. 여러 국가들 사이의 갈등과 외래세력의 교란으로 인해 회의는 툭하면 끊임없는 논쟁으로 이어졌기에 자칫하면 실패할 위험도 있었습니다.

4월 18일 아시아 · 아프리카회의는 인도네시아의 반둥에서 개막했습니다. 저우언라이가 중국대표단의 수석대표로 나섰습니다. 첫날 발언에서 다수의 대표들이 회의는 마땅히 세계평화를 촉진시키고 식민주의를 소멸하는데 도움이 되어야 한다고 발표했습니다. 하지만 개별적으로 "공산주의의 위험성을 직시해야 한다"는 주장을 펴서 회의 분위기를 긴장시키기도 했습니다.

이튿날 오전에는 나라 이름의 영문 자모 순서대로 해서 중국이 발언하게 되어 있었습니다. 하지만 저우언라이는 이번 발언기회를 포기하고, 참을성 있게 앉아서 다른 나라들의 발언에 귀를 기울였습니다. 그 후의 발언에서도 첫날과 같은 상황이 재연되었는데, 심지어 어떤 대표들은 직접 중국의 이름을 거론하기도 했습니다. 그들의 발언이 끝난 뒤 대회 주석은 중화인민공화국의 대표가 발언한다고 선포했습니다. 저우언라이는 임시로 계획을 바꾸어, 원래의 발언원고를 서면 방식으로 나누어주고 따로 보충발언을 했습니다.

저우언라이는 다음과 같은 말로 발언을 시작했습니다. "중국대표단은 단결하러 온 것이지 말다툼하러 온 것이 아닙니다." 그리고 또 다음과 같이 말했습니다. "중국 대표단은 공통점을 찾으러 온 것이지 다른 것을 표방하러 온 것도 아닙니다. 우리들 사이에는 공통점을 찾을만한 기초가 없습니까? 있습니다. 그것은 바로 아시아와 아프리카의 절대다수 국가와 인민들이 근대 이래로 식민주의가 초래한 재난과 고통을 받아왔고 ,그러한 재난과 고통은 현재진행형이라는 것입니다. 이는 우리가 모두 인정하는 것입니다." 그는 계속해서 말했습니다. "원래 중국은 여기에서 타이완지역의 긴장상태에 대한 문제를 제기할 수 있으며, 중국이 유엔에서 합법적 지위를 회복하는 문제를 제기할 수도 있습니다. 하지만 우리는 그렇게 하지 않았습니다. 왜냐하면 이렇게 하면 우리들의 회의는 이런 문제로 인한 논쟁으로 아무런 결과도 이루지 못할 수 있기 때문입니다.", "우리들의 회의는 응당 공통점을 찾고 이견은 잠시 보류하여야 합니다. 동시에 회의는 응당 이런 공동의 염원과 요구를 인정해야 합니다. 이는 우리들 사이에 있어서 중요한 문제입니다."

그가 회의에서 제기한 몇몇 문제들은 중국정부의 입장과 정책을 정확하게 체현한 것이었습니다. 그는 또 이어서 말했지요. "여러분들이 만약 믿지 못하시겠다면 직접 대표를 파견하거나 직접 중국으로 와서 눈으로 확인하십시오. 우리는 진상을 모르는 사람들이 의심을 하는 것을 용납합니다. 중국에는 '백문이 불여일견'이라는 속담이 있습니다. 우리는 회의에 참석한 모든 대표들이 중국에 와서 참관하는 것을 환영합니다. 언제든지 오십시오. 우리에게는 죽막(竹幕)[38]이 없습니다. 오히려 누군가가 우리들 사이에 연막을 치려고 하지요." 저우언라이의 발언이 끝나자 장내에는 오래도록 박수소리가 멈출 줄 몰랐습니다. 이 발언은 회의에 거대한 영향을 미쳤지요.

하지만 회의는 그 후에도 위기가 많았습니다. 그러나 저우언라이는 하나하나 신중하고 합리적으로 처리하면서 그때마다 위기를 잘 극복해나갔습니다. 4월 24일 회의는 세계평화와 합작을 추진하는 문제에 대한 10개 선언을 포함한 『마지막 선언(最后公报)』을 만장일치로 통과시키고 성

---

38) 죽막(竹幕), 중국과 서방 세계 사이에 있던 정치적 장벽.

공적으로 폐막했습니다.

저우언라이의 회의기간 동안의 외교활동은 회의 자체에만 국한된 게 아니었습니다. 그는 모든 기회를 이용하여 회의에 참여한 각 나라의 대표단과 접촉하였으며, 베트남정부를 제외한 여러 나라 대표단을 주도적으로 예방했습니다. 이를테면 가말 압델 나세르(Gamal Abdel Nasser)나 노로돔 시아누크 (Norodom Sihanouk) 등은 모두 이 회의에서 인연을 맺었지요. 일본대표단 단장 타카사키 타츠노스케(Takasaki Tatsunosuke)는 하토야마 내각의 무임소 장관이었습니다. 회의기간에 저우언라이는 그와 회견했는데 쌍방은 앞으로 중일관계를 적극적으로 발전시킬 데 대해 논의했습니다.

7년 뒤 이케다 내각의 지지아래 타카사키 타츠노스케는 적지 않은 기업가 대표들을 거느리고 중국을 방문했습니다. 협의를 거쳐 "랴오청즈(廖承志)-타카사키 타츠노스케 비망록 무역협의"를 체결하고 반관방(半官方) 성격의 무역왕래를 시작했습니다. 이것은 중일 관계에서의 하나의 중대한 계기가 되었습니다.

당시에 일부 아시아·아프리카 국가들은 신 중국에 대해 우려를 가지고 있었는데 주로 아래와 같은 세 가지 문제 때문이었습니다. 첫째, 중국에는 많은 해외 교민들이 있다. 둘째, 변경에서의 분쟁. 셋째, 국제공산주의운동이 본 지방의 공산당을 통해 활동할까봐 걱정된다. 저우언라이는 이 세 가지 방면의 우려를 해소시키기 위해 많은 노력을 기울였습니다.

해외 교민문제를 봅시다. 화교 가운데 역사적으로 내려온 이중국적 문제가 있었는데 장기적으로 일부 동남아국가들을 불안하게 했습니다. 인도네시아를 예로 들면, 당시 270만에 달하는 화교들이 있었는데 그중 2/3

는 인도네시아에서 태어났습니다. 중국의 국적법은 전통적으로 혈통을 기준으로 하고 있었지만, 인도네시아는 출생지를 기준으로 하고 있었기에 이중국적 문제가 발생한 것입니다. 아시아·아프리카회의 기간 저우언라이는 반둥에서 인도네시아의 외무장관과 이중국적 문제를 해결할 데 대한 조약을 체결했습니다.

조약은 다음과 같이 규정했습니다. "두 나라 의 국적을 동시에 갖고 있는 사람은 본인의 의사에 따라 두 나라 가운데 하나의 국적을 선택할 수 있다, 쌍방은 본국의 교민이 거주국 정부의 법률과 사회관습을 존중하도록 노력한다, 쌍방은 각자 본국의 법률에 따라 서로 상대방 교민들의 정당한 권익을 보호한다." 그 후에도 계속 기타 나라의 이중국적 문제를 해결했습니다. 변경문제에 대해 저우언라이는 아시아·아프리카회의 전에 벌써 미얀마 총리 우 누(U Nu)에게 다음과 같이 말했습니다.

"중국은 땅덩어리가 아주 크며 인구도 이미 너무 많습니다. 우리가 나라를 세움에 있어서 정책의 하나는 자기 나라 일을 잘 처리한다는 것입니다. 우리는 영토에 대한 야심이 조금도 없습니다." 하지만 역사적으로 변경을 확정하지 않아 남겨진 문제 때문에 일부지역에서는 무장충돌까지 일어나는 상황이었는데, 이는 정말 까다로운 문제가 아닐 수 없었습니다.

저우언라이는 이에 대해 다음과 같이 말했습니다. "만약 이러한 모든 문제들이 심각해지면 매일 다툴 수밖에 없게 되고 우리는 건설을 할 여력이 없어지게 됩니다." 아시아 · 아프리카회의 이후 저우언라이는 경험을 얻고 시범을 보이기 위해, 직접 중국과 미얀마 변경에서 극단적으로 복잡한 문제를 연구했습니다. 그는 두 나라 변경문제의 역사와 현 상황에 대해 세밀하고 깊은 조사연구를 진행하고, 여러 방면의 의견들을 광범위하게 청취했습니다. 그리고는 평화공존·우호합작·평등호혜·서로 양해하고 양보하는 정신에 따라 상대방과 반복적으로 협상한 끝에, 마침내 쌍방이 모두 만족할만한 결과를 도출하고 변경문제를 확정지었습니다. 그후에 또 파키스탄과 몽골·아프가니스탄 등 나라들과 변경 협정과 조약을 체결했습니다. 중국과 네팔 사이에 알력이 있었던 에베레스트 산의 귀속 문제에서 저우언라이는 쌍방의 민족적 감정을 고려하여, 아예 에베레스트산을 변경선으로 하자고 건의했는데, 상대국의 동의를 얻어 원만하게 해결되었습니다.

여러 나라 공산당의 문제에 대해 저우언라이는 일부 이웃나라의 지도자들에게 분명하게 밝혔습니다. "혁명은 수출하는 것이 아닙니다. 만약 인민들이 어느 한 제도를 찬성한다면 반대한다고 해도 소용이 없습니다. 만약 인민들이 어느 한 제도를 찬성하지 않는다면 아무리 억지로 강요한다고 해도 반드시 실패하게 됩니다."

아시아·아프리카회가 끝나고 나서부터 1959년 연말까지 네팔·이집트·시리아·예멘공화국·스리랑카·캄보이다·이라크·모로코·알제리·수단·기니 등 총 11개 국가가 중국과 수교를 맺었습니다. 모두 아시아와 아프리카 국가들이지요. 아시아·아프리카회의는 신 중국의 외교 활동을 위해 새로운 천지를 개척한 것입니다.

4. 맺는 말

저우언라이와 50년대의 중국 외교를 되돌아보면, 저우언라이는 외교

사업에서 적어도 아래와 같은 몇몇 기본원칙을 견지했음을 알 수 있습니다.

첫째, 중화민족의 독립과 자주를 견지했다는 것입니다.

그는 외교부 설립대회에서 다음과 같이 강조하여 말했습니다. "청나라의 서태후(西太后), 북양정부(北洋政府)의 위안스카이(袁世凱), 국민당의 장제스 가운데 무릎을 꿇고 엎드려 구걸외교를 하지 않은 사람이 있습니까? 중국의 백여 년 이래의 외교사는 굴욕적인 외교사입니다. 우리는 그들을 따라 배워서는 안 됩니다. 우리는 수동적이거나 비겁하게 하지 말아야 하며, 제국주의의 본질을 꿰뚫어봐야 합니다. 독립적인 정신이 있어야 하며 주고권을 쟁취하고 겁내지 말아야 하며 믿음이 있어야 합니다."

그는 어렵게 얻은 민족의 독립과 정치적 자주를 수호하고 어떠한 외부로부터의 간섭을 용납하지 말아야 하며, 경제적으로도 외부의 원조에 의존하지 말고 자주를 실현해야 한다고 했습니다. 이는 우리가 외교정책을 결정하고 외교문제를 처리하는 출발점이며, 낡은 중국의 굴욕적인 외교와 근본적으로 구별되는 점입니다. 따라서 이러한 원칙적인 문제에서는 절대로 양보할 수 없는 것입니다.

그는 또 독립 자주의 관건은 "다른 나라의 영향 아래 있지 않는다는 것이며, 이는 곧 다른 나라의 도구로 되지 않는 것"이라고 했습니다. 스리하여 그는 모든 외교적 장소에서 중화민족의 근본적 이익을 확고하게 수호할 수 있었고, 신 중국의 목소리를 힘주어 낼 수 있었으며, 어떠한 외부로부터의 압력에도 굴복하지 않을 수 있었습니다.

둘째, 세계평화를 수호하는 것을 신 중국 외교의 첫째 목표로 했다는 것입니다. 이는 곧 중화민족의 근본적 이익에 필요한 것이며, 하나의 대국으로서 세계적인 업무에서 책임지는 태도를 보인 것입니다. 그는 다음과 같이 말했습니다. "중국이 낙후하고 빈궁한 면모를 변화시키기 위해서는 아직도 몇 십 년 동안의 장기적인 노력을 들여야 할 것입니다. 따라서 '우리는 평화를 원하며', '그 시간이 길수록 인민들에게 더 유리합니다.' '이것이 바로 국제사무에서 우리의 모든 활동들이 기타의 어떠한 방침을 위한 것도 아닌, 오로지 평화를 위한 목적에만 국한되어야 함을 결정했습니다.'"

셋째, 평화공존 5원칙을 제기하고 이를 새로운 국가관계와 국제질서를 건립하는 원칙으로 했다는 것입니다.

이는 당대 국제관계에 대한 저우언라이의 중대한 공헌입니다. 그는 국가와 국가 사이에 응당 평등한 권리를 가지고 교류해야 하며, 각자의 주권과 영토완정은 존중되어야지 침해를 받아서는 안 된다고 했습니다. 또 어떠한 나라에 대한 주권이나 영토에 대한 침해는 내정간섭이며 평화에 위배되는 것이라고 인정했으며, 각 나라가 서로 침범하지 않고 서로 내정을 간섭하지 않으면, 각 나라의 관계에서 평화적 공존의 조건을 창조할 수 있으며, 각 나라 인민들은 그들 자신의 의지에 따라 자기들의 정치제도와 생활방식을 선택할 수 있게 될 것이라고 주장했습니다. 이러한 주장들은 당대 국제사회에서의 불가항력적인 역사적 사조를 반영했으며, 강권정치와 패권주의와 선명한 대조를 이루었습니다.

넷째, 공통점을 찾고 이견은 잠시 보류하는 것을 국제관계의 여러 가지 모순을 해결하는 지도방침과 근본적인 방법으로 했다는 것입니다.

그는 다음과 같이 말했습니다. "세계 여러 나라의 정치제도와 이데올로기는 서로 다르며, 일치하게 되기가 아주 어렵습니다." 지구 위에서 함께 생존하기 위해서는 "다른 사상의식이나 다른 국가제도를 배제하고 공통점을 찾아야 합니다." 그는 중대한 외교문제에서 무엇을 주장하며 무엇을 반대하는지에 대해 태도가 아주 명확했기에 남들의 오해를 사는 법이 없었습니다. 동시에 억지로 강요하지 않고 사리로써 상대방을 설득하려고 끊임없이 노력하면서, 상대방이 일시적으로 받아들이기 힘들어하면 인내를 가지고 기다려주었습니다. 또한 담판 중에는 성의를 다하고 발 벗고 나서서 상대방의 어려움을 해결해주었고 문제가 있으면 가능한 공정하고 합리적으로 해결하려고 노력하였습니다.

제네바회의가 끝난 후 그는 감개무량해서 주변의 사람들에 이렇게 말했습니다. "회의는 원래 이렇게 오래 시간을 끌 필요가 없었지요. 문제는 미국과 소련 양국 외교부장의 경직된 사상에 있었습니다. 모든 것을 '안된다'는 한마디로 부결해버렸으니까요. 그렇게 나온다면 담판과 대화 자체를 할 필요가 없지 않습니까?"

다섯째, 국제 경제관계를 중시했다는 것입니다.

그는 다음과 같이 말했습니다. "자력갱생하고 독립적인 경제건설을 한다는 것은 평등한 무역과 유무상통(有無相通), 기술 인입과 상호원조를 배제한다는 말이 아닙니다. 우리는 응당 모든 국가들의 장점을 배워야 합니다. 물론 자본주의 생산에서의 좋은 기술과 좋은 관리방법을 포함해서 말입니다." 제네바회의는 원래 정치와 군사문제를 토론하는 회의였는데, 저우언라이는 대외무역부 부부장 레이런민(雷任民)을 대표단의 고문으로 선정했습니다.

회의기간 영국산업연맹에서 그에게 중국무역대표단의 영국 방문을 요청하고 영국에 상설(常設) 상업무역기구를 건립할 것을 제안했습니다. 이는 중국에 대한 미국의 경제봉쇄를 타파하고 서방세계의 대문을 연 것에

헌들은 모두 지나간 과거일 뿐이니, 당신은 앞으로 내가 어떻게 하는가를 봐야 합니다." 라는 의미지요. 류샤오치 동지가 자기 자신을 선전하는 것을 꺼려했기에, 문화대혁명 전에 사람들은 『공산당원의 수양을 논함(论共产党员的修养)』과 같은 저서들을 학습하기는 했지만, 류샤오치에 대한 체계적인 연구는 제대로 이루어지지 못했습니다. '문화대혁명' 기간의 상황에 대해서는 더 이상 언급하지 않겠습니다. 얘기해봐야 여러분들도 가슴만 아플 뿐이니까요. 그 시기에 온갖 극단적인 모욕과 악독한 공격 등 모든 오물들이 류샤오치에게 쏟아졌습니다. 그러다가 1980년이 되어서야 그러한 잘못들을 시정하기 시작했지요. 다행인 것은 1980년 이후 대량의 연구가 꽤 괜찮은 조건하에서 이루어졌고, 이미 초보적인 성과를 거두었다는 것입니다.

류샤오치 일생의 공적에 대해서 일일이 언급하지는 않겠습니다. 왜냐하면 이 자리에 계신 분들은 모두 이 방면의 연구를 하고 있는 분들이니까요. 나는 다만 그의 가장 특별한 부분에 대해서만 간단하게 얘기하려고 합니다.

류샤오치는 중국공산당이 설립된 1921년에 입당했습니다. 우리 당의 첫 번째 당원 가운데 한 사람이었지요. 그는 중국 노동자운동의 초기 지도자 가운데 한 사람이기도 합니다. 안위안루쾅(安源路矿)노동자 파업을 지도하고, 중화전국총공회(中华全国总工会)를 지도하고, 적색노동자국제(赤色职工国际)에서 사업하고, 소비에트 공회(苏区工会)를 지도하는 등 행적들은 여러분들이 익히 알고 있을 것입니다.

홍군이 장정을 하여 산뻬이에 도착한 뒤부터 류샤오치는 관건적인 시각과 관건적인 지점에서 늘 중요한 역할을 담당해왔습니다. 그는 당의 중대한 전략적 임무를 떠맡았으며 아주 복잡한 환경에서 세심하게 상황을 분석하고 대담하게 추진하여 국면을 타개했으며, 당과 인민 사업의 발전에 전략적 의의가 있는 공헌을 했습니다. 그는 1942년에 화중(华中)에서 옌안으로 돌아가고서부터 1966년에 불공정한 대우를 받기까지 24년 동안 줄곧 당중앙의 핵심적 위치에 있었습니다. 마오 주석은 자리를 비울 때면 늘 그를 특별히 지정하여 주석의 사업을 대리하도록 하였습니다. 건국 후 류샤오치는 국가주석을 담임했을 뿐만 아니라 당중앙의 사업이 일선(一线)과 이선(二线)으로 나뉜 후부터는 일선의 사업을 책임졌습니다. 당의 수많은 중대한 노선, 방침, 정책들은 그가 한 중요한 보고들을 통해 선포되었지요. 이런 사업들은 중국공산당의 역사에서 아주 특출한 지위를 차지하고 있습니다.

나는 늘 한 가지 문제를 주목하였습니다. 중국공산당의 1세대 혁명가들 가운데는 뭇별처럼 찬란하게 빛나는 뛰어난 인물들이 아주 많다는 것이지요. 류샤오치는 그 뭇별들 가운데서도 거성(巨星)이라고 할 수 있습니다. 그러면 왜 그를 거성이라고 하느냐 하는 문제가 대두하겠지요. 우리 당의 많은 우수한 지도자들과 비교해서 그에게는 일반인들이 구비하기 어려운 어떤 특점들이 있을까요? 저의 천박한 이해에 따르면 적어도 아래와 같은 세 가지가 있습니다.

첫째, 류샤오치 동지는 전략가였습니다. 그에게는 전국적인 대국을 아우르는 전략적인 안목과 관건적인 시각에 중대한 결단을 대담하게 내리는 지도능력이 있었습니다. 이 방면의 실례는 아주 많습니다. 이를테면 항일전쟁이 승리한 뒤 마오 주석이 총칭(重庆)에 가서 담판하는 동안, 류샤오치는 "북쪽으로 발전하고 남쪽을 방어하는(向北发展,向南防御)" 방침과, 동북에서 "큰길을 피하고 양 측면을 취한다(让开大路,占领两厢)"는 전략적 배치를 책임지고 제정했으며, 10만 대군을 이끌고 동북으로 진입하여 당중앙의 동북발전전략을 실현했습니다.

적당한 시기를 포착한 이러한 큰 전략(물론 이는 당시 총칭에 있던 마오 주석 등과 상의하여 결정한 것이기도 합니다.)은 위대한 전략가가 아니면 감당할 수 없는 것이었습니다. 또한 토지개혁을 영도하여 수천 년 동안 지속되었던 봉건지주계급 토지소유제를 뒤엎은 것과 같은 일들은 단순히 류샤오치 혼자만의 공로가 아니라, 전 당의 공로입니다. 하지만 류샤오치는 전국적으로 대규모 토지개혁을 전개한 중요한 정책 입안자였습니다. 『5.4지시(五四指示)』부터 『중국토지법대강(中国土地法大纲)』에 이르기까지, 거기에 건국 후 신구(新区) 토지개혁까지, 류샤오치는 주요하고 중대한 역할을 했습니다.

이러한 것들은 여러분들도 잘 알고 있는 일입니다. 말이 나온 김에 언급하는데, 지금 어떤 사람들은 공산당이 제국주의만 뒤엎었고 봉건주의는 뒤엎지 못했다고 말하는데 정말로 우스운 일입니다. 만약 중국에 아직도 봉건주의의 잔재가 남아있다고 말한다면, 그 것은 사실입니다. 그렇다면 중국공산당이 전국 인민을 영도하여 봉건주의의 기초인 봉건지주계급 토지소유제를 폐지한 것은 사실이 아닙니까?

봉건주의를 반대한다는 말만 몇 마디 했을 뿐, 봉건주의의 기초에 대해서는 조금도 건드려보지 못한 사람들이야말로 공허한 말을 했다고 할 수 있겠지요. 또 국민경제를 조정하던 시기, 당이 경제적인 곤란 국면을 타개할 때, 류사오치 동지는 일선에서 사업을 주관했지요. 7천명대회에서부터 "4층회의(西楼会议)"까지, 그 후의 일련의 결책들에 이르기까지, 최종적으로 "충분히 물러나야 한다(退够)"는 결심을 내리는 일들은 모두 류샤오치가 주관했습니다. "충분히 물러서자"고 주창하자 전체적인 국면이 호전을 가져왔고, 1965년에 이르기까지 아주 좋은 경제적 국면이 형성되었지요. 이러한 것들은 일반적인 경제 사업이 아닙니다. 전국적인 대국을 아우르는 전략적인 안목이 있어야만 이런 전략적 결단을 내릴 수 있고 승리를 이룰 수 있습니다. 따라서 그는 훌륭한 전략가인 것입니다.

둘째, 류샤오치는 이론가였습니다. 중국공산당의 1세대 지도자들 가운데 마오쩌둥이 아닌 다른 이론가를 꼽으라면 누구나 다 류샤오치를 지목할 것입니다. 여기에 한 가지 문제가 있습니다. 이론가란 대체 무엇이며, 왜 사람들은 류샤오치를 당내의 걸출한 이론가라고 하느냐는 것이죠.

당의 고위급 지도자들은 모두 마르크스·레닌주의의 보편적인 원리를 중국혁명의 실제 상황, 심지어 특정한 부문이나 특정한 지역의 실제 상황과 결부시켜, 이런 저런 방면에서 창조와 발전을 이뤄냈습니다. 바꾸어 말하면, 중국공산당의 1세대 지도자들은 모두 이론과 실제를 연계시키는 특점이 있었습니다. 그렇다면 류샤오치는 무엇 때문에 이론 방면에서의 성과가 그렇게 뛰어나며, 이론의 높이에서 문제를 보는 능력이 월등하게 뛰어났을까요? 류샤오치의 이와 같은 특점을 이해하는데 도움이 될 수 있도록, 아래에 나의 간단한 인식을 소개하고자 합니다.

류샤오치는 서재에만 박혀있는 학자도 아니고, 집안에 앉아서 이론 연구에만 몰두하는 사람도 아닙니다. 그는 늘 가장 급히 해결해야 할 문제에 대해 자기의 의견을 이야기했습니다. 그는 이러한 문제를 대함에 있어서 매번 마주하는 개별적인 일 자체에 머무르지 않고, 개별적인 데서 보편성을 발견해내곤 했습니다. 즉 하나하나의 구체적인 사실들을 종합하여,

비슷한 문제를 처리하는데 지도성적인 역할을 할 수 있는 보편적인 법칙을 발견해냈던 것입니다. 옛말에도 있듯이 하나를 보면 열을 알았지요. 예를 들면 1942년 말에 류샤오치는 옌안에 돌아온 후『화북과 화중지역에서의 6년 사업 경험보고(六年华北华中工作经验的报告)』를 작성했습니다. 전문은 세 개 부분으로 나뉘었는데『류샤오치선집(刘少奇选集)』에서는 두 번째 부분과 세 번째 부분만 인용했습니다. 이 두 부분에서는 화북(华北)과 화중(华中)지역의 형세를 분석하고 경험을 이야기했습니다.

이 두 부분은 이미 이론적인 완성도가 아주 높았지만 그는 여기에 만족하지 않고 그 앞에 서론을 하나 추가하였습니다. 이 서론은 또 4개의 소절로 나뉘어졌습니다. 그 중 두 번째 소절은 77사변(卢沟桥事变) 이후 중국이 직면한 새로운 형세와 당의 새로운 임무, 혁명투쟁의 새로운 형세 등을 언급했습니다. 세 번째 소절에서는 당에서 어떠한 형식으로 항일무장투쟁을 진행할 것이며 어느 곳을 당의 주요 사업 지점으로 할 것인가에 대한 것이었습니다. 네 번째 소절에서는 당의 항일민족통일전선 문제에서의 행동노선에 대해 다루었습니다.

여기까지 말하면 여러분들은 이미 그가 단순히 화북이나 화중지역의 사업만 이야기한 것이 아니라 전국적인 지역의 사업에 대해 개괄을 하고, 보편성적인 지도의의를 가지는 문제를 탐구했음을 알 수 있을 것입니다. 이론적 색채가 아주 짙은 것이지요. 하지만 류샤오치는 여기에도 만족하지 않았습니다. 그는 이 세 개 소절 앞에 또 한 소절을 추가하여 역사발전의 굴곡성에 대해 이야기했습니다. 그는 이렇게 말했지요. "인류사회의 역사는 객관적으로 보면 늘 굴곡적인 길을 따라 전진해왔습니다. 왜냐하면 역사는 사회모순의 투쟁 속에서 발전하기 때문입니다. 물론 사람들은 역사발전을 객관적으로 가능한 직선도로 위에서 전진하도록 추진하고 싶어 하지만, 결과적으로 객관적인 역사 행정은 늘 굴곡적인 길을 선택하게 됩니다.", "특정된 시기에 역사의 발전은 아주 빠른 경우가 있습니다. 날개가 달린 것처럼 빨리 가는데 평상시에 수년이나 수십 년이 걸리는 행정을 몇 주나 수개월 내에 마무리하는 경우가 있습니다.

반대로 또 다른 특정된 시기에는 역사의 발전이 아주 느립니다. 사람들이 그 발전을 전혀 느끼지 못하거나 오히려 퇴보한다는 느낌이 들 정도로 말입니다." "따라서 역사발전을 추진하려고 꾀하는, 우리와 같은 혁명의 지도자들은 역사발전의 이러한 법칙을 잘 파악해야 합니다. 반드시 자기의 사업이나 혁명계급의 행동노선 · 투쟁형식 · 조직형식 등이 이러한 법칙에 부합되도록 해야 합니다. 이를테면 역사가 아주 빠르게 발전할 때에는, 즉 운동이 발발하고 혁명이 고조되는 시기에, 우리는 대담하게 대중을 격려하여 일정한 목표를 향해 큰 보폭으로 전진하도록 해야 합니다.

대중들이 각성 정도에 따라 혁명구호를 정하고 과감한 사업방식과 투쟁방식 · 조직방식을 채용하여, 혁명 중에서 이미 시기가 성숙된 여러 문제들을 거침없이 처리해야 합니다. 가능한 많은 진지를 점령하고 가능한 많은 역량을 발전시키며 역사 발전을 가능한 빠르게 추진해야 합니다. 역사발전의 뒤에 떨어지거나 역사의 전진을 가로막거나 역사발전의 뒷다리를 잡아당겨서는 안 됩니다. 반대로 역사발전이 아주 느릴 때에는, 즉 운동이 잦아들고 혁명이 저조기에 들어갔을 때에는, 조급증을 부리지 말아야 하며 자기의 전지를 공고히 하고 보존하는데 주력해야 합니다. 심지어는 교묘한 퇴각을 할 줄 알아야 하며, 은밀하게 자기의 역량을 집결하고 보존하여 적들이 경각성을 늦추게 하고 유리한 시기를 기다려야 합니다."

여기까지 들으면 여러분들은 여러 가지 법칙성적인 이치로 자기의 행동을 지도할 수 있다는 것을 느낄 수 있을 것입니다 내가 보기에 이런 사람이 바로 이론가인 것입니다.

류샤오치는 이처럼 크고 장기적인 일들을 이론적인 높이에서 인식했을 뿐만 아니라, 당면한 사업 중의 흔한 일들에 대해서도 이론적인 높이에서 사고했습니다. 1946에 장쑤(江苏)성위 서기 장웨이칭(江渭清)이 류샤오치한테 편지를 보내, 성위(省委)에서 자기의 연설내용을 학습하도록 규정한 것은 잘못이라고 자기비판을 했습니다. 류샤오치는 답신에서 이론적 높이에서 이 문제를 분석했습니다.

그는 다음과 같이 말했지요. "우리는 누구에게서 배워야 합니까? 우리는 지위가 높든 낮든 관계하지 말고 당 내와 당 외의 진리를 갖고 있는 모든 사람들에게서 배워야 합니다. 진리가 있고 없고를 떠나서 무조건 지위가 높은 사람에게서 배워서야 되겠습니까? 우리의 원칙은 하나입니다. 진리를 갖고 있는 모든 사람들에게서 배워야 한다는 것이지요." 또 예를 하나 들어봅시다.

1941년에 중공중앙 화종쥐(华中局) 당교(党校)에서 사업하던 쑹량(宋亮)이 류샤오치에게 편지를 보내 어떻게 하면 당교를 잘 이끌 것인지에 대해 가르침을 청한 적이 있습니다. 류샤오치는 답신에서 먼저 다음과 같이 말했습니다. "이론을 지나치게 강조하여 실천이 이론에 대한 기초적 작용을 경시해서는 안 되며, 또 반대로 실천을 지나치게 강조하여 실천에 대한 이론의 지도성을 경시해서도 안 됩니다." 여기까지 말하고 나서 뭔가 부족하다고 느낀 그는 한 발 더 나아가 다음과 같이 말했습니다. "중국공산당은 혁명의 열정이 부족하지 않습니다. 아주 강력한 혁명적 조직능력도 있지요. 하지만 당의 이론적 수양은 많이 부족합니다." 그는 이론적으로 · 역사적으로 이러한 문제의 원인을 분석했으며, 우리가 필요로 하는 이론은 현실을 이탈한 이론이 아니며 정확한 이론으로 우리의 실천을 지도해야 한다고 천명했습니다. 그는 나중에 중국공산당 제7차 전국대표대회에서 마오쩌둥 사상을 지침으로 하여야 한다고 제기했는데, 여기서 우리는 그러한 사상적인 맥락을 어느 정도 엿볼 수 있습니다. 보시다시피 류샤오치의 사상은 아주 깊습니다. 또한 그가 언급한 이런저런 문제들에서 사람들은 흔히 그 문제 자체를 초월하는 더 많은 것들을 발견하게 됩니다. 따라서 류샤오치는 가히 이론가라고 할 수 있지요.

셋째, 류샤오치에게는 그만의 독창적인 견해가 있었습니다. 책이나 상급의 지시에 의거한 것이 아니지요. 그는 실제에서 출발하여 자기의 체계적이고 독특한 견해를 대담하게 제기하곤 했습니다. 이 방면의 일례는 아주 많습니다. 신 중국이 막 탄생할 즈음에 마오 주석은 류샤오치를 청해 신 중국의 경제건설을 어떻게 해야 할지에 대해 토론한 적이 있습니다. 그는 곧바로 신민주주의 경제는 다섯 가지 경제성분으로 구성되어야 한다는 것을 밝히고, 신민주주의가 사회주의로 과도하는 절차와 그에 상응하는 방침 · 정책 등 하나의 체계적이고 완전한 방안을 거침없이 이야기했습니다.

신 중국의 경제건설이 일정한 단계에 이르렀을 때, 그는 또 사회주의 경제는 계획성이 있어야 할 뿐만 아니라 다양성과 지혜로워야 한다고 제기했습니다. 농업발전의 길에 대해서도 그는 체계적인 구상이 있었습니다. 건국초기 공장 관리와 공회 사업에서 나타난 모순에 대해 그는 1951년에 맨 처음 "인민 내부의 모순"이라는 개념을 제기하고 적대적인 모순과 비

적대적인 모순이라는 성질이 서로 다른 모순을 구분해야 하며, 동지애와 화해·단결의 방법으로 인민내부의 모순을 해결해야 한다고 주장했습니다. 1957년에 그는 또다시 지도자의 관료주의와 인민대중들의 정당한 요구 사이의 모순이 인민 내부 모순의 핵심으로 떠올랐으며, 분배문제에서 특히 두드러지게 나타난다고 지적했습니다. 또 1962년의 '7천명대회'에서는 총체적으로 1958년 이래 당 사업의 결점과 성적의 관계는 한 손가락과 아홉 손가락의 관계가 아니라, 세 손가락과 일곱 손가락의 관계인 것 같다고 대담하게 지적했습니다.

그는 또 3년 동안 어려움에 빠진 원인은 3할의 자연재해와 7할의 인재(人災)에 있다고 언급하기도 했습니다. 위에서 언급한 류샤오치의 많은 견해나 관점들에 대해 더러 이견이 있는 분들도 없지 않을 것입니다. 하지만 적어도 한 가지만은 인정할 수 있습니다. 류샤오치는 독립적인 사고를 잘하고 실제적인 상황에서 출발하여, 중대한 문제에 대해 자기의 독특하고 체계적인 견해를 제기할 수 있다는 것입니다. 이렇게 할 수 있는 사람은 별반 없지요.

류샤오치는 또 고상한 사상품격을 갖고 있었습니다. 당과 인민에 무한히 충성하고 공명정대했습니다. 또한 적자지심(赤子之心, 죄악에 물들지 않고 순수하며 깨끗한 마음 – 역자 주)을 갖고 있었던 그는 전심으로 당과 인민의 사업에 투신했으며, 자기가 논술했던 공산당원의 수양을 실천하기 위해 실제적인 행동으로 몸소 시범을 보였습니다.

류샤오치는 당과 민족을 위해 걸출한 공헌을 하고 풍부한 정신적 유산을 남겨준 지도자였습니다. 그렇다면 오늘날 류샤오치에 대한 연구과 선전사업은 어떻습니까? 확실히 부족합니다. 물론 11기 3중전회 이후 10년의 '문화대혁명'이 그에게 씌운 가장 큰 억울함은 벗겨졌습니다. 하지만 응당 그에게 속해야 할 역사적 지위를 총체적으로 회복하고 역사 본연의 면모를 밝혀주기에는 아직도 턱없이 부족합니다. 특히 청년 세대들이 그를 전면적으로 이해하게 하기에는 아직도 상당한 거리가 있습니다.

연구사업에서 우리는 더욱 넓은 안목으로 류샤오치를 근대중국의 역사 발전 과정에 놓고 고찰해야 하며, 동시대 사람들과의 횡적인 비교를 하는 가운데서 고찰해야 합니다. 개개의 사건에 치중해서 연구하거나 선전할 것이 아니라 큰 방면의 공헌에 역점을 두고 연구해야 합니다. 이를테면 류샤오치가 이론 방면에서 이룬 가장 큰 공헌은 당의 건설입니다. 그는 당의 사상건설을 특히 강조했으며, 당의 사상건설에서는 매개 당원들이 당성수양(党性修养)이 있어야 한다고 특별히 요구했습니다. 이에 대해 외국의 어떤 학자는 자기의 논문에서 다음과 같이 언급했습니다.

"이는 마르크스주의 정당 역사에서 말하면 하나의 새로운 공헌이다. 왜냐하면 마르크스 시대의 당의 건설임무는 주로 당의 학설을 선전하는 것이었고, 레닌의 당 건설 사상도 주로는 당의 노선·방침과 지도사상을 이야기하는 것이었지만, 반면에 류샤오치는 공산당원의 수양에 대해 체계적으로 논술했는데, 여기에는 수양의 필요성과 수양을 쌓는 경로나 방식 등이 모두 포함되어 있기 때문이다."

당원의 수양에 대한 류샤오치의 학설에서 가장 중요한 것은 중국공산당이 특정한 역사적 상황이나 냉혹한 혁명투쟁 중에서 축적한 당 생활의 실천경험에서 비롯된 것이며, 이러한 실천의 경험·교훈에 대한 이론적인 개괄입니다. 여기에는 류샤오치의 이론적 사유가 큰 공헌을 했음은 자명한 일입니다. 그의 이론적 연원을 따져보면 마르크스-레닌주의의 당 건설 학설이 있을 뿐만 아니라, 중국 전통문화의 심각한 영향도 있습니다. 몇 년 전에 어떤 사람이 류샤오치가 마르크스주의를 '유가화(儒家化)'했다고 말한 적이 있는데 이는 잘못된 관점입니다. 중국의 전통문화를 봉건도덕과 동일시해서는 안 되며, 유가의 문화와 동일시해서도 안 됩니다.

중국의 전통문화는 우선 중화민족의 5천년 문명의 연속입니다. 중화민족은 조상 때부터 대대손손 이 땅 위에서 생활하고 발전해왔는데, 오늘에 이르러서는 세계에서 인구가 가장 많은 민족이 되었으며, 거대한 생기와 활력을 보여주고 있습니다. 이는 인도나 이집트 · 바빌론과 같은 다른 고대문명과는 다른 것이지요. 이러한 민족이기에 문화적으로 자기의 독특한 특점이 있는 것은 자명한 일입니다. 이를테면 어떻게 올바른 사람이 되며 사람과 사람 사이의 관계를 어떻게 처리하느냐 하는 것 등을 들 수 있습니다.

우리의 조상들은 대대손손 이어진 사회생활의 실천 속에서 점차 사회적으로 공인하는 사상과 행위의 규범을 형성했습니다. 물론 봉건통치자들은 이러한 규범을 자기들이 필요로 하는 궤도에 올려놓고 인민들을 통치하는 도구로 활용하고자 애썼으며, 체계적인 봉건도덕을 형성하였습니다. 그렇다고 해서 이러한 체계적인 규범이 봉건통치자들이 고안해내서 외부적으로 우리민족에게 주입시킨 것은 아닙니다.

나는 이번에 환난(皖南, 안훼이성 남부)의 산간지대를 돌아보면서 주민들이 내건 주련(柱聯)들을 많이 봤는데 어떤 것은 내용이 아주 좋았습니다. 이를테면 "필요할 때에야 자기의 지식이 적음을 한탄하고, 직접 겪어보지 않고서는 얼마나 어려운지르 알 수 없다(书到用时方恨少, 事非经过不知难)"와 같은 말이지요. 류샤오치가 『공산당원의 수양을 논함(论共产党员的修养)』에

서 인용했[...] 입장을 바꾸어 생각해야 한다(设身处地)", "자기의 마음으로
상대의 [...] 헤아려야 한다(将心比心)", "고생스러운 일에는 자기가 앞장
[...] 일에는 남보다 뒤에 서야 한다(先天下之忧而忧, 后天下之乐而
[...]시 마찬가지입니다.

전통문화는 대부분이 인민대중들 속에서 나왔음을 말해
[...] 이러한 유산에 대해 우리는 분석하인 태도를 취해야 합니
[...] 꺼기는 걸러내고 그 중의 정화(精華, 정수)는 떳떳하게 계승
[...]이렇게 하는 것을 '유가화(儒家化)'라고 해서는 안 되겠지요.

혁명활동을 연구함에 있어서도 시야를 넓게 가져야 합니
[...]류샤오치의 환동(皖东, 안훼이성 동쪽)에서의 활동을 연구하려
[...]당 제6기 6중전회(中共六届六中全会)에서 "화동(華東)을 공고히
[...]中)을 발전시켜야 한다."고 중대한 결책을 내렸린 큰 배경을
[...]연구해야 합니다. 즉 당시 화중의 문제는 전체 당과 전체 군
[...]요한 초점이었으며, 화동의 문제를 잘 해결해내느냐 하는 문
[...]면에 관계되는 중대한 문제였습니다. 따라서 이러한 국체적
[...]경을 전제로 연구해야 하는 것입니다. 만약 이를 어느 특정한
[...]개척의 각도에서 연구한다면 그 범위가 너무 제한적이라 할
[...]. 따라서 우리의 연구 사업은 세심해야 할 뿐만 아니라 시야를
[...]하는 것입니다.

[...]를 제대로 연구하고 선전하려면 지금의 현실과도 결부시키는
[...]합니다. 류샤오치의 『공산당원의 수양을 논함』은 여러분들이
[...]있을 것입니다. 지금 많은 사람들은 그의 역사적인 역할에 대해
[...]지만, 지금은 이미 한물갔다고 생각할 수도 있습니다. 입으로

129

는 이렇게 말하지 않아도 속으로는 이렇게 생각하는 사람들도 적지 않을 것입니다. 그렇다면 이 책이 오늘의 당 건설이나 사회주의 정신문명 건설에 필요가 없는 것일까요? 그 의의는 대체 어디에 있는 것일까요? 이러한 문제들은 잘 생각해 볼 필요가 있습니다.

지금 많은 사람들은 계승에 대해 이야기하면 고대의 우수한 문화를 계승할 생각만 합니다. '오늘'은 '그제'의 계속이기도 하지만, '어제'의 계속이기도 하다는 것을 망각하기 때문입니다. '오늘'은 필경 '그제'에서 훌쩍 뛰어넘어 온 것이 아닙니다. 가운데의 '어제'는 방금 경과했지요. 이 '어제'가 바로 20세기 이래, 특히는 중국공산당이 설립된 이래 형성된 전통입니다. 이 시기에 우리는 당의 영도아래 새롭고 체계적인 이론과 작풍을 형성했습니다.

이러한 이론과 작풍은 여러 세대의 공산당원들에게 영향을 주었으며, 우리의 민족에게 선명하게 새로운 흔적을 남겼습니다. 그 가운데는 『공산당원의 수양을 논함』이라는 책이 남겨준 영향도 포함됩니다. 나 자신의 입장에서 말하면, 1947년에 대학에서 공부하면서 맨 처음으로 이 책을 접했습니다. 그 후에 반복적으로 읽었는데 얼마나 많이 읽었는지는 스스로도 모릅니다.

이 책속의 사상은 우리 세대의 사람들에게 깊은 영향을 주었습니다. 1949년에 상하이가 해방되고 나서 나는 또 『공산당원의 조직과 규율 방면에서의 수양(论党员在组织上和纪律上的修养)』을 읽게 되었는데, 여기에서 조직적 수양에 대해 많은 새로운 이치들을 깨우치게 되었지요. 솔직히 말해서 혁명적 전통을 계승함에 있어서 류샤오치의 이러한 사상적 공헌들을 빼놓고는 이야기할 수가 없습니다. 오늘 우리는 사회주의 정신문명을 건설하려 하고 있는데, 근본적으로 사회의 기풍을 바꾸는 관건은 당에 있습니다. 공산당원이 어떠한가는 전국 인민과 사회의 기풍에 중대한 역할을 합니다. 따라서 류샤오치의 당 건설에 대한 저작은 당 건설에 필요한 기본적인 독본일 뿐만 아니라, 사회주의 정신문명 건설의 중요한 교과서라고도 할 수 있습니다.

우리는 류샤오치가 우리에게 남겨준 많은 정신적 유산들을 우리의 현생활 속으로 가져와야 합니다. 이는 고갈되지 않는 보물고입니다. 1998년은 류샤오치 탄신 100돌이 되는 해입니다. 그 때가 되면 중앙에서는 성대한 기념활동을 하게 될 것입니다. 따라서 이는 류샤오치를 연구하고 선전하는 아주 좋은 기회입니다.

1998년까지는 아직 2년이 남았습니다. 우리는 이 시기를 잘 활용하여 성과를 이뤄내야 하며, 일심으로 협력하여 류샤오치를 연구하고 선전하는 사업을 대대적으로 추진해야 할 것입니다.

주더(朱德)의 역사적 공헌[40]

기자: 선생님께서는 장기적으로 마오쩌둥 등 1세대 혁명가들의 사상과 생애를 연구해왔으며 그들의 전기를 집필하는 일을 주도하여 오셨지요. 『주더전(朱德传)』의 편집장으로서 선생님께서는 주더의 사상과 생애에 대한 연구 사업에 어떠한 문제들이 존재한다고 생각합니까?

진총지: 주더가 중국공농홍군(中国工农红军)과 팔로군(八路军)·인민해방군의 총사령관이라는 것은 널리 알려진 사실입니다. 하지만 솔직하게 말해서 중국공산당의 1세대 주요 지도자 가운데 한사람인 주더에 대한 이해와 연구는 아직도 많이 부족한 상황입니다. 여기에는 두 가지 원인이 있습니다.

하나는 신 중국이 설립되었을 때 주더는 이미 나이가 너무 높아 마오쩌둥·저우언라이·류사오치·천원·덩샤오핑 등 사람들처럼 일선에서 그렇게 왕성하게 사업을 하지 못한 것입니다. 따라서 사람들이 그와 접촉하고 그에 대해 이해할 기회가 상대적으로 적을 수밖에 없었지요. 다른 하나는 '문화대혁명' 때 린뱌오(林彪) 등이 그에 대한 헛소문들을 마구 퍼트

---

40) 이 글은 『당의 문헌(党的文献)』 2010년 1기에 발표되었는데 원 제목은 『주더의 사상과 생평 연구를 어떻게 추진할 것인가(如何推进朱德的思想生平研究)』이다.

린 데 있습니다. 심지어는 그에 대해 "나이로 해 먹는다"거나 "진짜로 총 사령 직을 수행한 적은 한 번도 없었다"는 등의 말로 헐뜯기도 했습니다. 지금에 와서 이러한 말들을 믿는 사람은 없습니다. 하지만 사회적으로 많은 사람들이 그의 덕망이나 고상한 품성 때문에 그를 존중하기는 해도, 그가 중국인민의 해방 사업에서 이루었던 대체 불가한 공헌과 마오쩌둥 사상의 형성과정에서 한 중요한 공헌 등에 대해서는 잘 모르고 있습니다. 당연히 아직까지는 그에 대한 인식이 많이 부족합니다.

기자: 학술계에는 확실히 이러한 인식의 부족함이 존재합니다. 따라서 주더에 대한 연구는 1세대 기타 지도자들과 비해 그 성과가 많이 미비하지요. 그렇다면 선생님께서는 주더가 어떤 중요한 공헌들을 했는지를 얘기해주실 수 있겠습니까?

진총지: 일단 주더의 군사적 공헌부터 얘기해보고자 합니다. 주더는 혁명에 참가하기 전에 이미 뎬쥔(滇軍)[41]의 명장으로, 북양군(北洋軍)과 정규전도 치렀고, 윈난 서쪽에서 토비 숙청 때 2년 동안 유격전도 했습니다. 후에 그는 이와 같은 말을 한 적이 있습니다. "큰 전쟁을 치르는 법은 그 때 배운 것입니다. 지금 내가 연대장으로서 3, 4개 연대를 거느리고 전투를 벌이는 것은 충분히 가능합니다." 혁명에 참가한 후, 그는 또 독일과 소련에서 군사를 공부했습니다. 이러한 경력은 중국공산당의 군사지도자들 가운데 아주 드문 것입니다.

---

41) 뎬쥔(滇軍) : 윈난(云南) 군벌.

중국의 인민군대는 8.1난창봉기(八一南昌起义)에서 탄생되었습니다. 이 봉기가 실패한 후 주더는 남은 부대(원래의 예팅(叶挺) 독립연대의 주력 포함)를 거느리고, 혁명의 이상을 통해 장병들을 독려하며 온갖 어려움 끝에 징강산(井冈山)을 찾아가서 마오쩌동의 추수봉기(秋收起义) 부대와 회합(會合)하였습니다.

　　이에 대해 천이는 다음과 같이 말했습니다. "만약 당시 총사령의 지도가 없었더라면 이 부대는 틀림없이 무너졌을 것입니다." 당시 징강산에 있던 탄전린(譚震林)은 또 이렇게 말했습니다. "주더와 마오쩌동이 징강산에서 회합하였기에, 부대의 규모가 커져서 우리는 용신(永新)을 공격할 힘이 생겼습니다. 물론 그 전에도 차링(茶陵)이나 쉐이촨(遂川)을 공격하고 닝강(宁冈) 현성(縣城)을 점령하기도 했지만, 더 멀리 가지는 못했습니다.

　　왜냐하면 국민당의 두 개 연대만 올라와도 우리가 당해내기 어려웠기 때문입니다. 그러나 주더와 마오쩌동이 회합한 후에는 힘이 커졌지요. 그래서 바로 용신을 거듭 공격할 수 있었으며, 특히 치시링(七溪嶺)에서의 전투에서는 장시(江西)에서 온 3개 사(師, 사단)의 병력을 물리쳤습니다." "국민당의 두 개 연대만 올라와도 우리가 당해내기 어려웠던" 데서 "장시(江西)에서 온 3개 사의 병력을 물리치기까지" 그 사이에 발생한 변화는 너무나도 선명했지요. 징강산에서 당시 주력 연대였던 28연대에서 중대장과 대대장을 역임했던 샤오커(蕭克)는 다음과 같이 회억했습니다.

　　"홍사군(紅四軍)이 징강산에 있을 때 주더가 주로 전투를 지휘했습니다." "어떠한 위험에 처하더라도 주더 군장만 있으면 든든했지요." 중앙소비에트 구역에서 몇 차례의 반'포위토벌(圍剿)' 전투의 승리는 누가 전선에서 구체적으로 지휘한 것이냐고 내가 샤오커에게 물은 적이 있는데, 그는 아주 단정적으로 주더가 지휘했다고 대답하더군요. 그때 샤오커는 홍사군 제3종대 사령관과 독립사 사장을 맡고 있었지요. 주더는 인민군대의 전략 전술의 형성에 있어서 특수한 공헌을 했습니다. 그는 어느 때인가 다음과 같이 회억한 적이 있습니다.

"모스크바에서 군사를 공부할 때 교관이 나에게 돌아가면 어떻게 전투를 할 것이냐고 물은 적이 있지요. 나는 '이길 수 있으면 싸우고 이길 수 없으면 후퇴하고, 필요시에는 부대를 이끌고 산에 들어가겠다'고 대답했습니다. 이 때문에 당시 비판을 받기도 했지요. 하지만 기실 이것이야말로 유격전쟁 사상입니다. 따라서 이 점에서 내가 솔선 역할을 했다고 볼 수 있지요." 솔선 역할을 하는 것은 이만저만한 일이 아닙니다.

그는 또 다음과 같이 말했습니다. "우리가 주장하는 용병술은, 무슨 총이 있으면 그 총에 맞춰서 싸우고, 어떤 적이 있으면 또 그 적에 맞춰서 싸우며, 어떠한 시간이나 지점에 처하면 그 시간이나 지점에 맞게 싸운다는 것으로 개괄할 수 있습니다." 이것이야말로 실사구시적인 유물주의 용병술이며, 16자전법(十六字诀)과 일맥상통하는 말입니다. "적이 공격하면 우리는 퇴각하고, 적들이 주둔하면 우리는 교란하며, 적들이 피로해지면 우리가 공격하고, 적들이 퇴각하면 우리가 뒤쫓는다(敌进我退, 敌驻我扰, 敌疲我打, 敌退我追)"는 그 유명한 16자전법은 기실 마오쩌동과 주더가 같이 제기한 것이라고 할 수 있습니다.

1980년대 초에 우리는 두 명의 당사자에게 이 일에 대해 물은 적이 있지요. 군사과학원 원장 쑹스륀(宋时轮)은 마오쩌동이 제기한 것이라고 했고, 군사학원 원장 샤오커는 주더가 제기한 것이라고 했습니다. 주더의 정치 비서를 담임한 적이 있는 천유췬(陈友群)에 따르면, 그가 언젠가 주더한테

이 일에 대해 물은 적이 있는데, 주더는 누가 제기하든 다 마찬가지라고 대답했다고 합니다. 주더는 일반사람들이 미치기 어려운 숭고한 혁명적 품성과 정치적 지혜를 갖고 있었습니다. 장정(长征) 과정에서 장궈다오(张国焘) 분열주의와의 복잡한 투쟁을 하던 중 마오쩌둥은 주더에 대해 다음과 같은 10글자로 평가했습니다. "도량이 바다같이 크고, 의지는 강철같이 굳세다.(度量大如海, 意志坚如钢)" 항일전쟁이 폭발한 후 주더는 팔로군(八路军)을 거느리고 화북의 전선으로 나아갔습니다.

그는 당시 군사위원회 전방(前方) 분회(分会) 서기(书记)직을 담임했는데, 민중들에 의지하여 적후항전(敌后抗战)의 새로운 국면을 개척했습니다. 이는 정말 대단한 일이었지요. 옌안으로 돌아간 뒤 그는 또 부대가 생산운동(大生产运动)을 벌일 것을 발의했는데, 구체적으로 359여단이 난니완(南泥湾)에서 황무지를 개척하여 생산을 진행하는 일을 지도했습니다.

주더가 없었더라면 지금은 누구나 다 아는 난니완 대생산운동이 없었을 것입니다. 이 말은 조금도 과장된 것이 아닙니다. 건국 후 그가 군대의 정규화와 국방현대화를 위해 했던 노력과 공헌들은 다들 잘 알고 있는 일이지요.

기자: 주더는 중국인민해방군 총사령관 외에 다른 방면에서 어떤 탁월한 공헌을 했습니까?

진충지: 그렇습니다. 주더의 공헌은 군사방면에만 국한된 것이 아닙니다. 그의 수많은 발언고와 글들을 읽으면 큰 느낌이 있을 겁니다. 주더는 아주 풍부한 실제경험(사회경험 포함)과 심후한 마르크스주의 소양이 있었

습니다. 또한 늘 실사구시적인 태도를 견지하고 있었으며, 군사사업이나 경제사업·당의 건설 등 여러 면에서 말을 꺼내면 늘 핵심을 정확하게 짚었는데, 현상을 꿰뚫고 본질을 잘 파악했지요. 또한 늘 명확하고 확실하고 실행 가능한 해결방안을 내놓는 등 남다른 통찰력을 보여주었지요. 이러한 것 역시 일반 사람들로서는 도저히 해낼 수 없는 일입니다.

예를 들면, 스자좡(石家庄)은 해방전쟁시기 처음으로 해방된 중요한 도시입니다. 당시 많은 새로운 문제들이 중국공산당 앞에 대두되었지요. 이에 주더는 중앙에 보내는 보고서에서 군사 민주의 중요한 경험을 언급했을 뿐만 아니라, 노동자들이 생활대우에 대한 요구가 너무 높아서 일부 공장은 폐업하는 상태에까지 이르렀으며, 이는 생산의 축소와 경제의 쇠락을 가져올 수 있는 '자살정책'이라고 지적했습니다.

이 보고는 중앙에서 커다란 중시를 불러일으켰습니다. 중앙에서는 즉각 이를 각 지방으로 전달하고, 이런 잘못된 사상과 잘못된 정책을 즉시 시정할 것을 지시했습니다. 신 중국이 건립된 후 그는 또 많은 중요한 사상과 주장을 제기했습니다. 이를테면 경제관리 체제에 대해 그는 중앙에 보고서를 제출하여 다음과 같이 말했습니다. "위에서 너무 꽉 쥐고 있습니다." "지금 중앙에서 모든 것을 다 쥐고 있으니 온 사회가 발전이 더뎌지고, 아래에서 적극성을 불러일으킬 수 없습니다."

그는 농업의 기초적 지위를 강조하고, 농업과 임업, 축목업과 어업 등 다양한 업종을 발전시킬 것을 주장했습니다. 또한 산지가 전국 면적의 2/3, 인구와 경작지의 1/3에 달하기에 풍부한 자연재부(산나물·약재·과일 등)가 있다는 것을 강조하며, "산을 끼고 있는 곳에서는 산을 이용해서 먹고 살아야 하고, 강을 끼고 있는 곳에서는 강을 이용해서 먹고 살아야 하며", "사람들의 능력을 모두 발휘케 해야 하고, 땅은 충분히 개발 이용되어야 하며, 물품은 쓸모 있게 쓰여야 한다"고 언급했습니다. 이밖에도 하이난도(海南島)는 '보배섬'이기에 열대작물을 발전시킬 것을 주장했습니다. 왜냐하면 전국적으로 하이난도만 열대작물 재배에 적합하기 때문입니다. 그는 수공업이 국민경제에서 차지하는 지위에 각별히 중시하고 수공업의 사회주의적 개조를 세심하게 지도했습니다. 그리고는 다음과 같이 말했습니다.

"도시 속의 독립노동자(대량의 소수공업자 포함)들은 응당 자산계급과 엄격하게 구분해야 합니다. 독립노동자를 일반자본가들과 같은 위치에 놓고 공상업자라고 통칭해서는 안 됩니다." 그는 대외무역을 적극 전개할 것을 주장하며 다음과 같이 말하기도 했습니다. "또한 일본이나 미국과 무역을 해야 합니다. 왜냐하면 지금 모든 생산은 세계화되었기 때문입니다.", "민족이 관문을 닫아걸고 교류를 하지 않으며 고립적으로 경제를 발전시키겠다는 사상은 자본주의시대에 이미 시작된 객관법칙을 위반하는 일입니다." "당면한 문제는 짧은 시간 내에 세계적으로 가장 선진적인 기술을 장악하는 것입니다." 그는 또 다음과 같이 말했습니다. "은행은 단순히 돈을 발행하는 곳이 아닙니다. 국가의 투자는 모두 은행의 대부금이어야 합니다.", "은행은 반드시 감독의 역할을 해야 합니다." 그는 일찍부터 군사공업은 민간공업과 결합되어야 한다고 주장하면서 이는 "사회주의 건설에서 아주 중요한 한 가지 사업"이라고 했지요.

중국공산당의 첫 중앙기율검사위원회 서기를 담당한 그의 이 방면에서의 공헌에 대해 사람들은 익히 알고 있습니다. 그의 많은 주장들을 지금에 와서 보면, 그 시절에 벌써 이처럼 탁월한 안목을 가졌다는 데 감탄하지 않을 수 없게 됩니다. 위에서 말한 것들은 앞에서 언급한 두 마디 말로 귀납할 수 있습니다. 하나는 그가 중국인민의 해방사업에서 대체불가의 뛰어난 공헌을 했다는 것입니다. 다른 하나는 그가 마오쩌둥 사상의 형성에 중요한 공헌을 했다는 것이지요. 따라서 주더의 사상과 생애를 깊이 연구하고 대대적으로 선전함으로써 우리가 전진하는 데 있어서의 사상적 재부와 정신적 동력이 되도록 해야 하며, 또한 충분히 그럴만한 가치와 잠재력이 있다는 것을 말씀 드리고 싶습니다.

기자: 중공문헌연구회(中共文献研究会)에서 마오쩌둥·저우언라이·류사오치 등의 사상·생애 연구분회(研究分会)가 설립되었지요? 지금 또 주더의 사상·생애 연구분회를 설립하고 선생님을 명예회장으로 모셨는데, 앞으로의 연구 사업에 대해 어떠한 건의가 있으신지요?

진총지: 주더의 사상·생애 연구 분회의 설립은 중국공산당 당사(党史)학계·군사(军史)학계와 더불어 주더의 사상·생애 연구를 하는데 하나의 큰일로서, 주더에 대한 연구를 추진하는데 중대한 의의가 있습니다. 주더의 사상·생애 연구 분회의 앞으로의 사업에 대해 세 가지 건의를 드리고자 합니다.

첫째, 연구회라는 이 플랫폼을 통해 사회방면에서 주더에 대한 연구에 종사하거나 혹은 연구하려 하는 역량을 조직하여 서로의 교류와 협력을 촉진해야 합니다. 이는 이 플랫폼이 해야 할 가장 중요한 역할이라고 생각합니다. 이러한 역량은 원래부터 존재했습니다. 노년의 친구들도 있고, 중년이나 청년 친구들도 있으며, 이 사업에 종사하고 있는 사람들은 충분히 많다고 생각합니다. 하지만 조직되어 연구하는 거랑 분산되어 각자 자기 나름대로 연구하는 것은 그 차이가 아주 큽니다. 하나에 하나를 더하면 둘보다 더 큽니다. 이렇게 많은 역량들이 더해지면 원래보다 훨씬 더 큰 힘을 낼 것이며 더 많은 역할을 할 수 있을 것입니다.

둘째, 학술건설을 강화해야 하는데 이는 학술단체의 주춧돌입니다. 학술단체가 학술건설을 중점적으로 하지 않으면 결국 아무것도 이룰 수 없게 되지요. 분회의 이사에는 여러 방면에서 주더의 사상과 생평을 연구했던 전문가들이 포함되어야 합니다. 그리하여 이사회에서 정보를 교류하고 현재의 연구정황을 분석하며, 진일보적으로 연구할 가치가 있는 과제를 제기하도록 해야 합니다. 분회라는 이 플랫폼을 충분히 이용하여 다양한 학술활동과 대중들이 좋아하는 선전활동을 병행해야 하며, 필요시에는 일부 중요한 과제에 대해 집중연구를 조직하고 필요한 도움을 제공해야 합니다.

셋째, 분회의 기풍건설과 제도건설에 중시를 돌려야 합니다. 특히 시작단계부터 양호한 기풍과 비교적 완전한 제도를 세우는 것이 아주 중요합니다. 분회의 기풍에서는 실제 효과를 내는데 중점을 두고, 경중과 완급을 구분하도록 해야 하며, 한 가지 일을 맡으면 그 일을 제대로 처리하도록 하며, 겉 치례를 하지 않도록 해야 합니다. 제도적으로는 규칙을 정하고 규정대로 일을 처리하며 이사회는 정기적으로 회의를 열고 이 일이 지속적으로 진행되도록 해야 합니다. 옛말에도 있듯이 만사는 시작이 어렵습니다. 연구 분회가 설립된 후 주더의 사상과 생애에 대한 연구가 새로운 국면을 열어나가리라 믿으며, 아울러 더욱 지속적이고 더욱 계획적이며 더 깊고 체계적으로 연구하여 더 큰 성과를 이루기를 바랍니다.

총설계사 덩샤오핑[42]

올해는 덩샤오핑 동지 탄신 110돌이 되는 해이다. 덩샤오핑은 20세기 중국의 큰 위인으로, 사람들은 그를 중국사회주의 개혁개방과 현대화 건설의 총설계사라고 부른다. 그럼 "총설계사란 무엇이며, 그는 사업의 흥망과 성패에 어떠한 역할을 했는지?", "사람들은 무엇 때문에 덩샤오핑을 새로운 시기 중국 사회주의사업 발전의 총설계사라고 하는지?" 등에 대해 말하고자 한다.

1950년대 초 신 중국이 대규모 경제건설을 시작하려 할 때, 신문과 잡지들에서는 기본건설을 함에 있어서 설계의 극단적인 중요성에 대해 열띤 토론을 벌였다. 『인민일보』는 사론에서 공사를 하려면 반드시 설계가 우선되어야 한다는 기본원칙을 제기했는데 커다란 반향을 불러일으켰다. 사실이 그랬다. 만약 총체적이고 성숙한 설계가 없이 열정과 염원만으로 공사를 시작한다면 성공하기 힘들며, 억지로 한다고 해도 도중에 변경하거나 재공사하는 등 막대한 손실을 초래하게 된다. 이런 교훈은 얼마든지 있다.

기실 작은 공사 프로젝트에서 국가 전도와 운명에 직결되는 대사까지

---

42) 이 글은 『인민일보』 2014년 8월 18일 제7판에 발표되었다.

총체적이고 정확한 설계가 있어야만 비로소 제대로 해낼 수 있는 것이다.

중국공산당이 전국 인민을 이끌고 사회주의 사업을 위해 분투하는 과정에서 1970년대 후반기는 대전환의 중요한 시기였다. 이 시기에 총체성적인 정확한 설계가 있느냐 하는 문제는 대단히 중요한 요소였다. '문화대혁명'이 끝난 뒤 중국은 어느 방향으로 나아갈 것인가? 우여곡절과 좌절을 겪은 중국의 사회주의사업은 어떻게 앞으로 발전해야 하는가? 이러한 문제는 당과 인민 앞에 놓인 가장 중요한 문제였다.

그 때에는 '문화대혁명'이 남겨놓은 문제가 산더미처럼 많았고, 그 갈래가 복잡하기 그지없었으며, 인민들의 사상도 큰 혼란 속에 있었다. 적지 않은 지도간부들은 아직도 '문화대혁명'을 초래한 '좌'적인 지도사상에서 벗어나지 못하고 계속해서 '좌'적인 사상의 궤도 위에서 배회하고 있었다. 동시에 일부 사람들은 중국공산당이 과오를 범하고, 사회주의 건설에서 실수를 한 틈을 타서 중국은 사회주의 길에서 이탈해야 한다는 잘못된 '우' 클릭 주장을 들고 나왔다. 이러한 상황에서 당은 반드시 전국 인민들에게 국가발전의 정확한 방향을 제시해야 했으며, '좌'적인 지도사상을 굳건히 시정해야 했을 뿐만 아니라, '우' 클릭하며 선회하지 않도록 주의를 환기시켜야 했다.

사상노선을 바르게 하는 것으로부터 착수하다

'문화대혁명' 후 중국의 사회주의사업에서 하나의 새로운 길을 개척한다는 것이 어디 말처럼 쉬운 일인가! 그렇다면 어디서부터 착수해야 할 것인가? 덩샤오핑은 단호하게 사상노선의 잘못을 바로잡는 것을 그 돌파구로 삼았다.

이는 요점이 무엇인가를 확고하게 파악하는 일이었다. 사람들의 행동은 늘 사상의 지도를 받기 마련이며, 어떠한 사상이 있으면 어떠한 행동이 뒤따르게 마련이다. 역사가 중대한 전환점에 놓이게 되었을 때에는 객관적인 실제 요구에 부합하는 사상해방을 더욱 필요로 한다. 사상을 해방한다는 것은 절대 제멋대로 터무니없는 생각을 한다는 것이 아니라, 객관적 실제에 부합되지 않는 낡은 사상을 타파하고 주관인식이 객관적 실제에 부합되도록 하는 것이다. 이것이 바로 중국공산당이 일관적으로 주장해왔던 실사구시이다. 사상을 해방시키는 것은 실사구시를 실현하기 위한 것으로, 이 문제를 제대로 해결하지 못하면 성공적으로 새로운 길을 개척한다는 것은 불가능한 일이다.

덩샤오핑은 새로 복귀하여 일하게 되자 마자 바로 "두 가지 무릇(两个凡是)"⁴³을 반대해야 한다고 제기하고, 진리의 표준이 무엇인가에 대한 토론을 전개하는 것을 지지했다. 1978년 12월에 있은 중앙사업회의에서 실제상의 11기 3중전회(十一届三中全会)의 주제보고이며, 개혁개방의 첫 작품이라 할 수 있는 중요한 발언을 하였다. 발언의 제목은 『사상을 해방시키고, 실사구시하며, 앞을 보며 일치단결하자(解放思想, 实事求是, 团结一致向前看)』는 것이었다.

그는 다음과 같이 말했다. "하나의 당, 하나의 국가, 하나의 민족이 모든 것을 책(书)대로 하고, 사상이 경직되어 맹신이 성행한다면, 전진할 수 없

---

43) 두 가지 무릇(两个凡是) : 무릇 마오 주석이 내린 결정은 우리가 유지하고 옹호해야 하며, 무릇 마오 주석의 지시는 어김없이 따라야 한다는 것임.

게 되며 생기를 잃어버리게 될 것이고, 종극에는 당이 망하고 국가가 망하게 됩니다.", "당내와 인민대중들 속에 머리 쓰기를 좋아하고, 문제를 생각하기를 좋아하는 사람들이 많을수록 우리의 사업에 더욱 유리합니다. 혁명을 하던, 건설을 하던 모두 과감하게 사고하고, 과감하게 탐색하며, 과감하게 혁신하는 한 무리의 개척자들이 있어야 합니다."

덩샤오핑의 이 말은 전 당과 전국 인민들의 사상해방을 고무 격려시켰다. 많은 간부와 대중들이 주의력을 객관적 실제에서 나타나는 새로운 정황과 새로운 문제를 연구하는 데로 돌렸으며, 어떻게 사회주의 현대화 건설의 새로운 국면을 열어갈 것인가 하는 문제로 돌렸다. 전에는 '좌'적인 틀에 갇혀서 감히 엄두도 내지 못했던 문제도 생각하게 되었고 감히 하지 못했던 일도 해보게 되었다. 모든 방면에서 "실천은 진리를 검증하는 유일한 표준이다"는 것을 견지했다.

개혁개방을 표지로 하는 새로운 시기는 이처럼 사상을 해방시키고 사상노선을 바르게 하는 데서부터 시작되었던 것이다.

중국 특색의 사회주의 기치를 높이 들다

당과 국가사업 발전의 새로운 국면을 개척하기 위해서는 우선 어떠한 기치를 들고 어떠한 길을 갈 것인가를 명확하게 해야 한다. 마오쩌동 동지의 말을 빌린다면, "기치를 세워야 사람들은 희망이 있게 되고, 나아갈 방향을 알게 된다."는 것이다. 명확한 방향감이 있어야 한다는 것은 하나의 국가와 민족의 발전에 있어서 지극히 중요한 문제이다. 여기에는 분투

목표와 전략적 절차, 기본 노선 등이 포함되며, 이를 인민들에게 인식시켜야 한다.

11기 3중전회(十一届三中全会)를 기점으로 3년여의 탐색과 숙고를 마친 덩샤오핑은 당의 12차 전국대표대회 개막식 발언에서 다음과 같이 선포했다. "마르크스주의의 보편적 진리를 우리나라의 구체 실정과 결합시켜 우리 스스로의 길을 가야 합니다. 중국특색의 사회주의를 건설하는 것은 우리가 장기적인 역사적 경험에 비추어 종합화 해낸 기본 결론입니다."

이로써 중국인민들은 중국에서 사회주의를 건설하는 정확한 방향을 알게 되었고, 따라서 모든 시비를 검증하는 표준이 생겼으며, 억만 대중들을 하나로 단합시킨 거대한 힘이 생겨나게 되었던 것이다.

중국 특색의 사회주의는 두 가지 의미를 내포한다.

첫째, 이는 사회주의이지 다른 어떤 주의도 아니며, 다른 어떤 사회제도도 아닌, 사회주의제도를 실행하는 것이다. 이는 자본주의제도나 기타 제도를 실행하는 국가와는 사회성질 면에서 근본적으로 다르다. 둘째, 이는 선명한 중국적 특색을 띤다. 필히 중국의 실제 정황에 부합되어야 하며, 실제 상황에 뒤떨어지거나 이를 넘어서서는 안 된다. 이렇게 해야만 과학적 사회주의가 경제 · 정치 · 문화 · 사회 등 각개 영역에서의 기본원칙이 중국의 대지에 깊이 뿌리를 내릴 수 있으며, 이로써 강대한 생명력을 가지고 그 우월성을 충분히 발휘하게 될 수 있는 것이다.

이는 사회주의가 무엇이며, 어떻게 사회주의를 건설할 것인가 하는 두 개의 문제에 대한 근본적인 해답이라고 할 수 있다.

사회주의가 무엇인가에 대해 덩샤오핑은 다음과 같이 명확하게 언급했다. "사회주의의 본질은 생산력을 해방시키고, 생산력을 발전시키며, 착취를 없애고, 양극분화를 제거함으로써 최종적으로 공동으로 부유하게 사는 목표를 실현하는 것이다.” 그는 또 다음과 같이 말했다. “우리가 혁명을 하는 목적은 바로 생산력을 해방시키고 발전시키는 것이다. 생산력은 발전을 떠나서 국가의 부강을 이룰 수 없고, 인민들의 생활을 개선할 수 없으며, 따라서 혁명은 빈껍데기로 되고 말 것이다.”, “사회주의가 자본주의와 다른 특점은 바로 양극분화를 하지 않고, 공동으로 부유해진다는 것이다.”, “사회주의의 가장 큰 우월성은 공동으로 부유해지는 것이다. 이는 사회주의의 본질을 체현한 것이다.” 이와 같은 기본원칙을 떠난다면 그것은 이미 사회주의가 아니다.

덩샤오핑이 말한 사회주의 본질은 경제제도와 경제발전의 측면에 치중하여 말한 것이다. 왜냐하면 경제는 기초가 되어 정치를 결정하며, 사회주의의 본질과 특색 역시 우선 경제제도와 경제발전에서 체현되기 때문이다.

어떻게 중국에서 사회주의를 건설하며 어떻게 중국의 실제에 부합되는 ‘중국의 특색’을 체현해 낼 것인가에 대해 덩샤오핑은 다음과 같이 명확하게 천명했다. “중국에서 4개 현대화(四个現代化)를 실현하기 위해서는 적어도 두 가지 중요한 특점은 반드시 주목해야 한다. 하나는 기초가 박약하다는 것이다. 다른 하나는 인구가 많고 경작지가 적다는 것이다. 중국은 아직 사회주의 초급단계, 즉 발달하지 못한 단계에 처해있다. 따라서 모든 것은 이러한 실정에 따라서 출발해야 하며, 이러한 실정에 비춰서 계획을 제정해야 한다.” 그는 또 다음과 같이 말했다. “나의 일관된 주장은 일부 사람들, 일부 지역에서 먼저 부유해져야 한다는 것이며, 대원칙은 공동으로 부유해진다는 것이다. 일부 지역을 먼저 발전시켜 다른 지역들을 이끌어가도록 하는 것은 발전을 촉구하고, 공동으로 부유해지는 목표를 실현하는 지름길이다." 공동으로 부유해진다는 것은 단번에 실현될 수는 없다. 현 단계의 요구는 발전의 혜택을 더욱 많이, 더욱 공평하게 전체 인민들에게 되돌려주고, 공동으로 부유해지는 목표를 향해 차근차근 나아가야 하는 것이다.

경제건설을 중심으로 하는 것에 조금도 동요하지 않았다

사회주의의 성공은 결국 생산력을 부단히 해방시키며, 자본주의보다 더 좋은 노동생산율을 창조해내는데 의지해야만 가능하다. 따라서 반드시 경제건설을 중심으로 하는 것을 견지하는 것으로, 사회주의사업의 전면적 발전을 이끌고 촉진시켜야 할 것이다. 특히 중국처럼 경제가 지나치게 낙후했던 나라에서는 이러한 점을 더욱 명확하게 인식해야 한다.

덩샤오핑은 다음과 같이 말했다. "사회주의제도를 견지하는 것은 근본적으로 사회주의 생산력을 발전시키는 것이다. 그동안 우리는 이 문제를 제대로 해결하지 못했다.", "우리는 꽤 오랫동안 손해를 보았다. 사회주의적 개조를 기본적으로 완수했음에도 여전히 '계급투쟁을 강령으로 하고' 생산력 발전을 도외시했다. '문화대혁명'은 더욱 극단으로 나아갔다. 11기 3중전회 이래 당에서는 사업의 중점을 사회주의 현대화 건설로 돌리고, 4개 기본원칙을 견지하는 기초 위에서 힘을 모아 사회생산력을 발전시키게 되었다. 이는 어지러운 세상을 바로잡는 가장 근본적인 방법이라고 할 수 있다."

그럼 경제건설을 중심으로 하는 중국의 현대화 건설의 구체적 목표와 절차는 무엇인가? 총설계사로서의 덩샤오핑은 반복적으로 이 문제를 사고했다. 출국방문을 하든, 국내에서 고찰하든 그는 늘 당지의 사회생산력 수준과 발전상황에 대해 자세하게 질문했으며, 반복적인 참작과 토론을 거쳐 마침내 중국 사회주의 현대화 건설의 '세 발걸음(三步走)'이라는 전략적 설계를 제기했다. 그 내용은 아래와 같다.

첫 걸음은, 1981년부터 10년 내에 국민생산 총액을 두 배로 늘려 인민들이 배부르게 먹고 따스하게 입는 문제를 해결하는 것이고, 두 번째 걸음은, 또 10년 내에 국민생산 총액을 두 배로 늘려 인민들의 생활이 부유하지는 못해도 살만한 소강(小康)사회의 수준에 이르게 하는 것이며, 세 번째 걸음은, 다음 세기에 이르러 30년 내지 50년이라는 시간 내에 발달한 나라(선진국)의 수준(나중에는 또 중등으로 발달한 국가의 수준에 도달해야 한다는 목표를 제기함)에 근접하도록 하는, 기본적으로 현대화를 실현하는 것이다. 덩샤오핑이 제기한 '세 발걸음(三步走)'은 주로 경제발전수준과 인민들의 생활수준 향상의 각도에서 말한 것이다. 그는 다음과 같이 말했다. "경제적으로 발달한 국가의 수준에 근접하게 한다는 것은 제도를 말하는 것이 아니라, 생산력과 생활수준을 말하는 것이다. 이는 실제로 볼 수 있고 만질 수 있는 것이다."

'세 발걸음'이라는 전략적 설계는 전체 당과 전체 인민들에게 앞으로 70년 동안 어떻게 한 걸음 한 걸음씩 전진하며, 하나의 목표를 이루고 다음으로 이루어야 할 목표는 무엇인가에 대해 명확한 방향감과 인식을 심어주었다. 쉽게 말하면 마음이 든든해지고 희망이 생기게 한 것인데, 이는 보이지 않는 하나의 응집력이라고 할 수 있다. 여기서 언급한 앞 두 단계의 목표는 최초의 설계방안대로 이미 실현되었거나 앞당겨 실현되었다. 오늘날 우리는 세 번째 단계의 목표를 실현하기 위해 분투하고 있는 중이다.

'세 발걸음'이라는 전략적 설계를 완수하기까지는 약간의 문제점도 있었다. 한동안 4개 현대화를 실현하는 것을 20세기 말까지의 목표라고 못 박았었는데, 이는 섣부른 '과열'을 부추길 우려가 아주 다분했다. 문제점을 발견한 덩샤오핑은 20세기 말까지 실현할 목표를 '소강적 상태(小康的狀態)'로 수정했다. 이러한 새로운 판단은 중국 현대화 건설의 발전을 위해 적극적이고 확실한 기본구상을 제기하게 되었다. 또한 지난날에 범했던, 실제를 벗어나 지나치게 급급하게 이루려고만 했던 잘못을 다시 범하지 않도록 지도사상의 각도에서 규정했다. 이밖에 또 초기에는 '4개 현대화', 즉 공업·농업·국방·과학기술의 현대화라고 규정했었는데, 후에 이를 사회주의 현대화라고 바꾼 것을 들 수 있다. 이로써 전체 당과 인민들은 중국에서 사회주의 현대화 건설은 전면적인 것으로, 경제·정치·문화를 비롯한 사회 각 방면의 현대화이며, 물질문명과 정신문명을 모두 포함한 총체적인 사업임을 인식하할 수 있게 되었던 것이다.

개혁개방을 견지하다

중국의 사회주의 현대화를 실현하기 위해서는 반드시 개혁개방을 실시하고 견지해야 한다. 이는 중국 역사에서 전례가 없었던 시도로, 참고로 할 수 있는 경험은 하나도 없었다. 그런 상황에서 이런 문제를 제기하고 해결한 것은 총설계사로서 덩샤오핑의 거대한 공헌이라고 할 수 있다.

개혁개방과 경제를 발전시키는 데는 어떠한 관계가 있는가? 이에 대해 덩샤오핑은 명확하게 제기했다. "개혁과 개방은 수단이고, 목표는 세 단계로 나누어 우리의 경제를 발전시키는 것이다." 수단은 목적을 위해 복무하는 것이라는 이 점은 아주 중요한 것이다.

　그렇다면 왜 개혁을 해야 하는가? 이는 중국의 생산관계나 상부구조에는 아직도 생산력의 발전에 부합되지 않고, 오히려 발전을 저해하는 장애가 존재하기 때문이다. 이에 대해 덩샤오핑은 다음과 같이 말했다. "우리의 모든 개혁은 하나의 목표를 위해서이다. 사회생산력을 발전시키는 장애를 제거하는 것이다.", "이 혁명은 목전의 낙후한 생산력을 대폭적으로 바꾸어야 하는데, 그러려면 필연적으로 다방면으로 생산관계와 상부구조를 바꾸어야 하고, 공업기업 · 농업기업의 관리방식과 국가가 공업기업 · 농업기업에 대한 관리방식을 바꾸어야 하며, 이로써 현대화한 규모경제의 수요에 적응되도록 해야 한다." 이는 왜 개혁을 하며 개혁의 대상이 무엇인지를 명확하게 제시한 것이다.

　개혁에서 덩샤오핑은 계획과 시장의 관계를 특별히 중시했다. 그는 개혁개방이 갓 시작되었던 1979년에 다음과 같이 제기했다. "사회주의도 시장경제를 할 수 있다." 이는 사회주의와 시장경제를 결합시킨 하나의 새로운 길을 제시한 것으로, 생산력을 해방시키고 발전시키는 데 유리한 것이다. 이러한 기초 위에서 당의 14차전국대표대회에서는 중국 경제체제 개혁의 목표는 사회주의 시장경제 체제를 건립하는 것이라고 확정했다.

　개혁과 발전은 시종 함께 하는 것이다. 사회주의 사업의 발전이 멈추지 않는 한 개혁 역시 멈추지 말아야 한다. 객관적인 형세의 변화발전과 더불어 낡은 문제를 해결하면 또 새로운 문제가 대두하게 되며, 경우에 따라 원래의 개혁 가운데서 적극적인 역할을 했던 방법들이 새로운 형세에서는 생산력의 진일보 발전을 저애하는 장애가로 될 수 도 있는 것이다. 따라서 지속적인 개혁으로 이러한 장애물을 제거해야 한다. 역사는 이처럼 끊임없는 모순운동 중에서 발전하는 것이기 때문이다.

덩샤오핑은 이러한 상황에 대해 명확하게 인식하고 있었다. 그는 일찍부터 멀리 앞을 내다보고 다음과 같이 말했다. "우리는 이번 세기에 착안해야 할 뿐만 아니라 다가오는 세기에 더 많이 초점을 맞추어야 한다. 지금 직면한 문제에 대해 앞으로 나아가지 않으면 퇴보하기 마련이다. 후퇴해서는 출로가 없다. 개혁을 심화시키고 종합적으로 개혁을 해야만 이번 세기 내에 '소강수준(小康水平)'을 이룰 수 있을 것이고, 다음 세기에 더 좋은 발전을 이룰 수 있는 것이다." 그는 말년에 이르러서도 다음과 같이 당부했다. "12억 인구가 어떻게 부유함을 실현하며, 부유해진 뒤 재부를 어떻게 분배할 것인가 하는 것은 모두 큰 문제이다. 테마는 이미 나왔다. 이 문제를 해결하는 것은 발전의 문제를 해결하는 것보다 더 어렵다." 그야말로 원대한 식견이 아닐 수 없는 말이다.

개방은 개혁과 분리할 수 없는 것이다. 중국의 발전은 세계를 떠날 수 없으며, 문을 닫아걸고 혼자서 진행할 수는 없다.

그렇다면 대외개방의 실질적 목적은 무엇인가? 쉽게 말하면 '인입(引入, 끌어들임)하고' '나가게 하는 것'이다. 즉 여러 나라와 지역의 다양한 합작과 경제무역·기술·인적 왕래를 추진하고, 자본주의제도 하에 창조된 성과를 비롯한 인류사회의 모든 필요한 성과를 흡수하거나 참고하여, 중국의 사회주의 현대화 건설을 위해 복무하도록 하는 것이다.

세계는 변화하고 있으며 우리의 사상과 행동 역시 뒤따라 변화하게 된다. 대외개방은 전반적이어야 하며, 세계상의 모든 다른 사회제도와 부당한 발전단계의 나라들과 교류해야 하며, 모든 유익한 경험들은 흡수하고 거울로 삼아야 한다. 대외개방은 반드시 장기적으로 견지해야 할 기본 국책이다.

대외개방에서 덩샤오핑은 특별히 강조해서 다음과 같이 언급했다. "국제적으로 선진적인 기술과 경영관리 경험을 흡수하고, 그들의 자금을 흡수해야 한다." 그는 이와 같은 사상의 지도하에, 대담하게 경제특구를 건설하고 대외개방구역을 확대하는 등 일련의 중대한 정책을 실시함으로써 우리나라 대외개방의 행정을 힘 있게 추진했던 것이다.

외국의 경험을 학습하고 거울로 삼는다는 것은 외국의 것을 그대로 베끼고 답습한다는 말이 아니다. 이에 대해 덩샤오핑은 다음과 같이 말했다. "우리의 현대화 건설은 반드시 중국의 실제로부터 출발해야 한다. 혁명이든 건설이든 모두 외국의 경험을 학습하고 거울로 삼는 것을 중시해야 한다. 하지만 다른 나라의 경험이나 모델을 그대로 베끼고 답습해서는 성공을 이룰 수 없다. 이 방면에서 우리에게는 적지 않은 교훈이 있다." 우리는 전에 소련의 경험과 모델을 그대로 답습하여 실패한 사례가 있듯이, 서방국가들의 발전경험과 모델을 그대로 답습한다면 실패를 면할 수 없게 된다. 자기 나라의 국정이나 실제에서 출발하지 않고 맹목적으로 남들의 것을 그대로 답습한다면 실패할 것이 불 보듯 뻔한 일이다.

중국이 대외개방을 하게 되면 자본주의 길로 나아가게 되지 않을까? 이에 대해 덩샤오핑은 12차 전국대표대회 개막식 발언에서 다음과 같이 말했다. "중국인민들은 다른 나라 인민들과의 우의와 합작을 소중하게 생각합니다. 하지만 장기적인 분투를 통해 획득한 독립과 자주적 권리를 더 소중하게 생각합니다. 어떠한 나라도 중국을 자기들의 속국으로 만들려고 시도해서는 안 되며, 중국이 자기의 이익을 침해하는 '쓴 과일(苦果)'을 삼킬 것이라고 기대해서는 안 됩니다. 우리는 견정불이(坚定不移, 한번 정한 뜻을 결코 바꾸지 않는다 - 역자 주)하게 대외개방정책을 실행할 것이며, 평등과 호혜의 기초 위에서 대외교류를 적극적으로 확대할 것입니다." 그는 또 "개방정책은 모험이 뒤따릅니다. 더러 자본주의의 타락한 것들을 가져올 수 있기 때문입니다. 하지만 우리의 사회주의정책과 국가기관은 이러한 것들을 극복할 힘이 충분히 있습니다. 따라서 이는 두려운 문제가 아닙니다."라고 말했던 것이다.

4개의 기본원칙을 견지하다

왜 개혁개방의 결책을 내리면서, 동시에 4개 기본원칙을 반드시 견지할 것을 제기하고, 이 두 가지를 한데 엮어서 당의 기본노선의 두 개 기본점이라고 했는가? 그 원인은 우리나라는 사회주의 성질의 국가이고 사회주의 현대화를 그 실현목표로 하고 있기 때문이다.

개혁개방을 실행하는 중대한 역사적 전환점에 직면해, 사회적으로 일부 사상적 혼란이 생겼고 그러한 혼란은 계속 존재해왔다. 심지어 어떤 사람들은 공개적으로 사회주의 로드맵과 중국공산당의 영도를 부정하기도 했다.

근본적인 원칙문제에 있어서 덩샤오핑의 태도는 늘 명확했다. 그는 『4개 기본원칙을 견지해야(坚持四项基本原则)』라는 강연에서 다음과 같이 명확하게 제기했다. "오늘날 반드시 이 4개 기본원칙을 견지해야 할 것을 반복적으로 강조해야 합니다. 왜냐하면 일부 사람들이(극소수의 사람들이라고 할지라도) 이 기본원칙을 동요시키려 하기 때문입니다. 이는 절대 불가한 것입니다. 매 한 사람의 공산당원들, 특히 당의 모든 사상이론 종사자들은 이 근본입장에 대해 추호의 동요도 있어서는 안 됩니다. 만약 이 4개의 기본원칙 가운데서 어느 하나라도 동요된다면 이는 전체 사회주의사업을 동요시키는 것이고, 전체 현대화건설 사업을 동요케 하는 것입니다."

덩샤오핑은 자산계급의 자유화를 줄곧 반대해왔습니다. 그는 자산계급 자유화를 반대하는 것이 우리나라 사상정치 영역의 장기적인 임무이고, 사회주의 현대화 건설 전반을 관통하는 임무라고 생각했다. 이에 대해 그는 다음과 같이 말했다. "나는 자산계급 자유화를 반대해야 한다는 말을 가장 많이 했으며, 가장 견결하게 말했습니다. 왜 일까요? 첫째, 지금 대중들 속에, 특히 젊은이들 속에 하나의 사조가 있는데, 이 사조가 바로 자유화입니다. 둘째, 밖에서 선동하는 세력이 있습니다. 홍콩의 여론이나 타이완의 여론 따위인데, 우리의 4개 기본원칙을 반대하고 우리가 자본주의의 모든 제도를 그대로 가져왔다고 주장합니다. 마치 그래야만 진정으로 현대화를 하는 것처럼 말입니다. 이러한 자유화의 실상은 뭐라고 생각합니까? 이는 우리 중국에서 현재 추진하고 있는 정책들을 자본주의 로드맵으로 인도하려는 것입니다."

1989년의 정치풍파가 발생한 뒤 덩샤오핑은 솔직하게 말했습니다. "나는 외국 사람들에게 얘기했지요. 10년 동안의 가장 큰 실책은 교육이라고요. 여기에서 주로 말하는 것은 사상정치교육입니다. 또한 단순히 학생이나 청년학생을 대상으로 한 교육이 아니라 인민들에 대한 교육을 말하는 것입니다. 힘든 창업과정에 대한 교육이나 중국은 어떠한 나라이고 앞으로 어떠한 나라가 될 것이라는 데 대한 교육이 아주 적었는데, 이는 우리의 큰 실책입니다." 이러한 실책을 기억하고 다시 발생하지 않도록 방지하는 것은 중국 사회주의 현대화 사업이 순조롭게 발전하기 위한 정치적 담보입니다.

덩샤오핑은 개혁개방 전의 장시간 동안 당이 실행해온 "계급투쟁을 강령으로 하는" '좌'적 착오를 과감하게 시정하였다. 하지만 이는 계급투쟁이 우리 사회에서 완전히 사라졌음을 의미하는 것은 아니다. 이에 대해 그는 당원들에게 다음과 같이 말했다. "사회주의사회의 계급투쟁은 객관적인 존재로서, 축소해서도 안 되지만 확대해서도 안 됩니다."

결론

역사유물주의는 역사의 발전은 인간의 주관적인 의지에 따라 좌지우지되지 않는 객관법칙이 존재한다고 인정했으며, 역사는 인민대중이 창조한 것이라고 인정했다. 하지만 역사에 미치는 개인의 중대한 역할에 대해서도 부인하지 않았다.

덩샤오핑은 반세기 남짓한 혁명과 건설·개혁 중에서 수많은 시련을 겪었고 모진 단련을 받았다. 그는 높이 서서 멀리 내다보는 전략적 안목과 넓은 시야를 가지고 있었으며, 중국의 국정과 인민들의 의지·요구에 대해 깊이 이해하고 있었다. 그는 또 16살 때부터 해외의 발달한 나라들에서 장시간 생활을 해왔기에 현대화된 규모 있는 생산과 사회생활에 대해 잘 파악하고 있었다. 그는 사유가 민첩하고 행동에 결단력이 있었으며, 극단적으로 복잡하고 어려운 상황에서도 침착하고 과감하게 새로운 국면을 개척할 줄 알았으며, 전체 당과 인민대중 속에서 아주 높은 위망을 갖고 있었다.

당과 국가의 역사적 전환이라는 중요한 시기에 이러한 키잡이가 있었다는 것은 여간 다행스러운 일이 아닐 수 없는 것이다.

덩샤오핑은 총설계사로서 중국 사회주의 개혁개방과 현대화 건설에 대한 기본사상은 대체적으로 『덩샤오핑선집(邓小平文选)』에 모두 들어있다. 그는 다음과 같이 간곡하게 당부했다. "당의 11기 3중전회 이래의 노선과 방침·정책을 견지해야 하는데, 관건은 '하나의 중심, 두 개의 기본점(一个中心,两个基本点)'을 견지하는 것입니다. 사회주의를 견지하지 않고, 개혁개방을 하지 않고, 경제를 발전시키지 않고, 인민들의 생활을 개선하지 않는 것은 멸망으로 나아가는 것입니다. 기본노선을 100년 동안 동요시켜서는 안 됩니다." 이처럼 무게가 있는 말들은 영원토록 사람들을 일깨워주는 것이다.

『덩샤오핑선집』제3권의 편집이 끝났을 때, 그는 다음과 같이 의미심장하게 말했다. "사실상 이는 정치교대(政治交代)의 문제이다." '정치교대(政治交代)'라는 네 글자에는 총설계사로서 그가 후대들에 대한 당부와 기대를 담고 있다. 그는 이 책에 대해 또 다음과 같이 말했다. "이 책은 타깃성이 있다. 인민들을 교육하는 것인데 현재 꼭 필요한 것이다. 지금이든 미래든 어느 쪽이나를 불문하고, 내가 이야기한 것들은 사소한 측면이 아닌 대국(大局)에서 출발한 것들입니다. 모두 우리가 줄곧 해오고 있는 일들을 이야기한 것인데, 동요해서는 안 됩니다. 이 노선을 바꾸지 말고 견지해야 하는데, 특히 저도 모르는 사이에 동요하는 일이 없도록 해야 합니다." 그가 "저도 모르는 사이에 동요하는 일이 없도록 해야 한다."는 말은 후대들에게 이러한 결과가 초래되지 않도록 경각성을 높여야 한다고 당부한 것이다. 왜냐하면 "저도 모르는 사이에 동요하는 것"은 경우에 따라 드러내놓고 반대의견을 천명하는 것보다 더 위험하기 때문이다.

덩샤오핑이 우리 곁을 떠난지 이미 17년이 지났다. 하지만 그의 말들은 여전히 시시각각 우리의 귓가에 맴돌고 있다. 17년 동안 당중앙의 지도 아래 중국은 이 총설계사가 개척한 중국 특색의 사회주의 로드맵을 성큼성큼 걸어 나가면서 온 세상이 주목할 만한 성과를 거두었으며, 새로운 경험과 이론 성과들을 축적했다. 이는 이 총설계사에 대한 가장 좋은 위로라고 할 수 있다.

당의 18차 전국대표대회 이후 당중앙은 중화민족의 위대한 부흥을 실현한다는 '중국몽(中国梦)'을 제기했는데, 이는 덩샤오핑이 꿈에서도 바라마지 않던 목표였다. 이 목표를 실현하기 위해 당중앙은 톱 레벨 설계(顶层设计)를 강화할 것을 강조해야 한다. 물론 어떤 일들은 사전에 예측할 수도 없는 것이 있다. 따라서 실천 속에서 돌을 더듬으며 강을 건너듯 신중하게 모색해야 하며, 침착하고 냉정하며 실사구시의 정신으로 탐색하면서 사업의 발전을 추진해야 할 것이다. 지금과 같은 시기에 덩샤오핑 동지 탄신 110돌 기념차원에서 총설계사의 많은 중요한 논술들을 새롭게 꺼내보는 것은 여간 반가운 일이 아니다. 또한 그 중대하고 원대한 의의를 더욱 절절히 느끼지 않을 수 없는 것이다.

덩샤오핑과 20세기의 중국[44]

덩샤오핑은 20세기의 네 번째 해에 태어났으며, 21세기까지 3년여를 남겨두고 서거했다. 따라서 그의 일생은 20세기의 중국과 거의 시종(始終)을 같이한 셈이다.

덩샤오핑은 다음과 같이 말했다. "나는 중국인민의 아들입니다. 나는 내 조국과 인민들을 깊이 사랑합니다." 덩샤오핑을 이해하기 위해서는 20세기 중국의 특수한 상황을 알아야 한다. 중국이 직면했던 수많은 까다로운 문제들과 겪어왔던 여러 가지 희노애락을 알아야 한다. 덩샤오핑이 일생 동안 분투하여 얻어낸 성과는 20세기 중국이라는 이 토양에 깊이 뿌리내려졌다. 마찬가지로 20세기 중국을 이해하고 20세기 중국공산당의 분투에 대해 이해하려면 반드시 덩샤오핑을 알아야 한다. 그가 걸어왔던 길을 알아야 하고 그의 사상과 공헌을 알아야 한다.

---

44) 이 글은 『당의 문헌(党的文献)』 2004년 5기에 발표되었다.

1. 혁명

중국 사람들이 20세기를 맞이할 때에는 비분함만 가득했지 기쁨이라고는 없었으며, 밝은 미래의 모습이라고는 조금도 찾아볼 수 없을 것 같은 상황이었다. 사람들 앞에 놓인 것은 냉혹한 현실뿐이었다. 서방의 열강들로 구성된 8개국 연합군이 무력으로 중국의 수도 베이징을 침략 점검한지 1년이 되었고, 여러 나라가 한창 중국을 분할하려 하던 참이었다.

90년 뒤 덩샤오핑은 태국의 친구를 회견하면서 다음과 같이 말했다. "나는 중국사람으로서 외국에서 중국을 침략한 역사를 알고 있습니다. 그래서 서방의 G7회의에서 중국을 제재하기로 결정했다는 소식을 듣게 되자 바로 1900년에 8개국 연합군이 중국을 침략한 역사를 연상하게 되었습니다. 이 일곱 개 나라 가운데 캐나다를 제외하고 제정 러시아와 오스트리아를 추가하면 당년에 8개국 연합군을 조직한 나라들이 됩니다. 중국의 역사를 좀 알아야 합니다. 이는 중국이 발전하게 된 하나의 정신적 동력입니다." 이 사건이 중국사람들에게 얼마나 큰 자극을 주었는지를 알 수 있는 말이다. 우리는 마땅히 이러한 역사를 깊이 새기고 덩샤오핑이 말한 것처럼 "중국 발전의 정신적 동력으로 삼아야 할 것이다."

중국 사람들은 평화를 사랑하지만 영원히 노예가 되는 운명은 절대 용납하지 않으며, 중국의 상황은 반드시 바꿔야 한다. 현대화를 실현하고 중화민족이 노역을 당하고 업신여김을 당하던 비참했던 처지를 뿌리치고 세계의 여러 민족들 가운데 우뚝 서는 것은 몇 세대에 이르는 중국 사람들이 꿈에도 바라마지 않던 목표이다. 이 목표를 평화적이고 점진적인 방식으로 실현한다면 당연히 더할 나위 없이 좋은 일이다. 하지만 이 방식에 조금이라도 가능성이 있었더라면 그렇게 많은 사람들이 머리를 내던지고 뜨거운 피를 쏟을 일은 없었을 것이며, 거대한 희생을 치루면서 혁명에 투신할 일은 없었을 것이다. 이 문제에서 중국의 선진분자들은 거의 모두가 고통스러운 선택을 했었다. 20세기 중국의 다른 두 명의 위대한 역사인물인 손중산(孫中山)과 마오쩌동은 최초에 모두 평화적인 길을 모색했었다. 하지만 이 길이 통하지 않음을 인식하고 나서야 혁명을 결심하게 된 것이다. 청년 시절의 덩샤오핑 역시 그랬다.

그는 16살이 되던 해에 고향인 쓰촨(四川)을 뒤로 하고 프랑스로 가서 고학의 길을 걸었다. 최초의 생각은 당연히 당시 유행하던 "공업으로 나라를 구하는 것"이었다. 그는 당시의 생각에 대해 이렇게 말했다. "당시에 내 유치한 머릿속에는 프랑스에 가서 열심히 일하고 공부하면서 재주를 익히고 나서 조국으로 돌아온다는 단순한 희망뿐이었습니다."

16살부터 22살까지 그는 유럽에서 6년간을 생활했다. 그 가운데 5년은 프랑스에 있었고 1년은 소련에 있었다. 당시 프랑스는 이미 현대 공업사회였는데, 덩샤오핑은 프랑스의 큰 강철공장에서 노동자로 일하면서 현대사회의 여러 방면에 대해 속속들이 파악하게 되었다. 이러한 경험이 있는 것과 없는 것 사이에는 아주 큰 차이가 존재한다. 결과적으로 이 경력은 덩샤오핑의 일생에 깊은 영향을 미쳤다. 장기적인 관찰 가운데 그는 서방의 현대 공업사회의 어두운 면들을 낱낱이 보게 되었으며, 중국은 앞으로 이렇게 되어서는 안 된다고 생각했다.

국내에서 들려오는 소식을 통해 그는 제국주의 열강들의 통제하의 북양군벌(北洋軍閥)이 통치하는 하에서는 중국의 현대화를 이루기가 어렵다는 것을 인식하게 되었다. 오직 근본적인 사회적 개조를 해야만 중국의 현대화에 장애를 제거하고 필요한 전제를 마련할 수 있는 것이다. 따라서 원래의 "공업으로 나라를 구한다"는 환상을 버리게 되었던 것이다. 이러한 생각의 전환으로 인해 그는 1922년에 중국공산주의청년단에 가입하게 되었으며, 1924년 늦가을에는 중국공산당에 정식으로 가입하고 혁명가의 길을 걷게 되었다. 그는 나중에 자녀들한테 다음과 같이 말했다. "그 시대에 공산당에 가입한다는 것은 정말로 큰일이었지! 진정으로 모든 것을 당에 바쳤지. 뭐든 다 바쳤어!"

애국으로부터 혁명으로 나아가고 공산주의자가 되는 것은 당시 중국의 여러 선진분자들이 나아가던 길이었다.

귀국 후 그는 중공중앙 비서장 노릇도 했고, 광시(广西)의 백색봉기(百色起义)와 룽저우봉기(龙州起义)를 영도하기도 했으며, 쭤유장(左右江)혁명근거지를 창립하기도 했다. 당내에서 '좌'경노선이 통치하던 때에는 장시(江西) 뤄밍노선(罗明路线)의 두목이라고 비판받기도 했고, 장정에 참가하고 류보청 동지와 함께 선후로 팔로군 129사와 진지루위(晋冀鲁豫)군구, 중국인민해방군 제2야전군 등을 이끌면서 혁혁한 전공을 올렸다. 이러한 경력들 가운데 특별히 주목할 세 가지가 있다.

첫째는 항일전쟁시기 화북의 적후 항전은 1941년 후 가장 어려운 단계에 진입했다. 일본침략군은 화북의 적후 항일근거지에 대한 참혹한 '소탕'에 정력을 집중했다. 거기에다 연이은 흉년이 들어 항일근거지는 전례 없는 심각한 곤란에 직면했다. 펑더화이(彭德怀)·류보청·양상퀀(杨尚昆) 등이 옌안으로 돌아가 정풍(整风)에 참여한 뒤, 1943년 10월에 덩샤오핑이 중공중앙 북방국(北方局) 서기를 담당하고 팔로군 총부의 업무를 주관하게 되었다. 그는 전례 없이 어려운 상황에서 화북의 적후 항전 전반을 이끄는 중임을 맡고 일본군과 괴뢰군의 연이은 '소탕'을 물리쳤다. 이는 덩샤오핑이 처음으로 전략적 지역의 사업을 총괄한 일인데, 극단적으로 어려운 환경에서 전체적인 국면을 두루 돌보는 전략가적 기질을 보여주었으며, 여러 가지 복잡한 문제를 결단성 있게 처리하는 능력을 보여주었다.

둘째로 1947년 해방전쟁의 중요한 시기에 진입한 후 그와 류보청은 중공중앙의 배치에 따라 12만 대군을 거느리고 황허(黃河)를 건너는 행동을 감행했다. 뒤이어 또 다시 신속하게 남쪽으로 진군했는데 이는 모두의 예상을 뛰어넘는 일이었다. 그들은 한 걸음씩 추진하는 일상적인 공격방식을 버리고, 후방을 고려하지 않은 채, 파죽지세로 진군해서 룽하이철도(陇海铁路)를 뛰어넘고, 도처에 수렁이 널려있는 30리가 넘는 황판취(黄泛区)를 가로질렀으며, 사허(沙河)·루허(汝河)·화이허(淮河)를 도하했다.

장장 20여 일 동안 수십만에 달하는 우세한 병력의 국민당군이 앞에서 가로막고 뒤를 쫓았지만 이들은 온갖 어려움을 무릅쓰고 혈로를 개척해 나가며 천리 길을 행군하여 따볘산(大別山)에 온건하게 발을 붙이게 되었다. 덩샤오핑은 훗날 이에 대해 다음과 같이 말했다. "해방전쟁 전체에서 가장 큰 어려움은 이 짐을 짊어지는 것이었습니다. 정말로 중임이었지요."

이는 전쟁사에서 기적과 같은 작전이었다. 극히 짧은 시간 내에 전선(战线)을 황허 남북에서 창장(长江) 북안으로 추진한 것이기 때문이었다. 이로써 중원지구는 국민당 군대가 해방구를 공격하는 중요한 후방에서 인민해방군이 전국적인 승리를 쟁취하는 전초기지가 되었던 것이다. 일반적인 사람들은 엄두도 못내는 일을 그들이 성공적으로 해낸 것이다. 이는 덩샤오핑의 백절불굴의 강철의지와 어떠한 상황에서도 침착하고 어려움에 절대로 머리를 숙이지 않으며, 오히려 그 어려움을 이겨나가는 정치적 지혜를 잘 보여주는 일화이다.

셋째, 해방전쟁이 결전의 시기에 이르렀을 때, 덩샤오핑은 화이하이전역과 두장전역(渡江战役)의 총 전위서기(前委书记)를 담당하고, 통일적으로 제2야전군과 제3야전군의 백만 대군을 지휘하여 결정적 의의가 있는 승리를 거두었다. 마오쩌동은 당시 덩샤오핑에게 다음과 같이 말했다. "나는 지휘권을 당신에게 위임합니다.", "제2야전군과 제3야전군은 연합작전을 하게 되는데 이는 단순히 병력이 두 배 증가한 것이 아닙니다. 수량이 변하면 질량도 변하게 됩니다. 이는 하나의 질적인 변화입니다." 덩샤오핑은 1988년 5월 25일에 체코슬로바키아의 친구와 회담하면서 이에 대해 다음과 같이 말했다. "나의 진짜 전문 분야는 군사입니다. 22년 동안 싸우면서 적지 않은 전투와 전역을 이끌었습니다." 나라를 다스리는 문(文)과 군대를 이끌고 나라를 지키는 무(武)를 동시에 겸비한 이런 인재는 정말 얻기 어려운 것이다.

중국혁명의 중요한 특점은 열세한 힘으로 강대한 적을 물리쳤다는 것이며, 지혜와 의지력의 교량으로 점철되어 있었다는 것이다. 덩샤오핑은 신 중국의 손색없는 건국공신이다. 그 역시 신 중국의 탄생을 위해 불후의 공헌을 했던 것이다. 이러한 과정에서 덩샤오핑이 왜 덩샤오핑이 될 수 있었는지에 대한 그의 인생궤적을 엿볼 수 있다. 걸출한 역사인물은 굳은 신념이 있으며, 특별히 복잡하고 어려운 환경 속에서 수많은 시련을 겪으면서 완성된다. 따라서 그의 이러한 경력들을 모르고서는 덩샤오핑을 제대로 이해하기 힘든 것이다.

2. 건설

중화인민공화국의 건립은 20세기의 절반이 지나간 시점이었다. 만약 20세기 앞 절반 단계의 주제를, 사회주의제도를 건립하기 위해 장애를 제거하고 필요한 전제를 만드는 '혁명'이라고 한다면, 남은 절반의 단계의 주제는 중국이라는 드넓고 오래된 땅 위에서 대규모 사회주의 건설을 진행한 '건설'이라고 할 수 있다. 이는 극히 웅장하고 아름다운 사업이지만, 또 한편으로는 항로 표지도 없이 거칠고 사나운 파도를 무릅쓰고 어렵게 항행하는 것이나 다름없었다.

덩샤오핑은 한동안 서남지역의 사업을 주관했는데, 티베트의 평화적 해방을 지도하여 중국 대륙을 통일하는 데 공헌했다. 1952년에는 중앙으로 발탁되어 정무원(政务院) 부총리 · 중공중앙 비서장 · 국무원 부총리 등을 역임했다. 1956년의 8기 1중전회(八届一中全会)에서는 정치국 상임위원과 중앙위원회 총서기로 당선됨으로써 당의 1세대 지도그룹의 중요한 성원이 되었다. 이때부터 그는 10년 동안 중앙서기처(中央书记处)의 사업을 주관하게 된다.

그는 당과 국가의 중요한 결책에 참여하면서 중국의 정황에 맞는 사회주의 건설의 로드맵을 탐색하고, 정책을 조정하여 실수를 바로잡았으며, 집권당이라는 조건에서 자체 건설을 강화하는 데 대한 임무를 제기하는 등 면에서 탁월한 성적을 거두었다.

신 중국에서 17년 동안 사업한 것에 대해 덩샤오핑은 다음과 같이 말했다. "건국한 해로부터 처음 7년의 성적은 모두들 공인하는 것입니다. 우리의 사회주의개혁은 성공을 거두었습니다. 정말 대단한 것이지요.", "'문화대혁명' 전의 10년도 응당 인정해야 한다고 봅니다. 총체적으로 괜찮은 편이었고, 기본상 건강하게 걸어왔지요. 물론 그 가운데 굴곡도 있고 잘못도 있었지만 그래도 성적이 중요한 것이지요. 그 시기 당과 대중들은 마음이 이어져 있었고, 대중들 속에서 당의 위신은 아주 높았습니다. 또한 사회기풍이 좋았고, 여러 간부들의 정신도 아주 진작되어 있었지요. 그랬기에 어려움에 직면해서 순조롭게 헤쳐 나갈 수 있었습니다.

경제적으로 문제가 발생하기도 했지만 총체적으로 보면 그래도 발전했던 편입니다. 그때 거둔 성적은 충분히 인정해야 합니다. 하지만 동시에 반우파투쟁(反右派斗争)과 '대약진'·루산회의(庐山会议)의 착오도 명시해야 합니다. 총체적으로 보면 우리는 경험이 부족했으며, 승리한 후에 좀 더 신중하지 못했습니다." 덩샤오핑은 또 정치가로서의 공명정대한 태도로써 다음과 같이 말했다. "잘못을 지적함에 있어서 마오쩌둥 동지의 잘못만 지적해서는 안 됩니다. 중앙의 많은 동지들 모두 책임이 있습니다. '대약진' 때 마오쩌둥 동지만 머리가 뜨거워졌습니까? 우리는 뜨거워지지 않았습니까?", "중앙에서 잘못을 저질렀다면 한 사람만의 잘못이 아닙니다. 집체적인 책임이지요."

잘못을 저지르게 된 원인에 대해 덩샤오핑은 1985년 8월 29일 일본사회당 중국방문단 일행을 회견할 때 다음과 같이 개괄적으로 말했다. "총체적으로 말하면 '좌(左)'였습니다. 우리는 다들 일을 잘 해내려 했고 빨리 하려 했습니다. 마음이 너무 급했지요. 1958년의 '대약진'은 마음이 너무 급했기 때문입니다. 마음도 좋은 것이고, 염원도 좋은 것이었지만 마음이 너무 급했기에 내놓은 방안이 객관법칙에 반하는 것이었지요."

실천 가운데 엄중한 좌절을 경험한 뒤, 덩샤오핑은 냉정해졌고 실제를 중시하기 시작했다. 1962년 일부 농촌지역에서 곤란을 극복하고 '농가 책임제(包产到户)'나 '책임전(责任到田)' 같은 방식을 도입했다. 이러한 방식에 대해 중앙 지도자들 사이에서는 의견의 분기가 일어났다.

이에 대해 덩샤오핑은 조금도 주저하지 않고 자기의 주장을 피력했다.

"어떤 방식이 가장 좋을지에 대해서는 아래와 같은 태도를 취하는 것이 좋다고 생각합니다. 어떠한 형식이 어떠한 지방에서 쉽고 빠르게 농업생산을 회복하고 발전시킬 수 있다면, 응당 그 방식을 취해야 합니다. 대중들이 어떤 형식을 원한다면 그 형식대로 하도록 하고 불법적인 부분이 있으면 합법적으로 만들면 됩니다." 그는 또 류보청이 늘 하던 말을 들어 비유했다. "흰 고양이든 검은 고양이든 쥐를 잡으면 좋은 고양이입니다." 이러한 관점은 생산관계는 반드시 생산력 발전 수준에 맞아떨어져야 한다는 마르크스주의 원리에 부합되는 것이다. 이는 과학적인 태도이며 그가 나중에 추진했던 개혁개방의 지도사상과도 일맥상통하는 것이다.

'문화대혁명'은 신 중국의 역사에서 가장 심각한 잘못이었다. "계급투쟁을 강령으로 한다"는 사상의 지도하에 덩샤오핑은 비판을 받고 투쟁을 받았으며 모든 직무를 박탈당했다. 하지만 역설적으로 이는 덩샤오핑에게 신 중국의 발전 로드맵에 대해 냉정하게 다시 사고할 수 있는 기회를 제공해주었다. 나중에 복귀하여 당과 국가·군대의 일상 사업을 주관하게 된 그는 '문화대혁명'이래 조성된 혼란된 국면에 대해 과감하고 단호한 정돈을 진행했다. 이 정돈은 실질적으로 나중에 있은 개혁의 시험이었다. 그는 다음과 같이 단호하게 말했다. "지금 문제가 아주 많습니다. 해결하려면 한꺼번에 밀어붙여야 합니다. 마음을 굳게 먹고 대차게 추진해야 합니다." 그의 이와 같은 굳은 결심은 전국 인민들의 이익과 염원을 대표하였기에 대중들의 열렬한 지지를 받을 수 있었다. 전면적인 정돈은 짧은 시간 내에 현저한 효과를 거두었으며 사람들에게 새로운 희망을 심어주었다.

이로 인해 덩샤오핑은 또 '우경번안풍(右傾翻案风)'을 시도한다고 비판을 받고 다시 모든 직무를 박탈당하게 된다. 하지만 전국의 인민들은 이번의 정돈에서 덩샤오핑에 대해 한 발 더 나아가 이해하게 되었으며, 그의 주장을 찬성하고 그의 품격을 경모하였으며, 그가 복귀하기를 간절히 희망했다. 따라서 이는 중국의 개혁개방이 여러 가지 어려움을 극복하고 전면적으로 전개되어 승리를 이루는데 광범위한 대중적 기초를 마련하게 되었던 것이다.

3. 개혁

'4인방(四人幇)'이 타도됨으로써 중국은 위험에서 구출되었다. 하지만 '문화대혁명'이 남겨놓은 후과는 아주 엄중했다. 국가 전체적으로 밀린 문제들이 산더미를 이루었으며 사람들의 사상은 혼란스럽기 그지없었다. 중국은 어떻게 해야 하며, 발전의 출구는 어디에 있는가 하는 것은 여러 간부와 대중들이 가장 관심을 가지는 문제였다.

곤경에서 벗어나 여러 해 동안 누적된 문제를 해결하고 새로운 국면을 타개한다는 것은 정말이지 극히 어려운 일이었다. 당시의 중앙의 지도자는 또 '두 가지 무릇'이라는 잘못된 방침을 들고 나왔는데, 이는 사람들이 사상을 해방시키는 데 엄중한 걸림돌이 되었다. 중국은 여전히 전진의 도로 위에서 배회하고 있었다.

새로운 시기, 새로운 임무는 새로운 지도자를 필요로 했다. 전국 인민들의 강력한 호소 속에 중국공산당 제13기 3중전회가 열렸고, 회의에서는 덩샤오핑을 원래의 직무에 복귀시키기로 결정했다. 이미 73세에 이른 덩샤오핑은 이번 회의에서 다음과 같이 감격해서 말했다. "오랜 공산당원으로서 얼마 남지 않은 여생에 당과 인민을 위해 힘자라는 대로 이바지할 수 있게 된 것은 내 개인적으로 말하면 즐거운 일입니다.

내가 나와서 업무를 함에는 두 가지 태도를 취할 수 있습니다. 하나는 관료가 되는 것이고, 하나는 일을 하는 것입니다. 나는 공산당원입니다. 기왕에 공산당원이 되었으니 관료 노릇이나 할 수는 없는 일입니다. 사심과 잡념이 있어서도 안 되고 다른 선택을 해서도 안 됩니다."

덩샤오핑은 전 당과 전국 인민들의 기대를 저버리지 않았다. 그는 사업을 시작하자마자 전략가로서의 탁월한 식견과 복잡한 국면을 휘어잡는 지도력을 보여주었으며, 혼란 속에서 한 치의 흐트러짐이 없이 새로운 길을 개척해나갔다. 그는 수만 갈래의 복잡한 문제 속에서 우선적으로 결정적 의의가 있는 부분부처 착수했다. 즉 사상노선을 바로잡는 데서부터 착수하여 진리의 표준에 대한 토론을 전개하고, '두 가지 무릇'이라는 잘못된 관념을 바로잡았다.

1978년 12월 13일 그는 중앙사업회의에서 다음과 같이 명확하게 언급했다. "사상을 해방시키는 것은 당면한 하나의 중대한 정치문제입니다.", "사상의 경직성을 타파하지 않고 간부와 군중들의 사상을 크게 개방하지 않으면 4개 현대화는 희망이 없게 됩니다.", "하나의 당, 하나의 국가, 하나의 민족이 모든 것을 책대로 하고, 사상이 경직되며 맹신이 성행한다면, 전진할 수 없게 되며, 생기를 잃어버리게 될 것이고, 종국에는 당이 망하고 국가가 망하게 될 것입니다." 이 획기적인 발언은 개혁개방을 실행하는 새로운 정책을 제기했는데, 실질적으로 보면 11기 3중전회의 주제보고였던 셈이다.

11기 3중전회는 건국 이래의 중국공산당 역사에서 원대한 의의가 있는 대 전환점이었다. 회의에서는 과감하게 "계급투쟁을 강령으로 한다"는 사회주의 사회에 적합하지 않은 잘못된 구호를 버리기로 하고, 당과 국가사업의 중점을 사회주의 현대화 건설로 옮겨와야 한다는 전략적 결책을 내렸으며, 경제건설을 중심으로 하고, 역량을 집중하여 사회생산력을 발전시킬 것을 확정했다. 이는 정치노선에서의 가장 근본적인 바로잡음이라고 할 수 있었다.

잘못된 사상과 노선을 바로잡는 과정에서 나타난 자산계급의 자유화 사조에 대해 덩샤오핑은 사회주의 현대화 건설이 정확한 방향으로 나아갈 수 있도록 4개 기본원칙을 반드시 견지해야 한다고 거듭 천명했다. 그는 다음과 같이 단호하게 말했다. "우리는 중국에서 4개의 현대화를 실현하기 위해서는 반드시 사상적으로, 정치적으로 4개의 기본원칙을 견지해야 합니다.

이것은 4개의 현대화를 실현하는 근본적인 전제입니다.", "만약 이 4개의 원칙 가운데서 어느 하나라도 동요된다면 그 것은 곧 전체 사회주의 사업이 동요되는 것이고, 전체 현대화 건설 사업이 동요되는 것입니다." 그는 또 일부에서 마오쩌둥과 마오쩌둥 사상을 덮어놓고 다 부정하는 경향을 견결히 반대하였는데, 이 모든 것은 중국이 앞으로 발전하는 데 깊은 의의가 있는 것이었다. 사상노선과 정치노선 문제를 해결하고 난 덩샤오핑은 곧바로 조직노선을 해결해야 한다는 문제를 제기하고, 간부대오의 혁명화 · 연경화(年輕化) · 지식화 · 전문화를 실현해야 하며, 사회주의 현대화 건설이 부단히 발전하도록 조직적인 측면에서 보장해야 한다고 언급했다.

당의 전국대표대회에서 덩샤오핑은 11기 3중전회 이래 7년여 간의 사업에 대해 다음과 같이 개괄해서 말했다. "우리는 주로 두 가지 일을 했습니다. 하나는 잘못된 노선을 바로잡는 것이고, 다른 하나는 전면적으로 개혁하는 것입니다." 이처럼 덩샤오핑은 사상노선 · 정치노선 · 조직노선 등을 신속하게 바로잡음으로써 중국을 문화대혁명이 초래한 극단적인 혼란과 어려움 속에서 끄집어내고 정상적인 궤도로 이끈 것이다. 이는 사회주의 현대화 건설을 진행하고 전면적인 개혁을 실시하기 위한 필요한 전제였는데, 이 전제가 없었더라면 개혁개방의 성공 또한 이룰 수 없었을 것이다.

잘못된 노선을 전면적으로 바로잡는 한편 새로운 시대의 주요 표지인 개혁개방 역시 11기 3중전회를 전후해서 발걸음을 떼기 시작했다.

개혁이 시작되었을 때, 덩샤오핑은 개혁은 사회주의제도의 자기완성(自我完善)이며, 사회주의 우월성을 충분히 강조해야 한다고 강조했다. 그는 다음과 같이 말했다. "우리가 하는 사회주의 사업의 최종 목적은 공산주의를 실현하는 것입니다. 선전부문에서는 언제든 이 점을 소홀히 해서는 안 됩니다. 지금 우리는 4개의 현대화를 하고 있고, 사회주의 현대화를 하고 있습니다. 다른 어떤 현대화도 아닙니다."

개혁은 전례가 없는 새로운 사업이며 이미 완성된 경험 따위는 전혀 없다. 따라서 중국의 실제 상황에 근거하여 실천 중에서 "돌을 만지며 강을 건너듯" 한 걸음씩 전진해야만 했다. 개혁은 우선 농촌에서부터 시작되었으며 성공을 거둔 뒤 도시로 추진되었다. 덩샤오핑은 실천 중에서 나타나는 새로운 문제를 주목했다. 1979년 11월에 그는 다음과 같이 말했다. "사회주의가 시장경제를 도입하지 못할 이유가 뭡니까? 이를 자본주의라고 말해서는 안 됩니다. 이는 사회주의 시장경제입니다." 라고 언급했다. 경제체제 개혁의 심화와 더불어 그는 또 상부구조의 개혁, 특히 사회주의 민주와 법제 건설과 정신문명 건설을 새로운 일정에 올렸다. 경제체재 개혁의 수요에 부응하기 위한 것이었다.

개혁과정에서 중국의 상황에 부합되는 새로운 길을 모색해낸다는 것은 정말이지 말처럼 쉬운 일이 절대 아니었다. 여러 가지 모험이 도사리고 있는 이 사업의 어려움은 혁명시기 못지않았다. 이 점을 명확히 인식하고 있었던 덩샤오핑은 다음과 같이 솔직하게 말했다. "우리는 이 일을 하기로 확정했을 때부터 이러한 모험이 있을 수 있다는 것을 의식했지요. 우리의 방침은 확고부동한 것으로 동요하지 않을 것입니다. 줄곧 밀고 나가면서 한 단계씩 나갈 때마다 경험을 되새겨야 합니다. 개혁은 인민들의 실제 이익과 직결되는 것이기에 매 걸음마다 억만 대중에게 영향을 미치게 됩니다."

덩샤오핑이 전 당과 전국의 인민을 이끌고 조금의 주저함도 없이 전면적인 개혁개방의 길로 나아갔으며, 전진의 과정에서 하나 또 하나의 간섭과 방해를 굳건히 제거했는데, 이런 담략과 패기가 없으면 어떤 일도 이루어낼 수 없었던 것이다. 동시에 그는 또 더없이 신중하게 한 발자국 씩 내디뎠다. 왜냐하면 이 일은 억만 인민의 이익이나 운명과 직결되기 때문이었다.

이에 대해 그는 다음과 같이 말했다. "우리의 방침은 담이 크고 발걸음이 온당해야 한다는 것입니다. 개혁은 모험이 동반되는 일입니다. 우리는 매 한 걸음 나아갈 때마다 뒤를 돌아보고 경험을 되새겨야 합니다. 그렇지 않으면 인민들이 재난을 입게 됩니다." 그는 또 다음과 같이 말했다. "매 한 가지 개혁은 모두 수많은 사람들과 관계되며 수많은 사람들의 이익을 건드릴 수도 있는 일입니다. 따라서 여러 가지 방해에 직면할 수 있으며 신중하게 나아가야 합니다. …… 먼저 한두 가지 일부터 차근차근 시작해야 합니다. 한꺼번에 크게 벌이다가는 걷잡을 수 없는 상황에 직면할 수 있습니다. …… 결책은 반드시 신중해야 합니다. 성공할 가능성이 충분히 크다고 판단이 되었을 때 결심을 내려야 합니다." 그는 제때에 경험을 되새기고, 잘한 것은 견지하고 부족한 것은 보충하며, 잘못한 것은 고쳐야 한다고 거듭 강조했다. 만약 중국의 개혁개방의 성공의 비결을 든다면 아무래도 이 점이 가장 중요한 비결이었을 것이다.

덩샤오핑은 넓은 세계적 안목을 갖고 있었다. 그는 글로벌 경제의 상호 관계가 더욱 밀접해지고 세계적으로 과학기술이 비약적으로 발전하고 있음을 보았다. 그러한 기초 위에서 근대 이후 중국의 역사적 경험을 되새기고 대담하게 개혁개방이라는 중대한 결책을 내렸으며, 이를 사회주의 현대화 건설을 촉구하는 하나의 중요한 국책으로 했다. 그는 다음과 같이 말했다. "문을 닫아걸어서는 안 됩니다. 우리의 가장 큰 경험은 바로 세계를 이탈하지 말아야 한다는 것입니다. 그렇지 않으면 세계적으로 기술혁명이 거세게 일어나고 있는 이때 아무 것도 모르고 잠만 자는 꼴이 됩니다."

대외개방 역시 점진적으로 추진하는 과정이었다. 먼저 광동(广东)성에서 일부 특수한 정책을 실시하기 시작했다. 그 다음에 선전(深圳) 등 4개의 특별구역을 설치하고 성공을 거두게 되자, 다시 14의 연해항구 특별구역을 설치했으며, 상하이 푸둥신구(浦东新区)를 개발하는 중대한 결책을 내렸다. 외자(外资)를 들여오는 방면에서도 낮은 데로부터 높은 데로, 적은 데로부터 많은 데로의 과정을 거쳤다.

처음에는 원료를 들여와 가공하던 데로부터 점차 구상무역을 하고, 진일보해서 합자기업(合资企业)을 추진하고 최종적으로 외국의 독자기업의 설립을 허락함으로써 다각도·다차원의 대외개방 패턴을 형성하게 되었던 것이다.

1992년 초에 88세로 이미 일선에서 물러난 덩샤오핑은 우창(武昌)·선전·주하이(珠海)·상하이 등 지역을 고찰하게 되었는데, 길에서 보게 된

전경에 너무 기쁜 나머지 연도에서 다음과 같은 담화를 발표했다. "기회를 포착해야 하는데 지금이 바로 좋은 기회입니다.

　나는 이 기회를 놓칠까봐 걱정입니다. 초파하지 않으면 눈앞에 있는 기회를 놓치게 됩니다. 시간은 눈 깜짝할 사이에 지나갑니다. 우리나라의 경제발전은 몇 년에 한 번씩 새로운 단계에 올라서도록 해야 할 것입니다. 물론 실제를 벗어난 고속발전을 추구해서는 안 되지요. 착실하고 온당하게 조화로운 발전을 이루어야 합니다.", "개혁개방을 추진함에 있어서 담이 커야 합니다. 대담하게 시도해봐야지 전족을 한 여편네처럼 우물쭈물해서는 안 됩니다. 방안이 서면 대담하게 시험하고 대담하게 밀어붙여야 합니다.", "매년 마다 지도층은 경험을 되새겨야 합니다. 잘한 것은 견지하고 잘못된 것은 재빨리 시정하며 새로운 문제가 나타나면 바로바로 해결해야 합니다."

　이러한 말들은 거대한 추진력을 일으켰으며, 1990년대의 중국으로 하여금 쾌속발전의 새로운 궤도에 오르게 했다. 그는 또 다음과 같이 말했다. "계획경제가 곧 사회주의인 것은 아닙니다. 자본주의에도 계획경제가 있습니다. 마찬가지로 시장경제가 곧 자본주의경제인 것은 아닙니다. 사회주의에도 시장경제가 있습니다. 계획경제와 시장경제 모두 하나의 경제수단일 뿐입니다. 사회주의의 본질은 생산력을 해방시키고 생산력을 발전시키며, 착취를 없애고, 양극의 분화를 제거함으로써 마침내 공동으로 부유해지는 목표에 도달하는 것입니다."

　이 말은 계획경제와 시장경제 사이에서 오랫동안 갈팡질팡하면서 갈피를 잡지 못하던 사상을 진일보적으로 바로잡았다. 그리고 이러한 기초 위에서 장쩌민(江澤民)을 핵심으로 하는 당중앙은 14차 전국대표대회 보고에서 사회주의 시장경제체제를 건립해야 한다는 창조적인 새 목표를 제기했다. 이로써 중국의 개혁개방과 현대화 건설이 새로운 단계로 진입하게 되었던 것이다.

당의 12차 전국대표대회에서 그가 제기한 "중국 특색의 사회주의를 건설해야 한다"는 주체사상으로부터, 13차 전국대표대회를 전후해서 제기한 사회주의 초급단계 이론까지, "한 개 중심, 두 개 기본점"이라는 기본노선의 형성과 '세 걸음(三步走)' 발전전략, 그리고 14차 전국대표대회에서 확정한 사회주의 시장경제 체제를 중국 경제체제 개혁의 목표로 해야 한다는 방침 등으로 덩샤오핑의 중국 특색의 사회주의 건설 이론이 최종적으로 형성되었다. 당의 15차 전국대표대회에서는 이를 덩샤오핑 이론이라고 칭하고, 마르크스레닌주의와 마오쩌둥 사상과 더불어 당의 지도사상으로 할 것을 확정했다.

덩샤오핑의 일생에서 중국혁명과 건설사업을 위해 이룬 가장 큰 공헌은 바로 중국 특색의 사회주의 로드맵을 개척하고 덩샤오핑 이론을 창립함으로써 20세기의 중국이 다시 한 번 천지개벽의 변화를 일으키게 한 것이다. 덩샤오핑 이론은 당대 중국의 마르크스주의이고, 마르크스주의가 중국에서 발전한 새로운 단계이며, 그가 우리에게 남겨준 소중한 유산이다.

4. 전망

덩샤오핑이 태어난 20세기 초부터 그가 세상을 뜬 20세기 말까지 중국의 변화는 가히 "세상이 바뀌었다(換了人间)"는 네 글자로 형용할 수 있다. 하지만 이는 종점인 것이 아니라 새로운 기점(起點)이다. 덩샤오핑은 1992년 1월 24일 주하이를 시찰할 때 다음과 같이 말했다. "중국에는 응당 매해마다 새로운 것이 있어야 하며 매일매일 새로운 것이 있어야 합니다. 그래야만 전지를 점령할 수 있습니다. 나는 이미 나이를 많이 먹었지만 희망이 아주 크다고 생각합니다. 이 한해의 진보는 아주 빠릅니다. 하지만 앞으로의 진보는 지난 10년보다 훨씬 더 빠를 것입니다."

덩샤오핑은 20세기의 중국에서 생활했지만 덩샤오핑 이론의 지도적 의의는 절대로 20세기의 중국에만 국한되는 것이 아니다. 그는 늘 아주 깊게 생각하고 멀리까지 생각했다. 『덩샤오핑문선(邓小平文选)』제3권의 편집이 마무리되었을 때, 그는 이 책을 자기의 정치적 당부(政治交代)라고 생각했다. 이에 대해 그는 다음과 같이 말했다. "지금에 대해 말한 것이든 미래에 대해 말한 것이든, 내가 말한 것은 사소한 각도에서 말한 것이 하나도 없습니다. 모두 대국적인 견지에서 말한 것입니다."

그는 온갖 시련을 겪으면서 축적해온 1세대 공산당원의 높은 정치적 지혜를 가졌을 뿐만 아니라, 젊은이들처럼 시종 생기발랄함을 잃지 않고 새로운 사물에 특별히 민감하며 진취적으로 개척해나가는 뜨거운 마음을 가졌다. 그는 영원히 미래를 마주하고 있었는데, 그의 이론은 21세기의 중국에 대해서도 여전히 중대한 지도적 의의가 있는 것이다.

오늘날 우리는 후진타오(胡錦濤) 동지를 총서기로 하는 당중앙의 지도 아래 21세기의 첫 20년 내에 전면적으로 소강사회(小康社会)를 건설해야 한다. 이 목표는 우리나라 사회주의 현대화 건설의 '세 걸음(三步走)'이라는 덩샤오핑이 발전전략에서 제기된 것이다. 덩샤오핑이 이러한 단계적 설계를 하게 된 원인은 다음과 같다.

중국이 사회주의 기본제도를 확립할 때에는 아직 경제문화가 상당히 뒤떨어진 개발도상국이었으며, 장기적으로 사회주의 초급단계에 처해 있을 수밖에 없는 상황이었다. 이러한 기본적인 국정에서 출발하여, 중국이 현대화를 실현하는 과정의 장기성과 막중함을 반드시 충분히 예측해야 했다. 중국의 이왕의 사회주의 건설과정에서 잘못을 범하게 된 하나의 중요한 원인이 바로 자주 조급증에 걸렸다는 데 있었다.

그 결과는 급히 먹는 밥이 체하듯이 적지 않은 우여곡절을 겪어야 했던 것이다. 덩샤오핑은 이와 같은 과거의 경험과 교훈을 되새기고 다음과 같이 명확하게 제기했다. "사회주의 현대화를 너무 급하게 실현하려 해서는 안 됩니다. 단계를 나누어 절차대로 진행해야 합니다." 이는 중국이 현대화 건설을 함에 있어서 중요한 지도사상으로 우리가 영원히 아로새겨야 할 것이다.

최근에 출간된 『덩샤오핑연보(邓小平年谱) 1975 ‒ 1997』에는 『등소평문선』에 수록되지 않은 많은 중요한 발언들이 새롭게 실렸는데 내용이 아주 풍부하다. 처음으로 발표되는 내용이 적지 않은 이 책은 덩샤오핑 이론을 더 깊이 이해하기 위해서는 반드시 읽어야 할 책이다. 여기서 그가 남방담화(南方谈话) 이후 인생이 말년에 했던 중요한 발언들 몇 개를 예로 들고자 한다.

1992년 7월 23일과 24일, 그는 14차 전국대표대회 보고원고를 심사할 때 다음과 같이 말했다. "내가 말한 적이 있습니다. 농업의 개혁과 발전에는 두 개의 비약이 있습니다. 첫 번째 비약은 인민공사(人民公社)를 폐지하고 세대별 도급제를 실시하는 것이고, 두 번째 비약은 집체경제를 발전시키는 것입니다.", "농촌경제는 최종적으로 집체화(集体化)와 집약화(集约化)를 실현해야 합니다. 일부 지방의 농민들은 벌써 집약화 문제를 제기했습니다. 이 문제는 이번에 제기하지 않아도 됩니다. 우선 도급제를 공고히 해야 하니까요. 하지만 언젠가는 제기해야 합니다. 현재 토지는 공유재산입니다. 기계화 정도를 높이고 과학기술 발전성과를 이용하려면 세대별로 해서는 안 됩니다. 특히 첨단기술을 응용하기 위해서는 경우에 따라 마을의 경계선을 넘어서야 하며, 심지어는 구역의 경계선도 넘어서야 합니다.

집체화나 집약화 경제를 발전시키지 않고 단지 두 손에 의거해서 농사를 짓고 세대별로 각자 경작해서는 농업의 현대화를 실현할 수 없습니다. 백년이 지나든 이백년이 지나든 언젠가는 이 길을 걸어야 합니다. 내가 처음 두 가지 비약문제를 제기했을 때, 리셴녠(李先念) 동지는 모두 찬성한다고 하면서 이는 하나의 큰 사상이라고 했습니다. 이 사상은 줄곧 밝히지 않았습니다. 개혁개방 중의 많은 것들은 다 대중들이 실천 가운데 제기한 것입니다."

같은 해 12월 18일 그는 『참고소식(参考消息)』에 발표된 두 편의 글을 읽으면서 다음과 같이 말했다. "중국의 발전이 일정한 정도에 이르고 나면 반드시 분배문제를 고려해야 합니다. 쉽게 말하면 낙후한 지구와 발달한 지구의 차이 문제입니다. 서로 다른 지역은 일정한 차이가 있기 마련입니다. 이런 차이는 너무 작아도 안 되지만 너무 커도 안 됩니다. 만약 소수의 사람들만 부유해진다면 그것은 자본주의로 나아가는 것입니다. 분배문제를 제기하는 것과 그 의의에 대해 연구해야 합니다.

본 세기 말에 이르러서 응당 이 문제를 고려해야 합니다." 1993년 8월 16일 그는 동생 덩컨(邓垦)과 담화하면서 다음과 같이 말했다. "12억 인구가 어떻게 부유함을 실현하며, 부유해진 뒤 재부를 어떻게 분배할 것인가 하는 문제는 모두 큰 문제야. 주제는 이미 나왔어. 이 문제를 해결하는 것은 발전문제를 해결하는 것보다 더 어려운 일이야. 분배문제는 정말 큰 문제야. 우리는 양극분화를 방지해야 하는데, 양극분화는 자연스레 나타나게 되어 있지. 따라서 여러 가지 수단과 방법·방안을 동원해서 이 문제를 해결해야만 돼.", "중국 사람들은 솜씨가 좋아. 하지만 문제가 점점 더 많아지고 점점 더 복잡해진단 말이야. 언제든 새로운 문제가 발생할 수 있지. 이를테면 방금 전에 말한 분배문제 말인데, 일부 사람들이 많은 재부를 차지하고 대다수 사람들은 가지지 못한다면 언젠가는 문제가 생길거야. 분배가 공평하지 못하면 양극분화를 초래하게 되고 어떠한 시점에 이르면 문제가 발생할 수밖에 없지. 그래서 이 문제를 해결해야 해."

이런 내용을 읽으면서 정말로 감격을 금할 길이 없게 된다. 이 노인은 청년시절부터 사회주의와 공산주의에 대한 신념을 확립하고 이를 위해 일생동안 분투해왔다. 인생의 황혼기에 접어들어서도 머릿속에는 조국의 미래에 대한 생각으로 가득했는데 여전히 그렇듯 깊고 멀리 내다보고 있었다. 그는 원대한 관점에서 말한 것인데 이러한 것들은 모두 21세기의 중국이 진지하게 관찰하고 정확하게 처리해야 할 문제들이다.

시대가 영웅을 낳느냐, 아니면 영웅이 시대를 만드느냐 하는 것은 사람들이 오랫동안 의논해오던 문제인데, 어느 방면이든 너무 절대적으로 "이것이 맞다"라고 해서는 안 된다. 영웅인물은 시대의 산물이고 역사에 의해 만들어졌다는 것이 중요한 것이다.

덩샤오핑은 1985년 10월 23일 미국의 기업인대표단을 회견했을 때 다음과 같이 말했다. "나 한사람만을 과분하게 치켜세워서는 안 됩니다. 우리가 하는 일은 단지 중국인민과 중국공산당의 염원을 반영한 것일 뿐입니다. 당의 이런 정책 역시 집체적으로 결정한 것입니다." 이는 솔직한 말이었다. 그렇다고 해도 마르크스주의는 역사에 대한 개인의 역할에 대해서 종래 부정하지 않았다.

역사의 온갖 풍랑 속에서 갖은 시련을 겪으며 단련된 비범한 지혜와 용기와 의지력을 가진 걸출한 인물은 얼마 안 되기 때문이다. 그들은 역사의 중대한 고비에서 남들은 대체할 수 없는 역할을 해왔다. 장쩌민은 덩샤오핑의 추도회에서 다음과 같이 말했다. "덩샤오핑 동지는 이렇게 말했습니다. 만약 마오쩌둥 동지가 없었더라면 우리 중국인민들은 적어도 어둠 속에서 더 오랫동안 헤매었을 겁니다.

오늘 우리는 마찬가지로 이렇게 말해야 할 것입니다. 만약 덩샤오핑 동지가 없었더라면 중국인민들은 오늘과 같은 새로운 생활이 없었을 것이며, 중국은 오늘과 같은 개혁개방의 새로운 국면과 사회주의 현대화의 밝은 미래는 없었을 것입니다." 이 역시 솔직한 말이었다.

덩샤오핑 동지가 우리 곁을 떠난 지 어언 7년이 되었다. 그의 탄신 100돌을 기념하는 오늘 그가 우리에게 남겨준 풍부한 정신적 유산을 열심히 학습하고, 확고부동한 노력으로 그의 염원을 실현하며, 그가 필생의 심혈과 정력을 쏟은 조국을 더욱 부강하고 민주적이며 문명한 사회주의 현대화 강국으로 건설하는 것이야말로 그를 기념하는 가장 좋은 방법이라고 생각한다.

덩샤오핑과 20세기 중국을 다시 이야기하다[45]

시대의 계주

삼련생활주간: 덩샤오핑의 생명은 거의 20세기 전반을 관통하고 있습니다. 덩샤오핑은 어떠한 역사적 환경에 처해있었으며, 어떠한 역사적 사명을 짊어졌던 것입니까?

진총지: 덩샤오핑 동지는 1904년에 태어났습니다. 20세기의 네 번째 해에 태어난 것이지요. 1997년에 돌아가셨는데 3여 년만 더 지나면 20세기가 끝나는 셈입니다. 20세기와 시종(始終)을 같이 한 것이라고 할 수 있습니다. 진정으로 덩샤오핑을 이야기하려면 그 시대를 떠날 수 없습니다. 중화민족은 찬란한 고대문명을 창조했지만 근대에 이르러서는 오히려 뒤떨어졌습니다. 20세기가 도래할 때 중국은 이미 반식민지 반봉건사회의 길을 장장 60년이나 걸어왔습니다.

중화민족은 극도로 쇠약해지고 온갖 굴욕을 당하는 처지에 놓여 있었지요. 도저히 끝을 볼 수 없는 긴 어둠 속이었습니다. 수많은 선진지식분자

---

45) 이 글은 『삼련생활주간(三联生活周刊)』 2013년 1기에 실렸다.

들이 일어나 나라와 백성들을 구하는 길을 찾아 나섰습니다. 인민들은 독립적이고 부강한 조국을 열망했으며 중화(中華)를 진흥시켜 공동으로 부유하게 될 날을 갈구했지요.

덩샤오핑 동지는 일찍 이렇게 말했습니다. "나는 중국인민의 아들입니다. 나는 나의 조국과 인민들을 열렬히 사랑합니다." 그가 개척한 도로와 그의 분투는 20세기 중화민족의 희망과 추구하는 바를 잘 반영했습니다. 그보다 좀 늦게 태어난 나는 20세기 가운데 70여년을 살아오면서 피부로 느낀 거지만, 그와 비교할 때 나는 단지 20세기 중화민족의 아주 평범한 한 사람이었다는 생각입니다.

중국공산당 15차 전국대표대회 보고의 첫 부분에는 20세기 중국의 3대 역사성적인 거대한 변화와 시대적 조류의 앞장에 섰던 세 명의 위대한 인물을 언급했습니다. 세 명의 위대한 인물은 바로 손중산과 마오쩌둥·덩샤오핑입니다. 이는 실질적으로 매 시기 중국 사람들이 끊이지 않고 추구하는 바를 반영한 것인데, 이 추구했던 것이 바로 오늘 우리가 얘기하게 될 총체적 임무입니다. 바로 사회주의 현대화와 중화민족의 위대한 부흥을 실현하는 것이 그것입니다.

이 두 가지 임무는 본질적으로 일치하는 것입니다. 사회주의 현대화를 실현해야만 인류를 위해 더욱 큰 공헌을 할 수 있고, 중화민족의 위대한 부흥이라고 할 수 있습니다. 물론 중화민족의 위대한 부흥은 한나라나 당나라 시절의 성세(盛世)로 돌아가려는 것이 아니라 전 인류를 위해 공헌을 하려는 것입니다. 1956년 마오쩌둥이 『손중산 선생을 기념하여(纪念孙中山先生)』에서 얘기한 것처럼 우리는 세계 인구의 거의 1/4(현재는 1/5이 좀 넘습니다.)에 달하는 인구를 가지고 있는데, 20세기가 되었지만 인류에 대한 공헌은 아주 적습니다. 마오쩌둥은 "이에 대해 우리는 아주 부끄럽게 생각한다"고 했습니다.

시진핑 동지가 기자를 만나거나 정치국 회의, 혹은 '부흥의 길(复兴之路)' 전시를 참관한 뒤에 했던 최근의 발언들을 접하면서 나는 감개무량하지 않을 수 없었습니다. 그 역시 이 100여 년 동안의 중화민족의 운명과 희망의 각도에서 사명감을 이야기했기 때문입니다. 중화민족의 위대한 부흥을 실현하는 것은 세대와 세대를 이은 중국인들이 가장 강력한 꿈입니다. 다시 덩샤오핑에 대해 이야기합시다. 나는 그의 몸에 20세기 전체에 걸친 우리 민족의 염원과 추구가 담겨있다고 생각합니다.

삼련생활주간: 선생님은 20세기 중국의 3대 위인을 언급했습니다. 손중산에서부터 마오쩌둥과 덩샤오핑에 이르기까지, 그들은 중화민족의 위대한 부흥이라는 총체적인 임무 속에서 어떻게 바통을 이어나갔다고 생각합니까?

진총지: 20세기의 3대 위인들이 다른 역사적 단계에 짊어졌던 역할과 임무는 서로 다릅니다. 하지만 그들의 목표는 모두 중화민족의 부흥을 실현한다는 하나로 이어져 있습니다. 하지만 이 목표를 실현한다는 게 말처럼 쉬운 일이 아닙니다. 손중산은 정말로 탄복할만한 인물입니다. 그가 맨 처음 민족의 진흥을 언급했지요. 손중산은 홍콩 서의서원(西医书院)의 1기 학생으로, 중국에서 맨 처음 양의사 면허를 취득한 사람입니다. 당시 마카오와 광저우의 신문들에는 그의 사적들이 적지 않게 실렸습니다.

그는 당시로 말하면 명의(名醫)였고 개인적인 생활조건도 아주 좋았습니다. 하지만 그는 온갖 풍랑이 도사리고 있는 혁명의 길로 선뜻 나섰지요. 민족의 부흥을 실현해야 한다는 꿈을 이루기 위해서였습니다. 물론 구옌우(顾炎武)와 같은 사람들도 일찍부터 천하의 흥망은 필부에게도 책임이 있다고 이야기했습니다. 하지만 당시 일반적인 중국 사람들은 희망을 황제에게 기탁하고 있었습니다. 그러다가 손중산의 노력으로 수천 년 동안 지속되어오던 군주제도를 뒤엎게 되자, 백성들은 자기가 나라의 주인이 된 느낌을 받게 됩니다.

이는 역사적인 거대한 변혁이었지요. 하지만 우리가 자본주의 현대화를 시험해보았지만 서방에서 배운 방법은 통하지 않는다는 것을 알게 되었고, 그래서 민주혁명 후에 사회주의를 하게 된 것입니다. 20세기 중국에서 두 번째 역사적인 대변혁의 주요한 표지는 중화인민공화국의 설립과 사회주의제도의 수립입니다. 이는 마오쩌동을 핵심으로 하는 중국공산당 1세대 지도그룹의 지도하에 완성된 것입니다.

사회주의 건설에서 우리는 성과도 거두었고 우여곡절도 겪었으며 중대한 잘못도 두 차례 저질렀습니다. 하나는 '대약진'을 발동한 것이고, 다른 하나는 '문화대혁명'을 일으킨 것입니다. 그리하여 사회주의를 어떻게 실현할 것인가 하는 문제가 의사일정에 올랐습니다. 덩샤오핑 동지는 개혁개방을 제기하고, 세 단계로 나누어서 진행하는 방침을 내놓았으며 사회주의 현대화를 실현하기 위해 분투할 것을 호소했습니다.

그는 과거의 성과를 충분히 인정하면서 과거에 범한 엄중한 잘못도 함께 지적했습니다. 그는 과거의 잘못은 마오쩌동 한 사람만의 잘못이 아니라고 다음과 같이 말했습니다. "마오쩌동은 당시에 머리가 뜨거워져 있었습니다. 우리도 머리가 뜨거워졌지요. 이는 어느 한 사람만의 책임이 아닙니다. 우리들의 전체적인 책임입니다." 그러한 경험을 하고 나서도 이와 같은 결론을 내린 다는 것은 정말로 쉽지 않은 일이지요. 역사 행정에 미친 이 세 사람의 영향은 떼어놓을 수 없습니다.

손중산이 신해혁명(辛亥革命)을 영도할 때 마오쩌동도 적극적으로 참여했습니다. 그는 학교에서 벽보를 붙이고 공화국을 건립해야 한다고 주장하면서 손중산이 대총통(大总统)이 되는 것을 지지했습니다. 신해혁명이 시작된 후에 마오쩌동은 신군(新军)에 참여했습니다. 당시 그는 중국의 전도는 손중산에게 달려있다고 생각했지만, 얼마 안 되어 그 방법으로는 안 된다는 것을 인식하게 되었습니다.

마오쩌동은 『인민민주독재를 논함(论人民民主专政)』에서 다음과 같이 말했습니다. "국가가 하루하루 망가지고, 인민들의 생활은 점점 더 영위하기 힘들어졌다. 그래서 의심이 생겼고 그 의심이 커지고 발전했다. 그 때 마침 10월 혁명의 포성이 마르크스주의를 가져왔다." 마찬가지로 덩샤오핑 역시 처음에는 마오쩌동을 따라 혁명에 참여했습니다.

천원 동지는 다음과 같이 말했지요. "그는 옌안에서 정풍(整风)을 할 때 마오쩌동의 과거의 서류들을 처음부터 마지막까지 다 읽었습니다. 보고 나서 얻은 결론은 실사구시해야 한다는 것이었지요." 덩샤오핑 동지는 거듭 실사구시를 강조했는데, 실사구시야말로 마오쩌동 사상의 정수라고 할 수 있습니다. 역사는 이 길을 따라 앞으로 나아가는 것이지요. 이들 세 사람은 모두 전 세대의 사람들한테서 지혜를 얻었으며, 나중에는 그 부족함을 보고 앞으로 크게 한 걸음 내디뎠던 것입니다. 마치 이어달리기처럼 말이죠. 이 과정은 오늘날에도 끝나지 않았으며 앞으로도 계속 이어져야 할 것입니다.

삼련생활주간: 덩샤오핑이 개척한 길은 아직도 중국의 발전을 주도하고 있습니까?

진총지: 역사는 이미 21세기에 진입했습니다. 그렇다면 덩샤오핑이 개척한 길은 이미 시대에 뒤떨어졌을까요? 당연히 아닙니다. 중국공산당 제16차 전국대표대회 보고에서는 다음과 같이 말했습니다. "우리나라는 아직 사회주의 초급단계에 처해있고 앞으로도 장시간 동안 초급단계에 머물러있게 될 것이라는 기본 국정을 똑바로 인식해야 합니다. 우리 사회의 주요 모순, 즉 인민들의 날로 늘어나는 물질적·문화적 수요와 낙후한 사회생산력 사이의 모순은 변하지 않았습니다.

우리나라는 세계에서 가장 큰 개발도상국이라는 국제적 지위도 변하지 않았습니다." 덩샤오핑이 추켜든 중국 특색의 사회주의 기치아래 아직도 꽤 먼 길을 가야 합니다. 따라서 그가 개척한 길은 아직도 중국에 영향을 주고 중국을 주도하고 있는 것은 아주 자연스러운 일입니다. 따라서 미국 하버드대학의 에즈라 보겔(Ezra Feivel Vogel) 교수가 최근에 발간한 저서에 『덩샤오핑 시대(邓小平时代)』라고 제목을 단 것도 나름대로 일리가 있는 것입니다.

덩샤오핑의 길

삼련생활주간: 덩샤오핑의 초기 경력에는 어떤 특점이 있습니까? 그가 청년시절에 프랑스에서 공부하고 일했는데, 이는 그가 세상을 인식하고 사상을 형성하는 데 어떠한 영향을 미쳤습니까? 이러한 경력은 덩샤오핑이 나중에 개혁개방 정책을 형성하는 데 도움이 되었을까요?

진총지: 이는 아주 중요한 문제입니다. 하지만 사람들은 이를 소홀하게 지나치는 경우가 많지요. 덩샤오핑은 16세부터 22세까지 유럽에서 장장 6년을 생활했습니다. 그 중 5년은 프랑스에서 생활했고, 1년은 소련에서 생활했지요. 그때 프랑스는 이미 현대공업사회였습니다. 덩샤오핑은 허친슨(Hutchinson)고무공장과 르노(Renault)자동차공장에서 잡부와 조립공으로 일했습니다. 모두 직원이 만 명이 넘은 거대 공장이었지요. 따라서 그는 현대사회의 방방곡곡을 관찰하고 이해할 충분한 시간이 있었습니다.

사람의 인식은 늘 지난 경험의 영향을 받게 됩니다. 이런 경험이 있는 것과 없는 것 사이에는 아주 큰 차이가 있지요. 그는 이 시기의 경력을 통해 한 방면으로는 서방 자본주의의 어두운 면을 보았습니다. 그래서 앞으로의 중국은 이 길을 그대로 답습해서는 안 된다고 생각하게 됐고, 이로 인해 사회주의와 공산주의 이상과 신념이 싹트게 된 것입니다. 다른 한 방면으로는 그로 하여금 세계적인 안목을 갖도록 했습니다.

현대화 사회에 대한 직접적이고 구체적인 체험은 이후 그의 인식과 사고에 많은 영향을 주었다고 볼 수 있습니다. 그의 이러한 경력은 기타 많은 지도자들과 비교해 볼 때 같은 점도 있고 다른 점도 있습니다.

삼련생활주간: 신 중국이 설립되어서부터 '문화대혁명'이 일어나기 전까지 덩샤오핑은 국가건설에서 어떠한 일을 했습니까?

진충지: 신 중국이 설립된 후 45세에 이른 덩샤오핑은 3년 남짓 중공중앙 서남국(西南局) 제1서기를 담임했습니다. 그는 서남 지구의 7천만 인민들을 이끌고 새로운 사회건설을 진행했는데, 그 과정에서 티베트의 평화적 해방을 지도하기도 했지요. 그는 이러한 과정에서 대세를 파악하고 여러 가지 복잡한 문제를 결단성 있게 해결해나가는 능력을 남김없이 과시했습니다.

3년 뒤 그는 중앙으로 선택되어 일하게 되었는데, 1956년에 있은 중국 공산당 제8기 1중전회(八届一中全会)에서 정치국 상임위원과 중공중앙 총서기로 당선되어 마오쩌둥을 핵심으로 하는 1세대 지도그룹의 중요한 성원으로 자리매김하게 됩니다. 서기처(书记处)의 직책은 정치국과 상임위원회의 결정에 따라 중앙의 일상적 업무를 처리하는 것인데, 덩샤오핑은 서기처 사업을 10년 동안 주관했습니다.

그는 나중에 이에 대해 다음과 같이 말했습니다. "내 일생에서 가장 바빴던 때가 바로 그 시절이었지요." 그는 또 다음과 같이 말했습니다. "'문화대혁명' 전의 10년 역시 응당 인정해야 합니다. 총체적으로는 좋았고, 기본적으로 건강한 궤도에서 발전했다고 할 수 있습니다. 그 가운데 우여곡절도 있었고, 잘못도 저질렀지만, 중요한 것은 성적이라고 봅니다." 덩샤오핑은 잘못을 저지르게 된 원인을 경험의 부족과 승리 후 조심스럽지 못한 데서 찾았습니다. 그는 정치가의 공명정대한 태도로 다음과 같이 말했습니다. "잘못을 지적할 때 마오쩌동 동지만 지적해서는 안 됩니다. 중앙의 많은 동지들도 잘못이 있습니다.", "중앙에서 잘못을 저질렀다면, 한 사람만의 책임이 아닙니다. 집체의 책임이지요." 이 17년 동안의 성공한 경험과 좌절의 교훈이 있었기에, 그는 나중에 중국이 앞으로 나아가는 과정에서 부딪히는 여러 가지 복잡한 문제들을 신중하고 효과적으로 처리해 나갈 수 있었던 것입니다.

삼련생활주간: '문화대혁명' 기간에 덩샤오핑은 장시(江西)로 가서 노농개조를 하게 됩니다. 이 경력은 그에게 어떠한 영향을 주었을까요? 냉정하게 '문화대혁명'을 되돌아보고 반성하지 않았을까요?

진총지: '문화대혁명' 기간에 덩샤오핑은 "자본주의 길로 나가는 주자파 2호 인물(第二号走资本主义道路的走资派)"로 낙인이 찍혀 타도를 받게 되고, 잘못된 비판과 투쟁을 받게 됩니다. 결국 장시성 신젠현(新建县)에 보내져 트랙터공장의 조립공으로 일하게 되지요.

이 기간에 그는 수많은 문제에 대해 냉정하게 생각할 기회가 생겼는데, '문화대혁명'뿐만 아니라 '문화대혁명' 전의 17년의 경험과 교훈에 대해서도 되돌아보고 반성하게 됩니다. 물론 앞으로의 발전방향에 대해서도 그는 여러모로 생각해보았을 것입니다. 하지만 거의 격리나 다름없는 상태에서 앞으로의 발전로드맵을 모색하는 데에는 한계가 있었지요. 더욱 많은 것은 그 후의 실천 속에서 탐색한 것이라고 생각합니다.

삼련생활주간: 1975년에 덩샤오핑이 진행한 정돈(整頓)은 나중의 개혁 개방에 어떤 영향을 미쳤습니까? 이 시기 그와 마오쩌둥의 관계는 어떠했습니까? 마오쩌둥은 왜 다시 한 번 덩샤오핑을 '물러나라'고 했을까요?

진충지: 덩샤오핑 스스로가 이렇게 말했습니다. "개혁이라 하면 기실 1974년부터 1975년 사이에 우리가 이미 시험해보았습니다.", "당시에는 개혁을 '정돈'이라고 불렀습니다. 경제를 우선으로 하고 생산질서부터 회복했는데, 이렇게 한 지방은 모두 효과를 보았습니다." 그는 '문화대혁명'이 만들어놓은 심각한 혼란된 국면을 대담하게 정돈하면서 다음과 같이 단호하게 말했습니다. "지금 문제가 아주 많습니다. 해결하려면 한꺼번에 밀어붙여야 합니다. 마음을 굳게 먹고 대차게 추진해야 합니다."

그의 이와 같은 굳은 결심은 전국 인민들의 이익과 염원을 대표하였기에 대중들의 열렬한 지지를 받을 수 있었습니다. 전면적인 정돈은 짧은 시간 내에 현저한 효과를 거두었으며 사람들에게 새로운 희망을 심어주었습니다. 전국 인민들은 이번의 정돈에서 덩샤오핑에 대해 진일보적으로 이해하게 되었으며, 그의 주장에 찬성하고 그의 품격을 경모하였으며, 그가 복귀하기를 간절히 희망했습니다. 따라서 이는 중국의 개혁개방이 여러 가지 어려움을 극복하고 전면적으로 전개되어 승리를 이루는데 광범위한 대중적 기초를 마련하게 되었던 거지요.

덩샤오핑이 중앙의 일상 사업을 주관하면서 마오쩌둥은 처음에는 "얻기 어려운 인재"라고 치켜세우면서 그의 정돈사업을 지지했습니다. 하지만 마오쩌둥에게는 넘지 말아야 할 마지노선이 있었습니다. 그는 덩샤오핑이 '문화대혁명'의 잘못을 근본적으로 뜯어고치는 것을 용납할 수가 없었지요.

삼련생활주간: 마오쩌동이 세상을 뜨자 덩샤오핑은 또다시 복귀하게 됩니다. 선생님이 보건대 역사는 어떻게 그를 선택한 것일까요?

진충지: 마오쩌동이 세상을 뜬 후, 중공중앙은 일거에 '4인방'을 제거하고 10년이나 지속되었던 '문화대혁명'을 끝냈습니다. 하지만 그때까지만 해도 중국이 마주한 상황은 아주 준엄했습니다. 장기적으로 지속되었던 '좌'적인 과오를 떨쳐버리는 것은 그리 쉬운 일이 아니었지요. 게다가 온 나라에 각양각색의 문제들과 방치된 일들이 산더미처럼 쌓여 있었지요.

이런 상황에서 억만 인민대중들은 초조한 심정으로 중국이 앞으로 나아갈 길에 대해 예의주시하고 있었습니다. 새로운 시기에는 새로운 임무가 있기 마련이고, 이는 또 새로운 지도자를 필요로 하게 됩니다. 덩샤오핑은 장기적인 혁명투쟁 중에 역사적인 공헌을 했으며, '4인방'과 견결히 투쟁하고, 혼란 속에서 전면적인 정돈을 실시하여 눈에 띄는 성과를 보여주었기에 당과 인민들 속에서 아주 큰 신망을 갖고 있었습니다. 따라서 사람들은 그가 중앙의 사업을 주관하기를 바랐던 것이지요.

덩샤오핑은 인민들의 기대를 저버리지 않았습니다. 그는 사업에 착수하자마자 전략가로서의 탁월한 식견을 보여주었습니다. 그는 수만 갈래의 복잡한 문제 속에서 우선적으로 결정적 의의가 있는 부분을 파악했습니다. 즉 사상노선을 바로잡는 데에서부터 착수한 것입니다. 그는 마오쩌동 사상의 정수는 실사구시이고, '두 가지 무릇'은 잘못된 것이라고 지적했습니다. 그는 다음과 같이 말했습니다. "하나의 당, 하나의 국가, 하나의 민족이 모든 것을 책대로 하고, 사상이 경직되며, 맹신이 성행한다면, 전진할 수 없게 되며 생기를 잃어버리게 될 것이고, 종국에는 당이 망하고 국가가 망하게 됩니다."

그는 또 다음과 같이 주장했습니다. "잘못된 노선을 바로잡는 것은 명확하게 해야 합니다. 우물쭈물해서는 문제를 해결할 수 없습니다. 일처리는 신속해야지 꾸물거려서는 안 됩니다." 이처럼 귀가 번쩍 뜨이는 말들은 오랫동안 사람들을 옥죄어왔던 사상의 경직성을 깨트렸으며, 적극적으로 새로운 상황에 대해 연구하고 새로운 문제를 해결하는 활발한 분위기를 조성했습니다. 이와 같은 위대한 사상해방운동이 없었더라면 11기 3중전회 이후의 개혁개방이라는 새로운 국면은 나타나지 못했을 것입니다.

삼련생활주간: 11기 3중전회가 성공적으로 열리면서 중국에는 역사적인 전환이 일어났습니다. 덩샤오핑은 이에 대해 어떤 역할을 했을까요?

진총지: 11기 3중전회에서는 "계급투쟁을 강령으로 한다"는 사회주의 사회발전에 적합하지 않는 구호를 과감하게 취소했습니다. 덩샤오핑은 다음과 같이 반복적으로 강조했습니다. "한결같은 마음을 가져야 합니다. 어떠한 방해에도 흔들리지 말고 확고부동하게 사회주의 현대화 건설을 진행해야 합니다." 이는 정치 노선에서의 가장 근본적인 '바로잡음'인데, 이로부터 개혁개방으로 나아가는 새로운 시대가 열렸습니다.

덩샤오핑은 또 다음과 같이 말했습니다. "사상노선과 정치노선의 실현은 조직노선을 통해 담보되어야 합니다." 그는 어떤 사람이 후계자로 되느냐 하는 문제에 특별히 중시했으며, 지도자의 종신제를 바꾸고 몸소 모범을 보였습니다. 사회주의 현대화 건설과 개혁개방이 초보적인 진전을 보였던 1982년에 중국공산당 제12차 전국대표대회가 열렸습니다. 이 회의에서 덩샤오핑은 장기적인 역사적 경험을 되새기고 다음과 같은 기본적인 결론을 내놓았습니다. "마르크스주의의 보편적 진리를 우리나라의 구체적 실제와 결합시켜 우리 스스로의 길을 걸어야 하며 중국특색의 사회주의를 건설해야 합니다." 이는 우리가 어떤 기치를 들고 어떤 길을 걸을 것이냐는 문제를 해결했지요.

삼련생활주간: 1979년에 덩샤오핑은 4개의 기본원칙을 제기했습니다. 당시의 배경은 어떠했습니까? 그의 주요한 목적은 무엇이었습니까? 왜 덩샤오핑은 정치 안정과 사회 안정을 강력하게 주장했습니까?

진충지: 11기 3중전회 이후 전 당과 전국 인민들은 사업의 중점을 사회주의 현대화 건설로 전이하기 위해 노력했습니다. 이는 새로운 역사발전 단계의 시작입니다. 바로 이 시기에 일부 지방에서 소동이 일어났습니다. 몇몇 사람들이 일부 대중을 선동하여 당정기관과 충돌하고 사무실을 점거했으며, 쭈그리고 앉아서 단식을 하고 교통을 차단하기도 했습니다. 이들의 행위는 사업질서와 생산질서·사회질서를 엄중하게 파괴하였는데, 마치도 '문화대혁명'의 심각한 혼란상황을 보는 것만 같았습니다.

덩샤오핑은 예민하게 문제의 본질을 통찰해내고 『4개의 기본원칙을 견지하자(坚持四项基本原则)』는 보고에서 다음과 같이 지적했습니다. "아주 명확합니다. 이들은 우리가 사업의 중점을 전환하는 것을 천방백계로 파괴하려 시도하고 있습니다. 만약 우리가 이와 같은 엄중한 현상을 보고도 그냥 묵과한다면, 우리의 각급 당정기관들은 이들에게 시달려 정상적인 업무를 할 수 없게 될 것입니다. 4개 현대화를 고려할 시간도 없게 됩니다." 그는 한 발 더 나아가 말했다. "이 4개의 기본원칙 가운데 하나만 동요되어도 그것은 우리의 사회주의가 동요되는 것이고, 현대화 건설 사업 전체가 동요되는 것입니다." 이는 개혁개방을 견지하는 것과 함께 사회주의 초급단계 기본노선의 "두 가지 기본점(两个基本点)"을 구성하고 있습니다.

나라를 다스리는 방책

삼련생활주간: 덩샤오핑은 사회주의에 대하여 어떤 새로운 인식이 있었습니까? 사실상 그가 국가를 다스리고 발전시키는 것 역시 이러한 새로운 인식에 기초하여 전개되었다고 생각합니다만……

진충지: 사회주의가 무엇인지에 대하여 덩샤오핑은 새롭게 풀이했습니다. 주로 "남방담화(南方谈话)"에서 다음과 같이 해석을 했지요. "사회주의의 본질은 생산력을 해방시키고 발전시키며, 착취를 제거하고 양극분화를 소멸하며 공동으로 부유해지는 것을 실현하는 것이다." 여기서 가장 핵심적인 것은 "공동으로 부유해지는 것"이라고 생각합니다.

그는 사회주의에 대해 이야기할 때 주로 세 가지 요소를 언급했습니다. 공유제를 주체로 하고, 생산력을 발전시키며, 공동으로 부유해진다는 것이지요. 이 세 가지를 언급함에 있어서 그는 여러 가지 진술방식을 사용했는데, 어떤 진술방식을 사용하든 유일하게 변하지 않는 것이 바로 "공동으로 부유해지는 것"이었습니다. 어떻게 사회주의를 발전시킬 것인가에 대해서도 그는 논증을 많이 했는데, "하나의 중심 두 개 기본점(一个中心两个基本点)"으로 개괄할 수 있습니다.

경제건설을 중심으로 하지 않고서는 사회주의를 건설할 수 없는 일이지요. 경제건설을 중심으로 하면서 또 두 개의 기본점을 견지해야 했지요. 사회주의 로드맵을 걷지 않거나 공산당의 영도를 받지 않아서는 안 되며,

개혁개방을 안 해도 안 됩니다. 나는 '세 걸음(三步走)'이라는 전략적 목표를 특별히 강조해야 한다고 생각합니다. 이는 어떻게 사회주의를 건설할 것인가에 대한 중요한 공헌입니다. 덩샤오핑은 '세 걸음(三步走)'이라는 전략을 통해 국가가 발전해나가는 데 선명한 방향성을 제시했으며, 인민대중들에게 명확한 목표를 제공하고, 전국 인민들이 이 목표를 실현하기 위해 일심으로 뭉쳐서 분투하도록 했습니다.

이는 위대한 정치가가 응당 구비해야 할 중요한 자질입니다. 덩샤오핑 동지의 '세 걸음(三步走)' 전략이 제기되자, 사람들은 앞으로의 60, 70년을 어떻게 발전해야 하는지에 대해 확실하게 알게 되었고 마음이 든든해졌습니다. 우리와 같은 사람들을 포함해서 말입니다. 10년 동안 먹고 입는 문제를 해결하고, 또 10년 안에 소강(小康)사회로 진입하며, 21세기의 첫 20년에는 소강(小康)사회를 실현하고, 다시 30년의 시간을 들여 중등 정도로 발달한 국가의 수준에 도달하여 사회주의 현대화를 실현한다는 것이었습니다.

21세기의 첫 20년에 소강(小康)사회를 실현한다는 것은 16차 전국대표대회에서 새롭게 추가된 것입니다. 이러한 목표가 생기게 되자 사람들은 희망이 생겼습니다. 개혁을 하든 개방을 하든 다른 어떤 조치를 취하든, 목적은 모두 '세 걸음(三步走)'이라는 목표를 실현하는 것이었지요. 21세기의 중엽에 이르러 사회주의 현대화를 건설하고 중화민족의 위대한 부흥을 실현한다는 점에 대해서 전국 인민들의 마음은 일치했습니다. 이러한 목표가 세워지고 나서 현재 차근차근 실현되어가고 있는 것입니다.

지금 적지 않은 국가들은 눈앞의 문제를 처리하는 데만 급급해하고 있습니다. 5년이나 10년이 지난 뒤에는 어떻게 될 것인가에 대해 고려하지 않고 있지요. 따라서 나는 '세 걸음(三步走)'이라는 전략은 그가 개혁개방 가운데서 제기한 다른 어떤 구체적인 조치보다도 가장 중요하다고 생각합니다. 이로써 전국 인민들의 마음을 하나로 묶어세웠고 강대한 응집력을 이루어냈기 때문입니다.

삼련생활주간: 발전과 안정, 개혁개방과 4개의 기본원칙, 먼저 부유해지는 것과 공동으로 부유해지는 것에 대해 덩샤오핑은 어떻게 그 균형을 실현한다는 것이었습니까?

진총지: 균형은 그에게 있어서 목표가 아닙니다. 중화민족의 위대한 부흥과 사회주의 현대화를 실현하는 데에는 균형이 필요합니다. 따라서 균형을 실현하려 하는 것입니다. 현실은 복잡합니다. 어떠한 조치나 정책이든 유리한 면과 폐단이 동시에 존재합니다.

정치가로서 덩샤오핑은 늘 두 가지 가운데 하나를 선택하고 결정을 내려야 했지요. 어떠한 단계에서 그는 사업의 중점을 어느 한 방면으로 치우쳐서 해야 했는데, 이 경우에는 다른 한 방면에서 가능하게 발생할 수 있는 소극적 영향을 제거해야 했습니다. 그는 복잡한 상황에서 큰 틀의 방향을 우선적으로 정했는데, 종래 현실을 이탈하거나 탁상공론 하는 법이 없었습니다. 11기 3중전회 이후 덩샤오핑은 경제건설을 재촉할 것을 강조했습니다.

경제건설을 촉구할 수 있는 가능성이 생긴 것이 한 가지 이유였고, 다른 한 가지 이유는 여러 나라들을 고찰하는 가운데 중국의 낙후함을 절실히 실감했기 때문입니다. 그러기 위해서는 민주를 발양해야 했습니다. 왜냐하면 사람들의 사상을 해방시키지 않고 사람들을 속박하는 낡은 틀을 타파하지 않고서는 발전을 이룰 수 없기 때문입니다. 하지만 한동안 새로운 문제가 생기기도 했습니다. "시단민주벽(西单民主墙)"⁴⁶이 나타났고, 심지어는 군중시위가 일어나 기관에 타격을 가하고 사회의 불안정을 야기시키기도 했습니다. 이에 덩샤오핑은 '문화대혁명'의 교훈을 떠올렸습니다.

사회안정의 문제도 해결하지 못하면 경제를 발전시킨다는 것은 빈말에 지나지 않는 것이지요. 따라서 그는 4개의 기본원칙을 견지할 것을 천명하고 사회와 정권의 안정을 의사일정에 올려놓았던 것입니다. 그 후에 있은 "1989년 풍파(八九风波)"와 같은 사태들이 만연하고 발전되어 갔다면 경제건설은 이루어질 수 없었던 것입니다. 따라서 우선 안정을 기하는 조치를 취했습니다. 그런 와중에도 덩샤오핑은 개혁개방의 방침을 소홀이 해서는 안 된다고 생각했습니다. 그리하여 그해 6월 9일 군대의 지도간부들을 상대로 한 발언에서 개혁개방의 방침은 조금도 수정되지 말아야 한다고 강조했습니다.

그 다음에는 "남방담화(南方谈话)"에서 개혁개방을 지속적으로 추진할 것을 촉구했던 것이지요. 덩샤오핑의 모든 노력 중에서 발전은 핵심목표

---

46) 시단민주벽(西单民主墙) : 시단은 중국 고위급 간부들이 많이 거주하던 지역인데, 여기에 "시단 민주 벽"을 만들어 대자보를 붙이고 단체를 만들어 민간 간행물을 발간하는 등 공개적이고 영향력 있는 민간사회운동을 전개한 것을 말하는데, 그 전말은 다음과 같다. 1978년 중국 민주화운동에 참여한 민주인사인 웨이징성(Wèi Jīngshēng생)이 1978년 민주의 벽에 제5의 현대화를 개시하였고, 잡지 탐색의 편집장으로 일했다. 그는 서구 자유주의적 민주에 대해 역설했지만 당시 중국 정부가 추진하고 있는 시책과 맞지 않았기에 1979년 반체제 인사로 몰려 체포된 후 옥살이를 하다가 미국으로 추방당했다. 현재까지 중국 정부에 대해 비판적인 의견을 내며 활동 중이다.

였고, 다른 것들은 발전에 따라야 했습니다. 하지만 발전 하나만 강조해서는 안 된다는 걸 그도 알고 있었습니다. 우리는 지금 과학적 발전관(科学发展观)을 주장하고 있습니다. 발전해나가는 과정에서 비과학적인 것들을 많이 발견하게 되는데, 그렇기 때문에 제한이 있어야 한다는 것입니다.

덩샤오핑 동지는 일찍 다음과 같이 말했습니다. "발전은 어려운 일이지만 발전을 이루고 난 후에는 더 어렵습니다." 1993년에 그는 동생 덩컨(邓垦)과 이야기를 나누던 중 분배문제를 꺼내게 되었습니다. "중국 사람들은 솜씨가 좋아. 하지만 문제가 점점 더 많아지고 점점 더 복잡해진단 말이야. 언제든 새로운 문제가 발생할 수 있지. 이를테면 방금 전에 말한 분배문제 같은 것 말이야. 일부 사람들이 그렇게 많은 재부를 차지하고 대다수 사람들은 가지지 못한다면 언젠가는 문제가 생길거야. 분배가 공평하지 못하면 양극분화를 초래하게 되고 어떠한 시점에 이르면 문제가 발생할 수밖에 없지. 그래서 이 문제를 해결해야만 해. 과거에 우리는 발전만 강조해왔지.

지금 와서 보면 발전하고 나서 생기는 문제들이 발전 전보다 조금도 적지 않단 말이야." 그는 일부분 사람들이 한동안 먼저 부유해지고 나서 기타 사람들을 이끌 것을 주장했기에 발전을 크게 제창하였지요. 하지만 그러는 와중에도 발전하고 난 뒤의 분배문제를 망각하지 않았던 것입니다. 단지 어느 특정한 단계의 치중점이 달랐을 뿐이지요.

삼련생활주간: 선생님은 덩샤오핑에게 '서생의 티(书生之见)'가 없다고 하셨는데, 이는 정치가로서의 덩샤오핑의 일종의 성격적 특징이라고 할 수 있을까요?

진총지: 저우 총리가 언젠가 덩샤오핑의 부하에게 덩샤오핑과 함께 일하면서 가장 인상 깊었던 일은 무엇이었냐고 물은 적이 있습니다. 이에 그 부하는 결단력(果斷)이라는 한 마디로 대답했다고 합니다. 덩샤오핑 동지의 결단력은 독단이 아닙니다. 그는 실제에서 출발하여 모든 면에서 실사구시를 강조하여 왔습니다. 어떤 사람들은 성격이 우유부단하여 이러지도 못하고 저러지도 못하면서 감히 일을 추진하지 못하지요.

덩샤오핑의 결단력은 오늘 이 중요한 문제를 해결해야 한다고 판단하면 확고하게 결심을 내리고 추진하는 것입니다. 만약 두 방면을 모두 똑같이 고려한다면 효과가 없게 되고, 어떤 문제도 해결할 수 없게 됩니다. 그는 하나의 방면을 장악하면서 마음속으로는 다른 한 방면을 놓치지 않고 있었지요. 그래서 일정한 시간이 지나면 또 그 방면을 강조하였습니다. 그에게는 '서생의 티'가 없었는데 이는 그의 풍부한 인생경력에서 비롯된 것입니다.

그는 16세에 프랑스에 갔고, 장정(征途)을 마쳤고 해방전쟁시기에는 따볘산(大別山)으로 진군했었습니다. 따볘산으로 진군할 때 그가 이끌던 제2 야전군은 커다란 대가를 지불했습니다. 중무기는 황판취(黃泛区)를 넘을 때 대부분 버려졌는데, 이는 전투력에 큰 영향을 미쳤지요. 하지만 덩샤오핑 동지는 다음과 같이 말했습니다. "우리는 따볘산에 도착하기만 하면 승리하는 것입니다. 이렇게 하면 전체적인 전쟁국면을 돌려세울 수 있으며, 적들의 후방을 우리의 전초기지로 만들 수 있게 되지요. 대국적인 견지에서 생각하면 우리의 인원이 전부 손실되더라도 결국은 승리하는 것입니다." 보다시피 그는 진정으로 전체적인 국면을 보는 전략적인 안목이 있었습니다. 그렇다면 손실과 희생은 어떻게 생각해야 할까요? 지도자와 정치가로서의 어려움이 바로 여기에 있습니다. 정치가로서 대국을 장악하고자 할 때 덩샤오핑의 시야는 전면적이었습니다.

그는 경중과 완급을 구분할 수 있었으며 중대간 결단을 내릴 수 있었습니다. 마지막으로 덩샤오핑 동지의 말 한 마디를 인용하려고 합니다. 그의 풍격을 가장 잘 보여주는 말이지요. "말은 명확하게 해야 합니다. 우물쭈물하거나 애매모호하게 말해서는 안 됩니다. 그렇지 않으면 문제를 해결할 수 없지요. 또한 질질 끌지 말고 빠르게 행동해야 합니다."

천원과 철학공부[47]

천원은 중국공산당 1세대 중앙 지도그룹의 중요한 성원이며, 2세대 중앙 지도그룹의 중요한 성원이기도 하다. 1931년에 임시 중앙정치국 성원으로부터 시작해서 1934년에 중앙정치국 상임위원으로 되었다가, 1992년에는 중앙고문위원회 주임 자리에서 물러나기까지, 그는 혁명과 건설·개혁의 중요한 역사적 시기를 경험했으며, 장기적으로 당중앙의 최고 결책그룹의 성원으로 활약했다. 이와 같은 경력을 갖고 있는 사람은 덩샤오핑과 천원 두 사람 뿐이다.

천원의 업적은 다방면에서 있었지만 그만의 특별한 공헌도 있었다. 첫째, 그는 중국 사회주의 경제건설의 개척자와 창시자의 한 사람이라는 점이다. 신 중국 설립 초기에 마오쩌둥은 그가 주관한 물가안정과 재정경제 통일(统一财经)의 의의는 "화이하이전역에 못지않다(不下于淮海战役)"[48]고 치켜세웠다. 뒤이어 그는 또 성공적으로 제1차 5개년계획의 제정과 집행을 성공적으로 주관함으로써 국가의 사회주의 공업화와 경제건설을 위

---

47) 이 글은 『인민일보』 2015년 6월 15일 제7판에 발표되었다.

48) 중공중앙문선연구실 편, 팡셴즈(逢先知), 진충지 주필, 『마오쩌둥전(毛泽东传) 1949 - 1976』 상, 北京, 中央文献出版社. 2003년, 62 - 63쪽.

한 기초를 다졌다. 3년 곤란시기(三年困难时期)[49]에 마오쩌동은 "나라가 어려워지면 훌륭한 장군을 그리워하고, 집이 가난해지면 어진 아내를 그리워한다(国乱思良将, 家贫思贤妻)"[50]라고 말했는데, 이는 곧 천원을 두고 한 말이었다. 개혁개방 시기에 천원은 또 전략적인 안목으로 심사숙고 끝에 문제의 핵심을 파악하고 중요한 결책을 내렸었다. 1979년에 그는 다음과 같이 제기했다. "2, 3년의 조정 기간을 거쳐야 합니다. 그래야만 각 방면의 비례를 조정할 수 있습니다."[51]

덩샤오핑은 이 일에 대해 아주 높이 평가했는데 수년이 지난 뒤에 다음과 같이 말했다. "당시의 조정이 없었더라면 오늘의 좋은 형세는 없었을 것입니다." 둘째, 당의 건설방면에서 보면, 그는 7년 동안 중앙조직부장을 지내고 9년 동안 중앙기율위원회 서기를 담당하면서 당을 위해 많은 중요한 규율을 제정했다. 개혁개방을 실시한 이후 그는 처음으로 "집권당의 기풍문제는 당의 생사존망과 관계되는 문제입니다." 라고 제기했다. 또한 "반드시 많은 중년 · 청년 간부들을 기용해야 합니다."[52]라고 주장했는데 이러한 명언들은 영원토록 중국공산당의 역사서에서 빛을 발할 것이다.

왜 같거나 비슷한 환경에서 개개인의 성취와 공헌에는 차이가 있는 것일까? 왜 어떤 사람은 성공하고 어떤 사람은 실패하는가? 왜 천원은 일반인들이 이루기 힘든 많은 찬란한 업적을 이뤄낼 수 있었던 것일까? 그가 철학공부를 극단적으로 중요시 한 것이 그 중요한 원인의 하나였다. 그는

---

49) 3년 곤란시기(三年困难时期), 1959년부터 1961년까지 자연재해와 '대약진' 등 잘못된 정책으로 초래된 전국적인 식량과 부식품 단절 위기를 이름.

50) 중공중앙문선연구실 편, 팡셴즈(逄先知), 진총지 주필, 앞의 책, 953쪽.

51) 천원, 『천원문선(陈云文选)』 제3권, 北京, 人民出版社, 1995년, 248쪽.

52) 천원, 『천원문선(陈云文选)』 제3권, 위의 책, 273, 302쪽.

사람들에게 생활과 사업에서 철학공부를 특별히 중요한 위치에 놓을 것을 당부했다. 천원의 딸은 아버지에 대해 다음과 같이 회억했다. "아버지는 장시(江西)의 공장에서 조사연구와 사업지도를 할 때 저에게 다음과 같이 말했어요. '마오 주석이 우리를 이끌고 중국혁명의 성공을 이루어낼 수 있었던 원인 가운데 특히 중요한 원인이 하나 있단다. 바로 철학적 사상으로 한 시대의 사람들을 배양해 낸 것이지. 이는 일반인들이 미치지 못하는 마오 주석의 현명한 점이기도 하지.'", "매번 마오 주석이 옌안에서 그에게 철학공부를 하라고 권고하던 사실을 떠올릴 때마다 그의 두 눈에서는 빛이 났고 매우 격동적이었어요."

당과 인민의 사업을 위해 철학을 배우다

천원은 철학공부를 중시했는데, 남들처럼 이를 단순히 서재에서만 머물러 있고 현실과는 동떨어진 공허한 일로 여기는 법이 없었다. 그는 당과 인민의 사업이라는 현실적 필요성에 따라 정확한 사상방법을 파악하기 위해 애썼으며 이를 행동의 지침으로 삼았다.

그는 늘 이렇게 강조해서 말했다. "우리의 당과 국가를 잘 이끌어나가기 위해서 가장 중요한 것은 지도간부의 사상방법입니다. 이론을 학습함에 있어서 우선 철학을 공부해야 하며 정확하게 문제를 관찰하는 사상방법을 공부해야 합니다. 만약 변증유물주의에 대해 전혀 모른다면 늘 잘못을 저지르게 되지요.", "철학을 배우면 생각이 트이게 되고, 철학을 잘 배우면

종신토록 그 혜택을 보게 됩니다."**53** 그는 이를 개인만의 문제라고 여기지 않았다. 그래서 또 다음과 같이 말하기도 했다. "전국의 인민들은 우리에게 희망을 기탁하고 있기에 우리는 책임이 있습니다. 따라서 일을 그르치면 안 됩니다. 우리가 일을 그르치면 그것은 한 개인이나 몇몇 사람의 문제가 아닙니다. 전국 인민의 득실에 관계되는 문제이지요."**54**

천원이 철학의 중요성에 대해서 가장 많이 언급한 것은 두 시기였다. 하나는 옌안시기였는데 특히 옌안에서 정풍(整风)을 진행하던 때였고, 다른 하나는 개혁개방 시기였다. 이 두 시기는 모두 중국공산당이 중대한 역사적 변화에 직면했던 시기였다. 이러한 변화에 적응하고 변화 속에서 중대한 발자국을 한 발 내딛기 위해서는 우선 사상노선을 바르게 하는 것으로부터 착수함으로서 주관적 인식이 객관적 실제에 부합되게 해야 했다. 따라서 이와 같은 시기에는 철학을 배우는 문제를 좀 더 두드러진 위치에 놓고 강조할 필요가 있었던 것이다.

옌안정풍의 기본문제는 "세 가지 기풍"을 정돈하는 것이었다. 그 가운데 주요한 것은 주관주의를 반대하는 것이었다. 즉 사상노선의 높이에서 당이 범했었던 '좌'경 착오의 근원을 되새기자는 것이었다.

천원은 나중에 『잘못을 적게 하려면 어찌해야 하는가(怎样才能少犯错误)』라는 보고에서 다음과 같이 언급했다. "어떻게 하면 잘못을 적게 범하거나 혹은 큰 잘못을 범하지 않을 수 있습니까? 옌안에 있을 때 나는 과거에 잘못을 저지른 이유를 경험 부족에서 찾으려 했습니다. 이에 대해 마오 주석은 다음과 같이 말했지요. '당신은 경험이 적은 것이 아니라 사상방법이 맞

---

53) 위의 책, 46, 362쪽.
54) 위의 책, 297-298쪽.

지 않아서 일겁니다.' 라고 하면서 나에게 철학을 배우라고 권고했지요. 한참을 지난 뒤에 마오 주석은 또다시 나에게 잘못을 저지르는 것은 사상방법의 문제라고 얘기했습니다. 나중에 나는 마오 주석이 징강산(井冈山)에서부터 옌안에 이르기까지 써왔던 저작들을 모두 찾아내서 읽으면서 그가 문제를 처리하는 방법을 연구했습니다. 동시에 잘못은 도대체 어디에서 오는가에 대해서 생각을 해봤지요.

내가 얻은 결론은, 주관이 객관사물을 인식함에 있어서 오차가 생겼다는 겁니다. 무릇 잘못된 결과는 모두 잘못된 행동에서 비롯되며, 잘못된 행동은 또 잘못된 인식에서 비롯됩니다. 인식은 행동을 지배하고 행동은 인식의 결과입니다."[55] 그는 나중에 덩샤오핑에게 이러한 경험을 이야기했다. 이에 덩샤오핑은 충분히 인정하면서 다음과 같이 말했다. "옌안에서의 정풍은 주관주의를 반대하고, 종파주의를 반대하며 당팔고(党八股)[56]를 반대하는 것입니다. 이는 근본적으로 문제를 해결하는 방법이었지요."[57]

천원은 옌안에 있을 때 중앙 조직부 부장을 담임했었다. 그는 조직부 내에서 부부장 리푸췬(李富春)을 포함한 6인 학습소조를 조직하고 함께 철학을 공부했다. 이 소조에 참여했던 왕허서우(王鶴壽)는 다음과 같이 회고했다. "천원 동지는 학습방법을 다음과 같이 규정했습니다. 두꺼운 철학서 하나를 처음부터 마지막까지 한 장절, 한 단락씩 차례로 읽었는데, 매주 정한 부분을 읽어야 했습니다. 학습소조 토론회에서 한 사람 한 사람마

---

55) 위의 책, 342쪽.
56) 당팔고(党八股), 마오쩌둥이 교조주의와 옛날 과거시험에 사용하던 '팔고문'과의 공통점을 들어가며, 교조주의적 기풍을 비판한 말.
57) 덩샤오핑, 『덩샤오핑문선(邓小平文选)』 제2권, 앞의 책, 382쪽.

다 정한 부분을 모두 읽었는지에 대해 사실대로 보고해야 하며, 그를 포함한 누구든 사업이 바쁘다는 핑계로 이를 어겨서는 안 되었지요. 이는 학습규율이었습니다. 따라서 보고 후에는 각자 자기가 느낀 점을 이야기해야 했습니다."[58] 이 학습소조는 매주 월요일 오전에 회의를 열었는데, 조금도 동요하지 않고 줄곧 견지했다. 소조 성원가운데 천윈의 사업이 가장 바빴지만 그는 단 한 단락이라도 빼먹는 일이 종래 없었다. 후에 그는 옌안시절의 공부가 아주 많은 도움이 되었다고 누차 이야기하곤 했다.

그의 부인 위뤄무(于若木)는 이에 대해 다음과 같이 말했다. "그는 기갈이 든 것처럼 열심히 책을 읽었는데 어떤 때에는 목숨을 걸고 책을 읽는 것 같았어요." 마오쩌둥 역시 다음과 같이 칭찬했다. "천윈 동지는 '짬을 내는 경험'이 있습니다. 그에게는 시간을 '짬 내'서 책을 읽고 회의에 참가하는 독특한 능력이 있지요."[59]

개혁개방 시기에는 많은 새로운 문제들이 발생했다. 이와 같은 새로운 형세에서는 주관인식이 신속하게 변화하는 객관실제에 부합되어야 했는데 이는 말처럼 쉬운 일이 아니었다. 그를 비롯한 많은 원로들은 얼마 안 지나면 퇴직을 해야 했는데, 경험이 많지 않은 젊은 지도간부들에게 아주 큰 기대를 품고 있었다. 따라서 천윈은 또다시 철학을 배워야 하는 중요성에 대해서 강조하기 시작했다.

11기 3중전회 이후 중공중앙은 『건군 이래 당의 약간의 역사문제에 대

---

58) 왕허서우(王鶴壽), 『침통한 마음으로 천윈 동지를 기리다(沉痛悼念陈云同志)』, 『천윈을 회고하다(緬怀陈云)』 편집부 편, 『천윈을 회고하다(緬怀陈云)』, 北京, 中央文献出版社, 2000년, 46쪽.

59) 중공중앙문선연구실 편, 진충지 · 천춘(陈群) 주필, 『천윈전(陈云传)』 상, 北京, 中央文献出版社. 2005년, 310쪽.

한 결의(关于建国以来党的若干历史问题的决议)』를 작성하여 전 당의 사상을 통일시키려고 했다. 이때 천원은 덩샤오핑에게 다음과 같이 건의했다. "중앙에서 학습을 제창해야 한다고 봅니다. 중요하게는 마르크스주의 철학을 배워야 하는데 중점은 마오쩌둥의 철학저작들을 배우는 것입니다." 이틀 뒤 당샤오핑은 『결의문』 기초를 담당하는 소조를 찾아가 천원의 의견에 대해 이야기를 나누며 다음과 같이 언급했다.

"현재 우리 간부들 중에 많은 사람들이 철학을 모릅니다. 따라서 사상방법과 사업방법에서 한 단계 제고시킬 필요가 있습니다."[60] 천원도 해당 소조의 책임자에게 다음과 같이 말했다. "당내에서, 간부들 속에서, 청년들 속에서 철학을 학습할 것을 제창하는 것은 근본적으로 의의가 있는 일입니다.", "마르크스주의 철학을 확실하게 알아야만 사상이나 사업에서 진정으로 제고시키는 결과를 가져올 수 있지요."[61]

1987년에 천원은 일선에서 물러나려고 생각했다. 세대교체의 시기에 직면하여 천원은 새로운 중앙책임자에게 다음과 같이 당부했다. "얼마 안 있으면 당과 국가의 모든 중임이 당신들 세대의 어깨위에 놓이게 됩니다.", "우리의 당과 국가를 잘 이끌기 위해서 가장 중요한 것은 지도간부의 사상방법이 정확해야 한다는 것입니다. 그러려면 마르크스주의 철학을 공부해야 합니다.", "정치국과 서기처(书记处)·국무원을 조직하는 동지들은 모두 철학을 공부하기를 바랍니다. 이를 사업의 일부로 삼고 자기의 중요한 책임이라고 생각해야 합니다."[62]

---

60) 덩샤오핑, 『덩샤오핑문선(邓小平文选)』 제2권, 앞의 책, 303쪽.

61) 천원, 『천원문선(陈云文选)』 제3권, 앞의 책, 285쪽.

62) 위의 책, 360, 362쪽.

이는 팔순을 넘긴 1세대 지도자의 필생이 경험에서 비롯된 후배들에 대한 기대와 당부였다. 이 가운데 그가 특별히 강조했던 "철학을 배우고" "사상방법을 바르게 하라"는 말들은 우리가 심사숙고해서 실천해야 할 것이다.

실사구시의 모범

천원이 철학공부를 제창함에 있어서 가장 중요하게 생각하는 것은 무엇일까? 바로 실사구시이며, 주관적 인식이 부단히 변화하는 객관적 실제에 부합되어야 한다는 것이었다. 물론 마르크스주의 철학은 하나의 엄밀한 이론체계이며, 과학적인 세계관이고, 방법론이기에, 절대로 간단화하거나 용속화(庸俗化)해서 대해서는 안 된다. 그런 식으로는 진정으로 마르크스주의 철학을 이해할 수 없고 운용할 수 없기 때문이다.

앞에서 이미 언급한 것처럼 천원이 철학 공부에 들인 노력은 이 점을 충분히 설명하고 있다. 하지만 반드시 그 정수를 파악하는데 가장 중요한 정력을 집중시켜야 한다. 그 것이 바로 실사구시이고, 주관적 인식이 객관 실제에 부합되도록 하는 것이다. 천원이 자주 말하던 "상급의 말이든, 책의 내용이든 그대로 맹신하지 말고, 오식 실제에 의거하여야 한다(不唯上、不唯书、只唯实)"는 말이 바로 그 뜻이다.

그는 다음과 같이 회고했다. "옌안에 있을 때 나는 마오 주석이 기초한 서류나 전보 따위를 자세히 연구해본 적이 있습니다. 마오 주석이 기초한 서류와 전보를 모두 읽고 나서 느낀 점은 이 모든 것이 하나의 기본적인 지도사상으로 관철되어 있다는 것이었습니다. 그것이 바로 실사구시입니다."[63]

실사구시는 모든 것을 실제로부터 출발할 것을 요구한다. 결책을 내리고 행동을 개시할 때는 반드시 적절하고 면밀한 조사연구를 거쳐야 하며, 여러 방면의 사실들을 진정으로 파악하고 이에 대해 분석을 행해야 한다. 이런 식으로 문제해결의 방법을 찾아내야 정확한 처방을 내릴 수 있는 것이다. 천원은 이를 사업을 잘하는 선결조건이라고 생각했다. 그래서 다음과 같이 말했다. "지도층에서 정책을 제정함에 있어서 90% 이상의 시간을 조사연구에 할애해야 합니다. 마지막에 토론해서 결정하는 시간은 10% 미만이라도 족합니다.", "상황을 정확하게 파악하는 것이 어렵습니다. 정책을 결정하는 건 어렵지 않습니다."[64] 이는 그가 사업에서 성공할 수 있는 비결이었다.

아래에 천원이 어떤 방식으로 사업을 했는지를 살펴보기로 하자. 1961년 1월 당시에 직면했던 엄중한 경제적 어려움을 극복하기 위해 마오쩌둥은 조사 · 연구하는 기풍을 크게 고취시키고자 했다. 이 시기 천원은 농촌과 석탄 · 야금공업을 조사했다.

농촌은 당시 가장 어려운 곳이었다. 중앙의 지도자들은 각기 농촌으로 내려가 조사 · 연구를 진행했는데, 천원은 5개월 사이에 두 차례에 걸쳐 10여 개의 성시(城市)에 대한 조사를 진행했다. 그 가운데 그 해 6월에 칭푸현(青浦県) 샤오정공사(小蒸公社)에 찾아가 진행했던 조사 · 연구가 가장 중요했다. 그는 농민의 집에서 먹고 자면서 오전에는 좌담회를 조직하고 오

---

63) 위의 책, 371쪽.
64) 위의 책, 189, 361쪽.

후에는 밭이나 양돈장을 방문하고 농가들을 찾아다니며 고찰한 결과 대중들의 의견이 가장 많은 문제를 세 가지로 귀납하게 되었다. 즉 암퇘지는 공동양식을 할지 개인양식을 할지에 대한 문제, 농작물 재배를 어떻게 안배할지에 대한 문제, 자유지(自留地) 처리 문제 등이 그것이었다.

당시 전국적으로 돼지고기 공급이 아주 어려웠는데, 암퇘지를 공동양식할지 개인양식할지는 실질적으로 농촌의 정책을 풀어주느냐 안 풀어주느냐 하는 문제였고, 당지 농민들의 현실적 이익에 직결되는 문제였다. 천원은 샤오정공사(小燕公社)의 15개 양돈장 가운데 10곳을 고찰하고 농민들의 의견을 귀담아들었다.

그는 공동사양과 개인사양의 이해관계를 잘 따져보고, 공동사양에서 새끼돼지 치사율이 높은 여섯 가지 원인을 밝혀냈으며, 개인사양이 더 유리하다고 확정지었다. 농작물 재배를 안배하는 문제는 간부들의 주관적이고 무리하며 터무니없는 지휘문제를 직접적으로 드러냈다. 자유지(自留地)를 증가하는 것은 농민들의 식량 부족문제를 해결하는 데 유리했으며, 농민들이 난관을 극복할 수 있게 했다. 따라서 이러한 조치들은 뚜렷한 실효를 거둘 수 있었다.

이렇게 농촌의 상황이 조금씩 호전되고 있었지만, 반대로 중공업의 생산액이 놀라울 정도로 대폭 하락했다. 하지만 일시적으로 문제의 원인을 찾을 수가 없었다. 이에 저우언라이의 제기에 따라 10월 중순부터 12월 중순까지 천원은 석탄공업과 야금공업 좌담회를 진행했다. 첫 회의는 21일간, 두 번째 회의는 24일간 열렸다. 회의 참가자들은 관련 부문의 지도자와 중요한 공장책임자, 일선에서 일하면서 상황을 잘 알고 있는 일부 인원들로 구성이 되었다. 천원은 이들에게 사실대로 말하고 대담하게 말하며,

어떠한 의견이든 발표하라고 격려했다. 그러고 나서 여러 사람들이 말한 문제들 열 몇 가지로 귀납하고 문제의 발생원인에 대해 하나하나 토론하고 문제 해결의 방법을 연구했다. 이리하여 여러 사람들은 의견을 마음껏 발표하고 자기의 생각을 남김없이 털어놓을 수 있었다. 천원은 때때로 발언에 끼어들기도 하면서 여러 사람들의 의견을 종합했다. 그리하여 문제의 원인은 종합적인 균형 무시, 지나치게 높은 목표, 엄중한 낭비, 관리 부실, 노동자들의 체력 고갈 등이라고 판단했다. 저우언라이는 천원의 조사 보고에 대해 다음과 같이 높이 평가했다. "이번에는 원인을 확실하게 파악했습니다."

평소에 그는 늘 상점이나 채소시장을 둘러보곤 했으며, 중요한 통계수치에 대해서는 직접 주판알을 튕기면서 계산해보았다. 이와 같은 방식으로 시장상황이나 경제 운행정황을 파악했던 것이다. 중요한 조치를 취한 뒤에는 거의 매일같이 실행 정황이나 부딪친 문제 등에 대해서 관련 부서에 직접 문의하여 실행 효과를 파악하고 필요한 조정을 진행했다.

무엇 때문에 천원은 경제사업에서 그렇게 큰 성과를 거둘 수 있었을까? 무엇 때문에 다른 사람들은 선뜻 나서지 못하는 골칫거리 문제들이 그의 손을 거치면 해결될 수 있었을까? 무엇 때문에 그가 하는 말과 일들은 늘 그렇게 현실적이고 바로 핵심으로 들어갈 수 있는 것일까? 원인은 그의 사상방법과 사업방법이 정확하다는 데 있으며, 그가 내린 결책은 실제적인 정황에 대한 파악과 과학적으로 분석에 기초했다는 데 있다. 그의 이런 습관은 머리를 탁 치고 결단을 내리고, 가슴을 치며 보증하고, 맨 나중에는 엉덩이를 툭툭 털고 가버리는 일부 간부들의 방법과는 전혀 달랐다.

따라서 그는 다음과 같이 의미심장하게 당부했다. "매일 이것을 결정하고 저것을 결정하느라 바쁘지만, 실제적인 조사연구는 거의 하지 않는 사업 방법은 반드시 고쳐야 합니다."[65]

교환 · 비교 · 반복

실제에서 출발한다는 것은 말처럼 그렇게 쉬운 일이 아니다. 객관사물은 아주 복잡하며 서로 모순되는 여러 가지 측면을 내재하고 있다. 또한 부단히 변화하고 발전하기 때문에 한 눈에 쉽게 파악할 수가 없다. 사람들이 사물에 대한 인식은 흔히 실천 속에서 이루어지며, 낮은 데로부터 깊은 데로, 표면으로부터 내부로의 심입과정을 거친다. 말을 타고 꽃구경 하듯이 얻은 대략적인 인상이나 근거 없는 풍문 따위를 객관적 실제라고 생각하고 잘난 체 한다면 반드시 낭패를 보게 된다.

사람들은 천원을 일처리가 온건하고 세심하다고들 말하는데 이는 맞는 말이다. 그는 일찍 다음과 같이 말했다. "우리가 잘못을 저지르는 것은 객관적 실제에 따라 일을 처리하지 않기 때문입니다. 그렇다고 해서 잘못을 저지르는 사람들이 전혀 사실에 의거하지 않은 것은 아닙니다. 다만 단편적인 것을 전면적인 것으로 오인했을 뿐이지요."[66] 객관사물을 인식함에 있어서의 단편성을 극복하기 위하여 천원은 "교환 · 비교 · 반복"이라는 방법을 내놓았다. 교환은 말 그대로 서로 의견을 교환하는 것이다. 두

---

65) 위의 책, 34쪽.
66) 위의 책, 189쪽.

중국인민해방군 군사학원 편찬, 『예젠잉군사문선(叶剑英军事文选)』, 解放军出版社, 1997년.

리더성(李德生) 등, 『성화요원미간고(星火燎原未刊稿)』 제10집, 北京, 解放军出版社, 2007년.

마오쩌동, 『마오쩌동 군사문집(毛泽东军事文集)』 제2권, 北京, 军事科学出版社 · 中央文献出版社, 1993년.

마오쩌동, 『마오쩌동군사문집(毛泽东军事文集)』 제5권, 北京, 军事科学出版社, 中央文献出版社, 1993년.

쑤위(粟裕), 『쑤위문선(粟裕文选)』 제2권, 北京, 军事科学出版社, 2004년.

중공중앙문선연구실 편, 진충지 주필, 『저우언라이전(周恩来传)』 제2권, 北京, 中央文献出版社, 1998년.

『천윈을 회고하다(缅怀陈云)』 편집부 편, 『천윈을 회고하다(缅怀陈云)』, 北京, 中央文献出版社, 2000년.

중공중앙문선연구실 편, 팡셴즈(逄先知), 진충지 주필, 『마오쩌동전(毛泽东传) 1949-1976』 상 · 하, 北京, 중앙문선출판사. 2003년.

중공중앙문선연구실편, 진충지, 천춘(陈群)주필, 『천윈전(陈云传)』 상 · 하, 北京, 中央文献出版社. 2005년.

[영국] 리들 하트(B. H. Liddell Hart) 저, 린광위(林光余) 역, 『제1차 세계대전 전사(第一次世界大战战史)』, 上海, 上海人民出版社, 2010년.